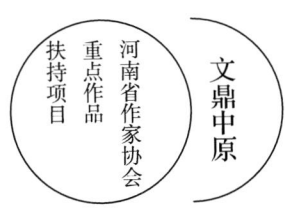

味象

张晓林 著

郑州大学出版社
河南文艺出版社

图书在版编目(CIP)数据

味象／张晓林著. —郑州：郑州大学出版社：河南文艺出版社，2021.2(2022.3 重印)

(文鼎中原)

ISBN 978-7-5645-7574-8

Ⅰ.①味… Ⅱ.①张… Ⅲ.①小小说－小说集－中国－当代 Ⅳ.①I247.82

中国版本图书馆 CIP 数据核字(2020)第 243661 号

味象
WEI XIANG

策　　划	孙保营　马　达	封面设计	小　花
责任编辑	孙精精　郭　阳	版式设计	小　花
责任校对	刘晓晓　殷现堂	责任印制	凌　青　李瑞卿
丛书统筹	李勇军		

出　　版	郑州大学出版社　河南文艺出版社
发　　行	郑州大学出版社
地　　址	郑州市大学路 40 号(450052)
出版人	孙保营
网　　址	http://www.zzup.cn
发行电话	0371-66966070
经　　销	全国新华书店
印　　刷	河南新华印刷集团有限公司
开　　本	890 mm×1 240 mm　1 / 32
印　　张	10.125
字　　数	206 千字
版　　次	2021 年 2 月第 1 版
印　　次	2022 年 3 月第 2 次印刷
书　　号	ISBN 978-7-5645-7574-8　定　价　35.00 元

本书如有印装质量问题,请与本社联系调换。

编委会

主　　任　邵　丽
副 主 任　何　弘　乔　叶
委　　员　刘先琴　冯　杰　墨　白　鱼　禾
　　　　　　杨晓敏　廖华歌　韩　达　南飞雁
　　　　　　单占生　李静宜　王安琪　姬　盼

目　录

王安石的幞头 ………………………………………… 1
苏轼的房子 …………………………………………… 5
　　说的是宋朝书家那些有意思的事儿 / 何弘 ……… 10

莲荷图 ………………………………………………… 16
　　论《书法菩提：金明池洗砚》的境界 / 刘恪 …… 20

帽妖 …………………………………………………… 27
三脊茅 ………………………………………………… 34
　　历史乡愁与现代气息的交融 / 艾云 ……………… 39

江南落雪无 …………………………………………… 44
虚白堂与黄耳蕈 ……………………………………… 49
　　《书法菩提：金明池洗砚》的叙事艺术 / 墨白 …… 55

醉墨堂及其他 ·· 61
　　扎根于"历史"和"理想" / 刘海燕 ·················· 67

世间无谜 ·· 71
灯影下的篆书 ·· 76
　　墨痕背后的宋韵 / 范晓利 ··························· 81

紧箍咒 ··· 92
舛误 ·· 96
　　写出传统文化味儿来 / 杨晓敏 ··················· 101

洁癖 ·· 106
　　《书法菩提》之《洁癖》的风格和意味 / 王彦艳 ······ 111

侍砚 ·· 118
仁者之心 ··· 123
　　人各有秉性　书各有性情 / 任动 ················ 127

天性 ·· 133
　　以现代智慧解构历史的空白处 / 秦俑 ··········· 138

茶与胡须 ··· 143
百衲《昼锦堂记》 ·· 148

超越线条的墨痕 / 祁发慧 ·············· 153

萧亮飞 ································ 167
郑剑西 ································ 171
　　文人精神的传奇表达 / 何弘 ············ 176

漫集梧 ································ 180
卜亨斋 ································ 184
　　别具一格的书法史写作 / 刘进才 ········ 189

野王老人 ······························ 202
　　文脉的探寻 / 魏华莹 ·················· 207

高道天 ································ 212
许钧 ·································· 216
邵次公 ································ 220
　　文人精神的继承与弘扬 / 刘静 ·········· 225

张乐天 ································ 229
　　传薪有斯人 / 吕东亮 ·················· 234

姜佛情 ································ 240
张铁樵 ································ 245

性情落处有真意 / 刘军 ·················· 249

邹少和 ····························· 256
  宣纸上记忆的地域书家 / 刘莉 ············ 260

《道林诗》帖 ························ 268
无己叟 ····························· 272
  在传统和现代之间呈现历史与人物的艺术真实 / 刘敏
·································· 276

枷锁 ······························ 299
闲云魏野 ··························· 304
  历史的映像 / 刘恪 ················· 309

王安石的嶙头

　　荆公从卧榻上坐起来，怔怔地看着窗外梧桐枝头一只麻雀在用小小的尖嘴巴剔疏羽毛，他感到奇怪，夜里做了那么蹊跷的一个梦，起床后愈发的清晰了。他梦见他走进了汴京文庙，在一块石头前驻足良久。

　　那是一块奇异的石头。早年间，它被镶嵌在汴京天津桥的桥墩上，是欧阳修发现了它，给它起了个名字，叫"华夷图"，因为它上面的景物，不管是青山绿水，还是庙宇楼阁，仔细辨认，都能和现实中的对上号。后来，他就让人从桥墩上挖下来，送到文庙供人参拜去了。

　　毛糙地梳洗几下，荆公走出了茅舍。那时节，朝霞刚刚铺满东边天际。荆公退居金陵以后，在钟山脚下筑起了这座茅舍，旁临溪水，背靠青山，的确是一幽雅去处。他曾劝苏轼来此比邻而居，被苏轼拒绝了。一阵凉爽的山风吹来，荆公不由得打了个喷嚏，接着，他就策杖进了一个小村落。

　　村口住着一张姓农户，户主已经七十多岁了，健康，幽默,乐观。他和荆公早已熟悉得如故友一般。荆公路经他家门口时,见他正坐在石磙上编篱笆。荆公打招呼道:"张公早。"张公回礼道:"相公早。"荆公忽然停住了脚,哈哈大笑起来,说:"我做宰相这么多年,只和你相差一个字啊!"

张公也笑起来。

在金陵,荆公喜欢和这些农户交往,与他们同乐、同苦、同冷暖,俨然把自己融入他们的行列中去了。

另一个邻近的村子里,住着一户吃斋念佛的人家。这户人家有一个很腼腆的儿子,叫小吴儿。每天早晨或黄昏,他都会到荆公的茅舍里来,扫扫院子,洒上一点儿水,喂喂夫人养的那两只芦花老母鸡,然后就走了。

小吴儿二十多岁的年纪,走路轻快,有着少女一般的身姿。他来荆公家是尽义务的,荆公要付他工钱,他坚决不要。荆公生气了,说:"不要,你就别来了。"小吴儿脸红上一红,下次依然来。

有一天清早,小吴儿在荆公院子里扫地,一阵小风,墙上挂着的一条旧幞头被吹落在地上。小吴儿弯腰捡起来,吹吹上面的土,正要往墙上挂时,荆公恰巧走过来。荆公说:"别挂了,拿回家给你父亲戴吧。"

隔几日,小吴儿又来。闲话间,荆公问:"那幞头你老父戴着行吗?"

小吴儿脸红了红,说:"老父戴不习惯,昨天卖给镇上的杂货铺了,得三百铜钱。真得感谢相公呢。"

荆公叹了一声,说:"你快去把它赎过来。"临出门,荆公又叫住小吴儿道:"若已售出,那就算了。"

杂货铺嫌那幞头腌臜,还在墙的一角扔着。荆公从小吴儿手上接过幞头,在边沿用小刀刮几下,赫然露出了黄灿灿的金丝。原来这幞头,是金丝织成的。

荆公说:"这是当年神宗皇帝赐我的。你要好好留着。"

平日荆公无事,就在茅舍里著《日录》。荆公给书取名《日录》,想是每天都要写的缘故吧。这是一部记述当朝诸多大臣从政得失及日常言行的书,书中对皇帝、皇后也多有涉及。对那些与自己政见相左的大臣,荆公在书里大加笔伐,直把他们人性的黯黜和自私统统暴晒在阳光之下,让人读后,有当众被撕掉衣服的感觉。对皇帝,荆公也丝毫不客气,揭露了他在变法前和变法后的懦弱和胆怯,致使变法付之东流,令人痛心。

《日录》一书,荆公后来是想付之一炬的,他认为,当今是没人读懂这部书的,后世也不好说。与其没人读懂,那还让它留在这个世上干什么呢?

荆公的女婿蔡卞劝阻了他,说:"不要烧,我保存它。"

建中靖国初年,谏官陈瓘在蔡卞处见到了这部书,旋即向朝廷弹劾蔡卞,说他"遵私史而压宗庙"。蔡卞随以此罪名被罢官。

在金陵的这些日子里,荆公还是抱有幻想的。他想着,突然有一天,朝廷的圣旨到了,仍让他回朝廷主持政事。

真的有一天,皇上的中使来到了他的茅舍。荆公高兴透了,又是理胡须,又是抻衣服。等中使宣读过圣旨,荆公才知道是白白欢喜了一场。

　　原来皇帝听说荆公在金陵日子过得很窘迫,就让中使给他送来了二百两黄金。荆公黑着脸把黄金接了过来,连一句感恩的话都没有说。中使走后,荆公把黄金给了小吴儿,让他找人在蒋山上修了一座寺院,为朝廷祈福。

　　后来,皇上听说了这件事,很不高兴。

　　早在元丰六年,荆公还在宰相位置上的时候,一天他听到了一件前朝逸事,让他颇为震动。前朝宰相卢多逊因罪被贬朱厓。知开封府李符言上奏说,朱厓虽在海外,但那里没有瘴毒,不如贬到春州去,春州虽在内地,但瘴毒厉害,内地人到了那儿必死。皇上没有理他,却记住了这个人。一个月后,李符言也犯了事,皇帝非常恼怒,就把李符言贬到了春州。到春州不久,李符言就死在了那儿。荆公嘴里说着"李符言活该",却去神宗那儿,建议把春州改为了阳春县,隶属恩州。

　　荆公知道,由州改为县,再也不会有大臣因罪被贬到那儿去了。

苏轼的房子

苏轼一生,究竟买过建过多少处房子?苏轼生活中的这一重大问题,恐怕为很多史学家与苏轼的传记作家忽略了,因为直到目前为止,尚没有这方面的研究成果问世。这不能不说是苏轼研究方面的一件憾事。

要说苏轼与房子的故事,苏氏父子三人第一次进京是一个绕不过去的话题。那个时候,汴河上的杨柳才刚刚吐絮,婀娜的枝条恰如春天里的细雨一样在湿润的空中摇曳。正是一个故事多发的季节。

深沉寡言的苏洵带着苏轼、苏辙为谋取功名,在某个初春的三月来到了汴京。汴京宽阔的大街上,兄弟二人左顾右盼,他们不敢相信自己的眼睛,世上还有这么繁华的城市。在一处幽深的巷子里,那个花蝴蝶般的妓女朝苏洵招了招手,苏洵的脸立即涨成了猪肝色。他看了两个儿子一眼,对这座城市刹那间充满了无名的恐惧。

照苏洵的意思,在汴京租一处房子住下算了,等谋取了功名，说不准都是要外放的。苏轼不同意。苏轼说："租房子哪如买房子！"苏轼又说："租的房子永远是人家的，买的房子才是自家的。"

苏辙也附和哥哥，说："我们应该买一处房子。"

于是，他们就有了一栋房子。这栋房子在仪秋门附近，房前屋后遍栽高大的榆树和槐树。房子的后面，是一处占地约半亩的小花园，园内的花儿已开始含苞吐蕊，有蝴蝶在花蕊上扇动翅膀。

不久，朝廷的任命下达，苏洵被任命为校书郎，在京城任职。苏辙只有辞去外补职务，陪同父亲住在汴京，这是宋朝的规矩，无须赘言。

苏轼却去了凤翔府，出任签书判官，不得不告别刚刚入住的房子。苏轼的这次西行，在他以后的人生旅途中，或许埋下了某种暗示。

以后的若干年，苏轼辗转于凤翔、杭州、徐州等地方任职，居住的都是官舍。年轻的苏轼，一心想建立功业，还没有出现过为自己造房筑屋的念头。

乌台诗案后，苏轼被贬黄州。在这里，他开始建造他一生中最有田园风味的"雪堂"。

这一年的冬天，黄州阴沉的天空飘起了鹅毛大雪，雪稍霁，苏轼就开始在黄州东门外东坡故营地筑造房屋。房屋建好，苏轼取名雪堂。

苏轼在雪堂的四壁画上了森林、河流及渔夫垂钓的景致。雪堂的石阶下有一座小桥跨沟而过,除了下雨天,这条水沟都是干涸的。沟里常有野兔出没。雪堂的东边,苏轼栽了一棵柳树,每天早晨,枝头有黄雀梳理着羽毛。苏轼雇人在柳树下打了一眼土井,井水清澈,除了汲水做饭,苏轼还用这井里的水浇花、洗衣服。绕过柳树,走下山坡,是一望无际的稻田,稻田里栽着几棵高大的桑葚树,桑葚成熟时,小孩子吃得满嘴红紫。

雪堂后边,是个小土岗,遍栽青翠的毛竹,荫翳蔽日,苏轼搬一把躺椅,就在这下边乘凉,间或打上一个小盹,立即就有蝴蝶飞来,在他眉毛上翩翩起舞。

这段时间,苏轼喜欢读陶渊明的《归去来兮辞》。在田间耕作时,他将《归去来兮辞》中的句子打乱,然后重新组合起来,配上当地的民歌小调,教家人吟唱。他用竹枝敲击着牛套,敲出了优美的旋律。

一幅多么美妙的田园图啊!

然而,这种生活不久被打破。朝廷一张诏书,苏轼由黄州迁任汝州。

是夜,苏轼站在雪堂的院子里,遥望满天星辰,长久沉默不语。

苏轼九月抵达金陵,和王安石在一起数日,饱览了秦淮河两岸的美景。他怀恋雪堂,想在这儿置一处房子。

他想,朝廷这样把他调来调去,每到一地都得寻找房屋,很是操劳,不如趁早找一个养老的去处。

消息传出,仪真的太守邀请苏轼,让他把养老的房子建在仪真。仪真靠近金陵,有着优越的地理条件。

湖州太守腾元发是苏轼的好朋友,他亲自登门,迎接苏轼去湖州小住,并劝他在山清水秀的宜兴买上一块田地,还出主意说,然后上表朝廷,一家老小需要靠种田谋生,请朝廷允许他把家安在宜兴。

恰巧,腾元发有一个亲戚,在宜兴城外二十里的深山中有一处田地,每年可产八百石大米,苏家可以凭此衣食无忧。

苏轼有点儿动心。他托人卖掉了父亲当年在汴京买下的那处住宅,筹了银两,用来购买田产。

一天清晨,苏轼去看那片田地。船在荆溪里行走,两岸繁树浓荫,恍如仙境。想到将来要在这样的环境中颐养天年,苏轼几乎陶醉了。

那果然是一片肥沃异常的土地,可以说旱涝都能有好的收成。

苏轼站在那片田地上,开始谋划起来,那儿种水稻,那儿种桑葚,那儿种柑橘,等等。他手舞足蹈,像一个小孩子。

苏轼把这片地买了下来。他写信给腾元发,说已决定在荆溪边买上一处房子,然后把家小接来,要长期定居于此。

过几天,房子找到了,这是一栋老宅子,房子建得古朴而精巧。

几经说合,房主人同意五十万钱出手。苏轼掏干净口袋,才算凑齐这笔钱。买下房子,苏轼掐着手指头定了个黄道吉日,准备在那一天搬进这所房子里去。

离搬家的日子越来越近了。这天晚上,有着很好的月亮,苏轼与朋友邵民瞻在月下散步,邵氏就是这所房子的说合者。他们偶然进了一个村子,听到一位老妇人在一间茅舍里很伤心地痛哭。苏轼听得心酸,就推门进去问个究竟。

老妇人说:"我有一套房子,世代相传好几百年了,可我生个不争气的儿子,卖掉了房子,把我撵到这间茅屋里来了。看到明晃晃的月亮,想起祖宅,很是心酸。"

苏轼一问之下,暗自吃惊。老妇人所说的房子正是自己刚买下的那所。

苏轼弯下腰安慰老妇人说:"你不用伤心了,我就是买你房子的人,现在我就把房子还给你。"

苏轼掏出买房的字据,当着老妇人的面撕掉了。

苏轼带着家眷要离开宜兴了。小船在荆溪里穿行,两岸有怪鸟惊起。小儿子问苏轼:"父亲,我们的房子呢?"苏轼站在船头,抬目望向远处。

远处一片迷蒙。

说的是宋朝书家那些有意思的事儿

何 弘

2002年10月,河南省文学院迁到现址办公,为期一年的首届高研班同时开班。当前河南活跃的中青年作家,出身该班者众。其中不光文章写得好还能写得一手好字,深得中国传统文人情趣者,非冯杰和张晓林二位莫属。

尽管如此,在此后很长一段时间里,我与晓林的交往并不多,他在我脑子里最早留下的是小说家的形象。大约2011年前后,晓林和孔羽、孙玉亮三个开封籍的小说家准备联手举办名为"夷门三友"的研讨会,找我协商相关事宜。为此,我系统阅读了他们的相关作品,由此对晓林和他的小说创作有了更深入的了解。不过,会议后来因故未能开成,但由此开始,我与晓林的来往多了起来。后来,晓林接手了《东京文学》杂志,一门心思想把杂志的品位搞上去、把开封文学搞上去,希望我能帮助做些工作。从此,由参与杂志社主办的"蔡文姬文学奖""东京文学奖"开始,和晓林有了较多合作,对他的为人做事有了更深入的了解。后来,杂志社正式更名为"大观杂志社",向文学、书法、收藏等多个领域拓展,并期望能够和文学院进行更深入的合作。基于对晓林的信任,河南省文学院决定与大观杂志社联办《大观》杂志的上旬刊《大观·东京文学》,由我担任编委会主任。于是,和晓林成了经常见面的密切合作者。大观杂志社能和河南省文学院合作,具体说我和晓林能够合作,首先缘于把河南文学事业搞好这一共同的使命感,同时也缘于共同的文人情怀。

晓林是杞县围镇人。杞县是开封下面的一个县,"杞人忧天"说的就是这里的事。围镇是晓林的老家,也是蔡邕、蔡文姬父女的老家。晓林是很以他的这两位老乡为傲的,特意把他张罗的文学奖命名为"蔡文姬文学奖",一为表达敬意,二为激励来者。蔡邕、蔡文姬是著名的文学家,也是著名的书法家。传说"飞白书"就是蔡邕的发明,唐代张怀瓘就非常赞赏"飞白书",其《书断》称"飞白妙有绝伦,动合神功"。晓林志于文学,又潜心书法,成为中国作协、中国书协的双料会员,大约是从两位古代乡贤那里得到了启示,甚或晓林文学、书法双双精进是蔡氏父女暗中护佑加持之故,也未可知。

晓林的文学创作是从小小说开始的,大约缘于对中国传统文化的热爱和熟悉,他选择笔记体小说为主要创作形式,多年来在全国多家专业文学期刊发表笔记体小说400余篇,100余篇被《小说选刊》《小说月报》《小小说选刊》等转载。晓林的写作虽然中短篇兼及,总体还是以小小说为主,但写小小说不意味着不能干"大事"。几年前,晓林决定在创作方面干点"大事"时,首先想到的就是"宋朝故事"。这也难怪,虽然过去了近千年,开封人心中始终退不去的还是大宋情结。

"宋朝故事"是晓林计划写作的 10 卷本系列笔记体小说的总名字,他立志要把它写成一部有文化、有内涵、有故事、有趣味的好书。不过,如果想看正统的军国大事,应该读《宋史》;想看包公断案、杨家将之类的故事,应该去看戏、看电视剧;如果想看上至帝王将相、中到名人雅士、下及五行八作小人物的大事小情、逸闻趣事、掌故传说、民风民俗等,看晓林的"宋朝故事"则是最好的选择。晓林用笔记体小说的方式来写宋朝故事,说是故事,其实这些人物、事件在历史典籍里都有确切记载,和六朝志怪、《聊斋志异》之类的笔记小说大大不同,其事都有籍可考,绝不虚构戏说;因为是故事,自然还要生动有趣。我以为,这 10 卷本系列笔记体小说写成之后,我们就又有一部宋代百科全书式的作品可读了,读来会让人受益而且还好玩有趣。

《书法菩提》是"宋朝故事"中晓林最先完成的一卷。之所以先从书法家入手,当然和晓林本身也是书法家有关。晓林号称自己的书法是师法"二王"的。其实,书法家公开场合都这么讲,但私下他们都认为"学王者死",所以都拿学"二王"骗别人,而自己则另辟蹊径。我觉得晓林说自己学"二王"也是这个道理,他学的其实是米芾。米芾是一个很有个性、很有故事的人,米芾周围的那帮书法家朋友或对手,也都各有性情、各有故事,晓林对此当然再熟悉不过,他写"宋朝故事"从这里入手,是再自然不过的事了。

晓林尽管写了多年的小说,作品被转载过,也得过奖,但在好手如林的河南小说界,还算不上出类拔萃的一线高手。但是,有了《书法菩提》情况就大不一样了,晓林找到了属于自己的表达方式,找到了属于自己的独特符号,他由此就在芸芸众生中立了起来,成为一个不可忽视的存在。对于一个作家来说,做到这一点是非常重要,也是非常不容易的。

《书法菩提》这部书,好就好在打破了文体的藩篱,为作者的尽情表达开辟了广阔的空间。有"中国书法第一报"之称的《书法报》特辟专版连载并结集出版。

《书法菩提》可以作为小小说来读,每个人物的每则故事都独立成章,别有意趣;这些故事连在一起,相对完整地表现了一个或数个人物,自然成为很好的中短篇小说;整部书则是对宋代书法家群体的全面描写,作为一部长篇小说来读也未尝不可。之所以称之为小说,首先是因为这部作品具备了小说的各种元素,最重要的是它有故事,而且讲述得非常生动;其次它有人物,像米芾、黄庭坚、苏轼、蔡襄等人物都写得非常鲜活,而且人物的性格不是扁平的,而是立体的,成长的;再次就是它在还原宋代历史场景的同时揭示了至今不变而又复杂微妙的人性。因此,从小说的意义讲,《书法菩提》尽管借鉴了中国传统笔记小说的表现形式,而现代小说的特征和属性其实也完全蕴含在其中。

《书法菩提》也可以作为散文或随笔来读。这些年,文化大散文盛极一时,但多数文章无非是用小说化的叙事手段讲一些历史典故和常识,有深度、有个人见解者少。《书法菩提》写的是宋代的书法家,晓林因本身就是书法家,也是书法理论家,曾获全国第八届书学讨论会论文二等奖等奖项,因而对宋代的这些书法大家不仅有理论上的认识和概括,同时有切身的体验和感悟。如此一来,他的文章自然就有了文化的厚度和韵味。散文化的书写使其多了些表达的自由和畅快,作品因而具有了历史文化散文的优秀品质。

《书法菩提》继承了中国笔记体小说的精神气质,让笔记体小说在现代背景下重新表现出巨大的活力。《世说新语》以来,中国代代都有优秀的笔记流传下来,其中很多都具有叙事性或散文性特征,而可以作为小说来读的,志异志怪的多,典型的就是《聊斋志异》。中国新小说发端以来,在汪曾祺等人的推动下,笔记体小说一度相当受关注。比较而言,《书法菩提》的最大特点在于,既吸收了现代小说的表现特征,同时又接续了古典笔记的文人精神、文化情怀。从某种意义上讲,《书法菩提》是对《世说新语》精神直接的、最好的继承。笔记体从诞生之日起,就是一种非常文人化的文学样式。寓文化性于趣味性之中,是《世说新语》开创的一个优秀传统,这些在《书法菩提》中都有很好的体现。片段化是笔记体的典型特征,《书法菩提》保留了这一传统。而碎片化阅读在移动终端普及的今天,已成为阅读的普遍形态。笔记体作品的片段化特征与读屏时代的阅读特点正相吻合。

《书法菩提》的这些特点,使它在当下品种繁杂、数量众多的文字中跳脱出来,有了不一样的风貌和品格,不一样的精神和气质。它的表现特征,它的内在意蕴,决定它有理由受到读者的喜爱——首先,我这个读者是喜爱的,我也因此对晓林的整部"宋朝故事"充满期待。

莲荷图

黄庭坚路过江陵,去承天寺谒见住持智珠禅师。

智珠禅师拈须微笑,说:"山谷果然来了。"

黄庭坚也笑,说:"偿债而来。"

二人都还记着那件事。绍圣二年,黄庭坚被贬谪黔州,途经江陵,就寄居在承天寺。也是那个时候,二人结成知音。

那天清早,花香把黄庭坚熏醒,他披衣起床,去找智珠禅师说禅。这天早晨的阳光灿烂无比,他见禅师站在院子里,正拈着佛珠让人把一座旧塔拆去。

黄庭坚走过去站在智珠禅师的身边。禅师说:"我要建七级浮屠。"稍停,又说:"塔建好,你可得为塔作篇文章。"

黄庭坚笑起来:"文章不难作,只怕塔不好建。"

智珠往山寺外望去。山道崎岖,山雾缭绕,空中有飞鸟盘旋。他弯下腰,捡起一片瓦砾,拂去灰尘,装进口袋。

六年过去,黄庭坚再次走进承天寺,七级浮屠已然建好,在霏霏的江南细雨中有说不出的庄严。

智珠禅师绕塔三匝，从衣袋里掏出当年的那片瓦砾，那片瓦砾看上去竟然温润如玉。他把瓦砾递给黄庭坚，说："难者已经成功，接下来看不难的了。"

黄庭坚看着瓦砾，似乎想从中看出点什么来。

智珠禅师让黄庭坚先在山寺住下。他说："清净两晚，再说为塔作记之事。"

过两天，智珠禅师在塔下摆下案子，备了纸墨和茶水，喊来两个小沙弥，侍候黄庭坚为寺塔挥笔作记。事也凑巧，江陵知府马瑊听说黄庭坚住在承天寺，这一天率同僚陈举、林虞等来拜访他。碰上这等雅事，他们都很高兴。

陈举是个掏钱买来的官，喝的墨水不多，但他最好雅聚。

黄庭坚这一天灵感涌动，他让小沙弥并排铺下十余张宣纸，饱蘸浓墨，文不加点，落纸云烟，一篇《承天院塔记》转瞬完成了。文辞典雅，书法墨气豪迈，大家齐鼓掌。

《承天院塔记》因要刻碑勒石，黄庭坚在文章的后边将智珠、马瑊等人的名字都写了进去，唯独把陈举的名字给落下了。陈举脸色很难看，他走上前朝黄庭坚一揖手，恳求道："请黄公添上陈某的名字，也好传之子孙。"

黄庭坚没说话，把笔交给小沙弥，朝寺院后边的茅厕走去。

陈举脸色愈发难看，他走到无人处，抽出佩刀，将一棵树上的三根枝条一刀斩断。

崇宁元年，黄庭坚改任领太平州事。仅到任数天，就有人向朝廷举报,说黄庭坚在《承天院塔记》中"幸灾谤国"。朝廷震怒,黄庭坚再遭贬谪。朝中佞臣趁机想铲除黄庭坚,又进谗言,皇上下旨,革除了黄庭坚的一切职务和功名,流放宜州。

稀落的鞭炮声响起,旧历年快到了。黄庭坚在潭州遇到了秦观的儿子秦湛。秦湛是扶秦观的灵柩迁葬故里的,秦观早几年病逝在了滕州任上。黄庭坚见了秦观的画像,悲从中来,不禁失声痛哭。

临别,黄庭坚掏出二十两银子送给秦湛,这几乎是他的全部积蓄了。秦湛不收,黄庭坚哽咽道:"我与你父几如骨肉,想他死不得预殓,葬不能往送,你想让我遗恨终老吗?"

秦湛跪倒,给黄庭坚磕了三个头。

黄庭坚原是和家眷一道起程的,可到零陵时,他忽然改变了主意,将家眷安置在零陵,他一人前往宜州。他想等在宜州安置停当,再派人来接他们。

白天在路上行走,黄庭坚倒不觉得什么,可一到夜间,夜深人静,草虫相鸣,还是感到有几缕说不出的孤独。

他又想起了智珠禅师。

智珠禅师除了佛法高深,还深谙画理,性喜画莲。他画莲,画出了它们的魂,高洁而脱尘。酷热的夏日展卷,不仅能闻到清幽的荷香,还能感到有阵阵凉风吹拂。

黄庭坚想求老友一幅画,时时把玩,不但可解寂寥,也不愁打发宜州漫长的夏日了。

他修书一封,让人送到承天寺,交给智珠禅师。

智珠禅师接了信,沐浴、焚香,然后关了禅房木门,拿出珍藏十余年的澄心堂纸,调好颜料,对着雪白的纸走进了一个了无纤尘的世界。

禅房的烛光亮了六个夜晚和六个白天,一幅《莲荷图》画好了。智珠禅师把画很小心地叠好,装进信囊,喊来一个小沙弥,打发他尽快把信送出。小沙弥走出禅房的木门,智珠禅师弹弹袈裟,坐上莲花座,口里念了一个偈子,竟坐化去了。

黄庭坚收到《莲荷图》的时候,已是黄昏。残阳如血。他急忙将画幅展开,展到一半,泪水就模糊了双眼。

论《书法菩提:金明池洗砚》的境界
——以《莲荷图》为例

刘 恪

我以小说《莲荷图》为例,对张晓林的写作来做一个基本分析。我觉得这样能把我们对他的判断落到实处。

我举例的这篇是他刚发表的小说,题为《莲荷图》。我之所以选这篇来谈是因为我觉得这篇有比较典型的意义。先说这一篇的结构,我称它为锁链式的循环结构,是以情节方式构成的。这么一个篇幅很短的小说,它有四次伏笔,一是开头的黄庭坚"偿债而来";二是智珠禅师捡起一片瓦砾,拂去灰尘,装进口袋;三是遇见秦观的儿子;四是向禅师求画。有了这四次伏笔,从情节上来讲形成了回环的逻辑锁链。四个伏笔就会有四次照应,这些照应有时会写得很隐晦。这样不停地伏笔、不停地照应,形成一个锁链式的循环结构,这是《莲荷图》的结构关系。这一篇为什么会使我有一个兴奋点呢?极为重要的就是他是从文化、从宗教、从哲学的境界来营造这篇小说的。以前我读过他的另一篇小说《木钗》,那是一篇很好的小说,写的是一个生命的故事,用生命把一个钟给补起来了,他是用一个个体生命的意识来铸造那个钟的,表达了一种人生的生命意识。《莲荷图》这篇,他选择的是一个宗教题材,因此我们从宗教说起是很顺理成章的事,但是如果他只是简单写一个宗教故事的话,就没有意思了。他从宗教里面突出来写哲学。我特别注意到西方哲学有一个很大特点,哲学是从宗教中来的。之所以我们中国的哲学特别到理学以后,到民国以后,如果说懂哲学的人不懂宗教,大家肯定会对他嗤之以鼻。哲学从宗教中来,宗教比哲学要早。哲学有一个特点就是悟,要从宗教中悟出某种东西。只悟到哲学仅仅是一种理念还不够,还要悟到一种境界。所以中国的禅宗和西方哲学特别不一样,既有宗教的东西,又有哲学的东西。我们如果写一个长的小说,有宗教和哲学的东西在里面,拿到西方肯定是第一的,因为西方没有这个东西。我评判一个东西,经常从内到外把它进行全面比较。说好,就一定要找到一个在同类作品里别人所没有的东西。张晓林这篇小说,写的是一个宗教故事,在这个主题上,开篇就提出了文化与佛教,又是一个文化故事。到了小说的中间,又从佛的缘分转移到人的情分、人的情缘上来了。这个情感写的是男人的情感而不是女人的情感,这就是很好的意味了。再往下,他把题蜻蜓点水地点了一下,你根本不知道他的目的所在,他接下来开始写那座佛塔,看似闲笔,其实佛塔在这篇小说中起到关键的作用。在张晓林的小说内部,常常有一种悠闲荡漾的东西,往往不直奔所写的最终目的,这就往高处写了。我在外面跟你玩玩,玩几个结构之后最后还到这儿来,我评价用的词是"浮空闲影"。这样舒缓的闲笔把语境营造足了,笔锋才开始往深处去。

小说的境界和人生的境界有时候是非常一致的。老禅师和黄庭坚两个人就像我们平时喝酒说家常话一样,老禅师对黄庭坚说,我把浮屠都造起来了,这是一个很难的事,下面有个很小的事要你来摆平。老禅师嘴里的这个很小的事就是写一篇塔记。其实,为承天寺七级浮屠作文是一件很难的事,不然,不会专等黄庭坚来做了。这样一来黄庭坚就被将了一军,整篇小说在这种复合照应的循环锁链中间不停地荡来荡去。这么荡了几个回合以后,小说发生了变化。首先是写的悟,再发展到建筑,是一个文化象征符号,再下面是一篇赋文,是文化产品中间的眼睛,最后上升到精神。这个精神从哪儿来呢?下面就来了。有一个花钱买官的人陈举,他希望黄庭坚给他在赋文中留下名字,不仅可以附庸风雅一下,还可以传于后世,这是历代官僚的心态。而黄庭坚故意给陈举悬了一空,跌了一下,没有把他写进赋文。这下把陈举给得罪了,结下了梁子。当官的你不给他面子,他就把你记恨在心里了,瞅机会往死里整你。这就从写文事,再到宗教,写佛缘写文化写人情,到后来写到政客,这就不一般了。这里面就是这么简单的一笔,就把文化、宗教、哲学等一笔提高到写政客。过去政客的心态,和现在政客的心态是一样的,千古不变。下面就写了这个政客是怎样报复黄庭坚的,黄庭坚以后人生中的一切坎坷,大都因这个政客而起,文人情怀让黄庭坚付出了惨痛代价。于是这里就凸显了作者新历史主义的态度。什么叫"新历史主义"?就是我写的是历史故事,但我在隐喻当今世事中间的某种东西。以当时的细节来展示今天的人情方式,就有新历史主义的意味在里面。他在后面又补了一个细节,就是秦观的儿子护送秦观灵柩回乡这个细节。这是一个完全可以删掉的细节,但是他就补在这儿。这样有它另外的好处。黄庭坚给了秦观儿子二十两纹银,来表现黄庭坚这个人在政治和平民、文人和政客之间的隐晦态度。细想一下,在这里他是为了突出黄庭坚,如果没有这个细节,后面的《莲荷图》的丰富性就不够了。有了这个细节,后面的故事就有意思了。

文章的最高峰是黄庭坚向禅师求一幅画,禅师画完这幅画以后就死了。这在手法上叫"斗转"。西方也好中国也好,几千年前直到今天,文学理论中间没变化的就是情节理论中的斗转。而且,美国小说,欧洲小说,我们中国的《三言》《二拍》,特别强调斗转。斗转理论是亚里士多德提出来的。斗转有几种方式:反转,跳跃式,等等。《莲荷图》采取的是跳跃式斗转,而且一跳就跳到你想都想不到的地方,然而又是符合情理的。这里一直跳跃一直斗转,从佛事跳跃到文化,从个体的还愿跳到生命的偿还,由给佛塔写一篇文章、还一个文债,到用生命还一个精神之债,从而上升到人生哲学和生命哲学的高度。所以我说小说在这个地方,用第四次照应以上的伏笔,老禅师以个人生命的结束为代价完成了一幅《莲荷图》,这篇小说的内部关节就比较完善了。《莲荷图》与荷花已经没有关系了,画的是老禅师,画的是黄庭坚的品格,画的是佛、文、人之缘,从普通的宗教故事和文化故事上升到了人生哲学故事。《莲荷图》复杂的内涵是通过几次折转产生出来的,我们可以说《莲荷图》是生命之图、佛教之图、文化之图、哲学之图。其实这里面还有很多可谈的,比如山和高洁,比如生命之沉浮,比如禅师的生命境界,这个文本里面还有很多可以阐释的东西。对于小小说,我们作为一个作者,觉得它已经到了一个高度了,我们的阐释也到了一个高度了,但我们还可以进取一下,把它本质的东西和更高的东西说一下。第一点就是这篇小小说还有个弱项。因为他写的是文化意识,文化意识如果完全作为一个符号来讲,我们在写文化意识的时候应该站在另一个角度。我们要抓住每一篇小说表现力最根本的地方,或者说更应该着重的地方。孟德斯鸠写过一本书,叫《法的精神》,里面说了几个问题,让我们思考。他说这个世界上有几个民族和国家是不可小看的,其建国基准和人的精神基准,它的建构在国与国之间、在民族与民族之间是不一样的。比如不带偏见地说,日本人是以法为建国基准和精神基准构成的。中亚是以人力和宗教为基准的,用别的方式轻易是不能撼动它。他也说了中国,说中国这个民族很古怪,他们的建国基准和历史发展是以民俗为基准发展起来的,这是一个很有意思的命题。我们一定要注意,写文化小说要写出民俗的实质和状态。要写以民俗为基本构成的文化小说。张晓林的小小说我看了很多篇,写了官场,写了文化逸事,写了风俗,但是民俗方式在细节构成方面我觉得还少一点。

还有一点,我觉得张晓林小小说中表现的,就是詹姆逊所说的"政治无意识",散文也好、诗歌也好、小说也好,无一例外地都突出一种强大的"政治无意识"的态度。张晓林的小说里面,无疑也透露出他的"政治无意识"。"政治无意识"是好的,用詹姆逊的原话说就是"文学是人类社会时代的象征性行为"。这里就有两个细小的点我觉得他把文学的"政治无意识"写得稍微明了一些。比如,他说禅师佛法高深,说他喜欢画莲,能画出莲花的魂,高洁而脱俗,夏天能闻到幽香。我认为,这段只要三五个字就可以了,通过这么一大段话其实就把莲花的精神和要投注的"政治无意识"所表达的人格说得太明显了,只要是有读小说习惯的、搞评论的读到这儿一下就明白了。还有一个,小说最后写到黄庭坚收到画作,"展到一半,泪水就模糊了双眼",其实这一段完全可以用另外的话来说。不要把你的底牌给明确地亮出来,而应该产生别的余味,这样是不是就能更好一些?这两个小弱点,可以注意一下。

还有一篇我提一下,不做过多分析了,就是《江南落雪无》,是讲王安石和司马光在政治上对立,在文学上交流,在学术上沟通。这篇文章看起来好看,也很好懂,但是它的主旨、它的深度,我觉得要找起来可能比较麻烦。我举一个例子给这篇作品提供一个参照。美国有个诗人叫史蒂文斯,写了一首全世界有名的诗叫《坛子的轶事》,他就写山顶上一个坛子,我们中国很多诗人在讲的时候都讲不清楚这个坛子是个什么玩意儿。我举这个例子的意思是什么呢?这篇小说骨子里最核心的东西是讲学术可以超越一切,这是一个新的说法。

帽妖

天禧二年五月五日，京城四周的田野里，小麦翻滚着金色的波浪，阵阵麦香在京城上空飘浮。满鼻孔的麦香让赵恒心情舒畅，他起了个大早，来到御书房，准备填一首有关"割麦"的词。宫女刚把墨研好，中使就急匆匆赶来，说："有加急奏章！"赵恒心底一沉，忽然记起夜里做的那个梦来。梦里毒蛇遍地。

奏章是河阳三城节度使张旻遣人送来的。张旻是赵恒的心腹，他前往河阳上任时，赵恒执着他的手，私下嘱咐道："多替朕分担些忧愁。"张旻立即哽咽到无法言语。奏章里，张旻向赵恒奏报了一件事。

这件事发生在西京洛阳，前前后后十分曲折复杂。

最近一段日子，洛阳城内突然飞来了一个怪物。白天很难见到它，可一到夜里它就出现了。这个怪物的形状极像人戴的帽子，但会在空中飞舞旋转，而且还像夜明珠一般发光。开始的时候，也有胆大的年轻人想捉住它一看究竟，可这东西很狡猾,会和捉它的人玩捉迷藏,你快它快,你慢它慢,累得捉它的人气喘吁吁,就是无法捉到它!

过了几天,有关这个怪物又有了新的传闻。说这个怪物不仅会飞舞、旋转、发光,还会变化。城西的卖油郎恽哥黄昏时分亲眼看见,这个旋转着的怪物"噗"一下落到地上,看时,却变成了一匹大灰狼,恶狠狠地扑向他,本来想咬他的脖子,他用胳膊一挡,"哧"的一声,血淋淋地给撕掉了一绺皮!说这话时,恽哥还一脸痛苦地动了动缠满绷带的胳膊。

现在的洛阳城,每到黄昏,家家大门紧闭,大街上很难见得到行人了。

那天早晨,赵恒看奏章的手一个劲儿地颤抖。那个帽子一样的怪物仿佛幻化成千百匹张牙舞爪的狼,正从奏章里咆哮着向他扑来。赵恒感到了恐惧。

第二天,赵恒颁下圣旨,让侍御史吕言带人前往西京洛阳调查妖怪伤人事件。

这个时候的西京留守是王嗣宗。

王嗣宗是宋太祖开宝八年的状元,他这个状元,有一个很滑稽的绰号,叫"手搏状元"。这个绰号的来历与宋太祖有关,那一科,江南举子陈识和王嗣宗的御试答卷不分上下,宋太祖无所适从,看着魁梧的王嗣宗说:"你们就以比武定输赢吧!"二人在金銮殿上拉开架势,王嗣宗先挥出了拳头,只一下,就把陈识的帽子打落在地。宋太祖哈哈大笑,状元郎的桂冠在笑声中尘埃落定。

王嗣宗听了吕言的来意后，颇不以为然，说："这事我也收到了奏报，但我不认为有什么帽子一样的妖怪，我认为这纯粹是谣言！"对于谣言，王嗣宗表达了自己的见解："要么置之不理，要么把造谣者抓起来投进大牢！"

吕言提出了疑惑："会不会是上天显灵，想给我们某些惩戒呢？"

王嗣宗冷笑一声，说："吕公这话比谣言更可怕！"

吕言受到王嗣宗的奚落，心底窝了一股怒火。他带领手下开始在洛阳暗访，走街串巷，瓦市勾栏到处都留下了他们的足迹。暗访结果让吕言对自己的猜测越发坚信不疑，被调查的每个人几乎是异口同声地回答："那肯定是个帽妖！"吕言想到赵恒泰山封禅前，天降祥瑞，有天书飘落在皇宫里。现在，天降凶险，有帽妖在西京现身。天书也好，帽妖也罢，这些都是上天的旨意啊！

天降祥瑞，那是上天高兴！皇帝就以东封回馈上天的高兴。天谴帽妖，不用说是上天不高兴了。上天不高兴更得重视，怎么办？老办法，用祭祀消除灾祸。祭祀是人类和上天沟通的纽带。

吕言给赵恒上了一道奏章。很快，圣旨就送到了西京：同意吕言所奏！

这场攘除帽妖的祭祀活动整整搞了三天，场面热烈而宏大。大半个洛阳城的百姓目睹了这次祭祀大典，唯一有点遗憾的是，吕言亲自登门邀请西京留守王嗣宗参加祭祀活动，可被冷冷拒绝了。

祭祀大典过后,帽妖像是销声匿迹了,洛阳城似乎回归到昔日的平静。黄昏的街头开始有人出来活动,卖油的、卖果子的、卖煎饼的纷纷走出家门,店铺的幌子也挂出来了。

吕言鼻头发着亮光,忘却了与王嗣宗的不愉快,回汴京向赵恒复旨。

仅仅过了半个多月,汴京街头到处都在传着一个可怕的话题,说帽妖已从西京洛阳飞到了京城开封,而且专等晚上人脚定时出来吃人。

京城最大生药铺子的王老板,几代都是单传。到他这代,五十岁时他的三姨太才给他生了一个儿子,娇惯得无以言状。前两天是这小儿的八岁生日,过生日的这天晚上,他哭着闹着要去大街上挑灯笼玩。京城习俗,只有上元夜才挑灯笼,这不晌不夜的,你挑什么灯笼!

王老板虎着脸说:"外面有狼!"

王小儿更来劲了,睁圆眼睛说:"我不怕狼,就要挑灯笼!"

王老板又赔着笑脸哄他说:"你不挑灯笼,我就给你买个小镲锣,一敲咣咣响!"

王小儿不上当,踢蹬着腿哭起来。

王老板最听不得小儿哭,他喊来家仆,让他把年后元宵节挑的灯笼找出来,领着小儿去大街上挑灯笼。临出门,一再叮嘱仆人:"在大门外转一小圈就回来!"可是,小儿再没回来。等王老板带人找到仆人时,仆人抱着头蜷缩在墙角一个劲地发抖,嘴里不停地说:"狼……狼……"他的旁边,小儿挑的灯笼摔在路上,蜡烛把灯笼烧去了大半。

王老板的三姨太发了疯,整天在大街上跑着喊:"红眼绿鼻子,专吃小孩子!"声音很是凄惨。

有了初一,就有十五。今天谁谁家的小儿又给帽妖吃了,明天谁谁家的孩子又失去了踪影,传得有名有姓,有鼻子有眼儿。帽妖专吃小儿的传言就像一片巨大的阴云,迅速笼罩了汴京的上空,整个京城陷入恐惧之中。人们晚上再不敢出门,甚至不敢睡觉。他们把自家的孩子捆系在身上,或者藏在床底下和柜子里,然后,家族里的青壮汉子围成圈坐在一旁,手里拿着家伙,棍棒刀枪,锣鼓铙钹,夜里只要一有风吹草动,咚嚓嚓,锣鼓家伙便一起响起来。

曾经有那么几天,一到夜晚,京城这儿咚咚,那儿嚓嚓,终夜都不会消停,让人听得心惊肉跳。

又过数天,两个巡夜的禁军士兵忽然失踪。后来,在城墙西门外的乱坟岗找到了他们的尸体。两个人的头已不见了踪影,二人的脖子上都有牙齿啮咬的痕迹。人们由此断定,帽妖的口味发生了变化。

赵恒睡不着觉了,一夜之间,嘴角上鼓起两个明晃晃的大泡子。他隐隐约约感到,这不单单是一个帽妖这么简单的事了,有人把眼睛盯上他赵家的江山,要图谋不轨了。

赵恒颁下圣旨,京城百姓凡发现可疑之人可疑之事,都可向官府举报,一经查实,给举报人以重赏。

告示贴出,来官府举报的人一拨接一拨,举报信也一封接一封投进了官衙。但经过认真排查,有价值的线索不多。可还是有一封举报信引起了赵恒的注意,这封举报信说,大相国寺僧人天赏与方士耿概、张刚常常于夜半时分在寺内密谋,有时三人结伴去城外的树林子里过夜,行踪极为诡秘。赵恒即时唤来起居舍人吕夷简、入内押班周怀政,让二人带兵火速捉拿天赏等三人归案,连夜突审。

吕夷简乃将相之才,和周怀政一起,很快就将案子审了个水落石出。三人常常夜半密谈是为了编一部新的日历,去野外是为了夜观天象,和帽妖事件毫无干系!

案卷送到了赵恒案头。看着案卷,赵恒感到莫名烦躁。

这时,中使通报,应天府知府王曾觐见。赵恒急忙说:"宣!"

帽妖事件,已然波及了应天府,王曾却下令城内百姓打开大门睡觉,且不准在一起议论帽妖事件,更不能造谣说帽妖来了!违令者,按谋反罪论处,投进大牢。这些天,应天府没有发生一起与帽妖有关的事件。

赵恒将案卷递给王曾。王曾看过,默然不语。

赵恒问王曾:"此三人可释放否?"

王曾面色凝重,淡淡地反问赵恒一句:"陛下可愿帽妖永驻京城?"

隔一天,赵恒下旨,天赏、耿概、张刚三人妖言惑众,密谋造反，推出午门斩首！凡与三人有来往的朝中大小官员，一律流放岭南。斩杀天赏等三人那天，午门外人山人海，观者如堵。

帽妖事件再没有发生。

三脊茅

乔花匠觉得今天要有事情发生。

在京城西郊外,乔花匠经营着一片园子,园里种满了花卉。乔花匠是汴京有名的花匠,城里的鲜花铺子都喜欢跟他打交道,从他这里摘取各类花朵拿到铺子里去卖。宋朝人有佩戴鲜花的习俗,坊间甚至传言,宋真宗佩戴的名贵牡丹,诸如姚黄、魏紫一类的稀有花种,就是从乔花匠这儿选进宫里去的。

除了侍弄花卉,乔花匠还养了几笼子鹌鹑。这种浅褐色的鸟对乔花匠有种天生的亲近,每当乔花匠走近它们,它们嫩黄的爪子轻盈地跳动着,显得分外欢悦。

乔花匠教鹌鹑们跳各种奇怪的舞蹈,跳得卖力的,就喂其十数粒饱满的草籽。硕大而饱满的草籽酥软而芳香,鹌鹑吃起来和老母鸡叨米如出一辙。

这种草籽来自一种名叫星星草的草。种星星草,对乔花匠来说,纯属一次意外。

那一年的深冬,汴京郊外异常寒冷,砭人骨髓的偏北风在树梢打着旋呼啸而过。这个时候,乔花匠园子里来了个清瘦的道士。他咕嘟嘟喝下一碗茶后,手把手教会了乔花匠种这种名叫星星草的草。而且笑着说:"它是鹌鹑们的稻谷。"这是一种神奇的草,到了第二年花开季节,它开出了七色的花朵。

现在,成群的玄鸟从乔花匠园子的上空飞过,遮天蔽日,"呱呱"之声让笼子里的鹌鹑们噤若寒蝉,蜷缩在笼子的一角簌簌发抖。玄鸟过后,一个朝廷使者带着两个衙役闯进了乔花匠的园子。

使者很和蔼地与乔花匠攀谈:"听坊间传你很会种草?"

乔花匠摇摇头,说:"我是花匠,不种草。"

使者面露不悦,"这种草是你种的吗?"他指着旁边的那丛星星草问。

乔花匠一愣,点点头。

使者又笑起来,说:"你种的草会开七色花朵。"又说:"会开七色花朵的星星草,别处没有见过。"

乔花匠说不出话来。

使者从怀里掏出一张纸,上面画着一棵草的形状。他对乔花匠说:"你的好日子来了。"然后,递给乔花匠一小袋草籽。

早些时候,王钦若阅读古代典籍时,见上面记载了一则逸闻,说秦始皇泰山东封时,需要一种名叫三脊茅的草做祭品,秦始皇兴师动众花了大半年时间寻找这种草,可是找到这种草的时候,它已经枯黄衰败了。三脊茅寻觅不易,最佳的方法是找巧匠培育。逸闻的下边,画了这种草的形状。

王钦若去见赵恒。

赵恒说:"去找人种啊!"

有一点,使者是清楚的,种这种草,需要花费异乎寻常的精力。种活这种草不容易。乔花匠见草图画得十分怪异,不想接这个活。使者把一个黄灿灿的金元宝拍在乔花匠面前,说:"你只有两条路可走,一是拿钱种草,等把草种好,再赏更多的银两,可尽享荣华富贵;另一条路是等着皇帝发怒,发配沧州!"

使者说完,就朝园子外边走,一边走一边说:"过些日子我再来。"

乔花匠在园子里找一片肥沃的土地,开始松土,然后把使者带来的草籽丢进芳香的土壤里,用罐子去井里汲出水来,一瓢一瓢浇灌在种有草籽的土壤上。

某个清晨那片土壤钻出嫩绿的草芽时,乔花匠有种窒息的感觉。这种诡异的草从破土的那一刻起,就散发着令人作呕的血腥气。更为奇怪的是,三脊茅钻出地皮的第二天,一满畦的七色星星草瞬间一棵一棵枯萎了。笼子里的鹌鹑也都烦躁不安,圆圆的眼睛惊恐地望着乔花匠,肉粉色的小腿簌簌发抖。

三脊茅的成熟季节转眼到了。乔花匠却像熬尽了油的灯盏,显得委顿不堪。很快,乔花匠病倒在了他的花园里。临咽气,乔花匠挣扎着爬下草榻,跪在地上,苍白枯瘦的双手伸向天空,用尽喉咙里最后一丝力量,把一口浓痰随着一声诅咒吐了出去。

乔花匠的头颅栽在了泥土里。

头颅着地的一刹那,蒙蒙眬眬中他看见使者满面春风地带着几个穿着短褂的壮汉旋风般地闯进花园子,那些浑身横肉的家伙手里拿着贼光闪闪的镰刀,他们从他身边踩踏而过,奔向那片茁壮的三脊茅。乔花匠最后一丝意识里,知道他们要收割这种封禅用的祭物了。

当天夜里,乔花匠的魂魄就被牛头马面锁了去,把他押到了阎王殿。乔花匠的肩胛骨被枷锁穿透了,流着血。阎王威严地坐在殿上,很可怜地看着乔花匠。马面踢了乔花匠一脚,让他跪下给阎王磕头。

阎王说:"一个小小的花匠,竟然敢骂玉皇大帝!"

乔花匠嘴里呜呜着,似乎想申辩什么,可肩胛骨疼得让他说不出话来。

阎王一拍惊堂木,瞪大了牛一般的眼睛,喝道:"罚你三世不得为人!"停一停,对牛头马面说:"念他一生喜爱鹌鹑,就让他去阳间做一只鹌鹑吧。"

乔花匠就飘飘忽忽来到一个园子里。这个园子似曾相识,但想不起来在哪里见过。园子里衰草萋萋,很是荒凉。荒草中有很多鹌鹑,无精打采地蜷缩成一堆一堆的。乔花匠来到它们中间,它们对他很是亲切,纷纷扇动翅膀,喳喳叫着迎接他。看着这些肥硕的鹌鹑,乔花匠忽然感到一丝恐惧袭上心头。

不久,一群玄衣人闯进园子。他们见鹌鹑就捉,半晌工夫就捉去上千只鹌鹑。他们把鹌鹑的脖子用铁钳子夹碎,随手扔进蒲草编制的袋子里。一个满脸油腻的家伙说:"当朝宰相喜欢吃鹌鹑舌这道菜,你们这些蠢鸟也算是烧高香了,不比让那些乡野村夫逮去吃了强吗?"

乔花匠躲在一丛荆棘的后面,浑身簌簌发抖。他对天祈祷:"苍天啊,发发慈悲吧,千万别让他们把我捉去啊!"

历史乡愁与现代气息的交融

艾 云

我的老乡张晓林志向高远,赳赳雄心,立志为古城开封钩沉出历史歌哭传唱的神韵。我正在阅读的这本《宋真宗的朝野》一书,是他"宋朝故事"十卷本中的一本。

2016年1月的广州,遭遇罕见的寒潮,温度竟然下降到0摄氏度。1月24日上午,白云山和市内的一些地方竟然飘起了雪花。虽然这雪花薄薄一层,细霰如絮,却让在自己的地盘几乎未见过下雪的广州人惊讶不止,惊喜不止。他们争相拍摄,传发照片,处在少见的亢奋之中。

我跺着双脚在依旧寒冷的屋子里看张晓林的这部书,一入情境就放不下,完全被书中的人物与故事吸引住。张晓林的笔下,真宗时期朝野上下,各色人等无不鲜活跃动,性格灿然,栩栩如生。他深谙中国传统笔记体小说之精髓,一篇文章往往两三千字,不长,却写得从容不迫,娓娓道来;叙事结构张弛有致,布局完整,有条不紊。他将风物人情、历史沿革、潇洒捭阖一路写来,妙不可言,妙趣横生。唯有文化知识渊博,对中国历史研读颇深，同时又老到传神的写作者，才能写出如此带着深层历史乡愁，同时又具有现代生活气息、跃然纸上的文化历史小说。

每次回到我的家乡开封，我都会在这座城市四处漫走。我不是偏爱，但是我必须得说，这座城市与中国其他城市全然不同，它就像是一个梦境，一个由穿越时空的幻觉和真切构筑的美轮美奂的实景构成的梦。比起北京、西安以及洛阳等古城，开封显得更为旖旎，在某种慵懒而惬意的淡然中，透出天然的、无以言说的风流自在。那是汴河沿畔的垂柳兀自袅袅婷婷，那是大相国寺千手千眼佛的安详静谧，那是潘杨二湖的涟漪微波荡漾，那是州桥明月的清辉疏朗。我漫步古城的大街小巷，时而清晰时而朦胧地感受到这里的民俗风情与千年之前的北宋遗韵有着剪不断的传承。这座城市的人们侠气洒脱，豪爽不羁，同时又有着敏感、丰富的对艺术等诸多事宜熟谙而又把玩着的独特生态与心态。

因此我读张晓林的这部书稿，没有任何时空障碍。我就好像自然而然地回到北宋年间的开封。书中主要是写宋真宗时期的事情，无论庙堂之高还是江湖之远，无论帝王将相还是引车卖浆者流，他都写得形象生动，人物言谈举止仿佛可以触摸，呼吸吐纳如在目前。宋真宗这个皇帝很有意思，他是宋太祖、宋太宗之后的第三个皇帝，他本人虽然没有前两个开辟江山者的强梁霸气，却也勤于政事，治国有方。他在位二十五年，北宋经济日益发展繁荣，少于战事，民众安居乐业，传于后世的有《文武七条》的廉政理念和规则,史称"咸平之治"。

我明白张晓林之所以选择真宗朝野来写,并且写得笔致摇曳,时而诙谐时而沉重,正是因为这一时期人们的脸上不再愁眉不展,不再阴云满布。单说上卷"庙堂之上",张晓林将笔墨更多用在真宗赵恒的身上,赵真宗的性格就如同我们现在的人一样,有着自己的喜怒哀乐,也有着自己的优点和缺点。他派曹利用与萧太后议和,曹伸出三根手指,真宗先是惊恐然后释然的微妙心理活动,真宗当朝讨论封禅之事时对诸臣态度的悉心观察揣摩,他与老臣邢昺下棋时的心酸与体恤,他听信王钦若谗言时的糊涂昏聩,都让人看到一个有着普通人性格特征与局限的君王的真实一面。而下卷"江湖之远"诸篇,写的则是普通的民众,有桀骜不驯的画家柳白藤,有开着面食店却又担心无后的刘好手,也有救人的茶肆肆主方二郎,还有悬壶济世的神医王竹楼,当然还有坐怀不乱的任侠叶如裳。

我读着张晓林的这部书稿,仿佛听到千年老树茂密的枝丫之上斑鸠的啁啾声,华美的绛红色木门在推开之时发出的沉闷回音;我又仿佛看到槐花树隙间流年摇曳的玄想,菊花与黄河水新鲜的香气簇拥而来,墙壁和屋檐的暗影嬗变着虚无的净空。宋代开封有着太多的故事、演义与传奇,它的每个砖石檐角、勾栏瓦肆都带着隽永的吟唱与辞赋,歌尽菊花,花在陌上,陌上千年。

关于开封，它现在几乎成了显学。回望而去，人们惊诧不已的是北宋年间它竟是世界第一大都会。它的繁华煊盛，远远领先于西方文明。人们简直无法弄清楚开封那时为什么会有如此美不胜收的魅力。关于开封，研究者在进行发现和琢磨，现在已经有不少文字问世。作为文学家的张晓林，他认为自己有责任将开封古城的历史作一形象生动的摹状。他研读《全宋笔记》经年，饶有心得。他写开封的往昔，努力贴着人物的命运和性格写，将情怀注入笔端，浑然天成便是上乘佳作。

我初识张晓林也是因为文字。2007年春，我在《作品》杂志当编辑时，他给了我《汴门三柳》的小说，是写开封的，写得漂亮传神。我们刊物马上发表。接着他又给了我另外的小说，也都终审通过，从此我记住了我有一个写小说的开封老乡张晓林。后来回家，我们见面。晓林身上虽有文人气质，书卷雅度，但也秉持着原则、操守与风骨，这使我与他一下子有了亲近感。晓林禀赋逸群，不仅专攻小说，在书法篆刻等其他艺术门类均有较高造诣。他工作非常繁忙，却有如此雄心写出绵绵长卷，这让我心生敬佩。对，我认为晓林写的是绵绵长卷；我没有用浩浩长卷来形容，正是因为他平实而素朴的个性，以及他这种个性对北宋故事的辨析解读。北宋的确没有汉代鼎盛的威仪，没有盛唐磅礴的气象，宋代却是一个有着浓郁人文意味的、多姿多彩的朝代。那是青花瓷上薄如蝉翼的讲究，是字画间墨宝生香的氤氲，是一声梆子敲在午夜子时的悠长，是文人骚客秋色连波寒烟碧翠独登高楼的惆怅。

现在，知识的贫瘠化以及弱化阅读似乎成为无可奈何的一件事。但是总有为民族文化传播承递而有所担当的人，他们在默默做事，这样的人会带动更多的人。文学的力量就在于默默阅读中你所感受到知识的丰富和历史眼光的宽远。张晓林就是一个默默做事的人，一个默默为人们贡献精神琼浆的人。我对他只能用这么直白的语言来评述。

江南落雪无

王荆公与司马温公政见多有分歧,尤其在熙宁变法一事上,围绕二公在朝堂上似乎形成了两个敌对的阵营,双方常常唇枪舌剑,恨不得在对方身上戳几个窟窿出来。但一走下朝堂,私下里论及学问时,二人间那风趣的谈吐、善意的调侃、会心的微笑却又宛然是一对亲密无间的异姓兄弟。政事和个人友谊如此泾渭分明,大概也只有古圣贤才能做得到。

譬如王荆公写了一首诗,诗名叫《题画扇》,内容如下:"玉斧修成宝月团,月边仍有女乘鸾。青冥风露非人世,鬓乱钗斜特地寒。"他抄在澄心堂纸上,拿给司马温公。

司马温公将诗读了一遍,说:"唔,好诗,虽是取玉川子《醉归》一诗之意而作,但胜之远矣!"

荆公双手一揖:"愿闻高见。"

司马温公说:"玉川子为一代高僧,尽管不以诗名世,但《醉归》一诗沛然如从肝肺中流出,不见有丝毫斧凿痕迹,他靠的是真性情。荆公此诗,不单气韵生动,还深谙为诗之道,是故胜之矣。"

荆公叹服。

司马温公著《诗话》一则,把老杜诗句"黄独无苗山雪盛"中的"黄独"误录为了"黄精",恰被荆公看到,禁不住有几分兴奋,呵呵大笑着说:"温公也有丢丑的一天呀!"遂在一旁眉批道:"黄独是残留在冬天野地里的小块山芋,江南俗名叫土卵。杜子美流离江湖间,能有黄独果腹就不错了,怎能像道人剑客那样去食黄精呢?"

隔一天,温公见到眉批,备了一篦经书,登门向荆公致谢。

平素,王荆公不讲究生活小节,常常会闹出一些小笑话。一日,王荆公与司马温公同在朝堂与皇上议事,忽然,一只虱子从荆公襦领上爬了出来,在荆公脸颊上转了一圈,然后爬到鬓角上,不动了。荆公竟浑然不知。

皇上看见了这只虱子,笑了笑,没说什么。

司马温公也看见了这只虱子,在朝堂上,他也没说什么。下朝来,一出集英殿大门,他就问荆公:"可知皇上刚才为何发笑?"

荆公很奇怪地扭转头:"不知道。"

司马温公指着荆公的鬓角说:"笑的是它。"

荆公一愣:"笑我,笑我作甚?"

司马温公忍住笑,说:"不是你,是它——一只虱子。"

王荆公脸红了。忙叫过一个随从,要他把那只虱子给捏下来。不想,温公却伸手给拦住了。

"不可,不可,千万不能捏杀它。"

"为何?"荆公不解。

司马温公笑着解释:"这只虱子不寻常,有诗为证:'屡游相鬓,曾经御览'。"

王荆公跟着笑了。

王荆公在坊间刊刻了一部书,名曰《字说》,他对这部书很满意,见了熟识的人都要送一本。司马温公也接到了一本。

司马温公没看几页,就找荆公商榷来了。

司马温公说:"'以竹鞭马为笃'倒还说得过去,'以竹鞭犬'有什么可笑的呢?"

荆公说:"古人认为可笑,自有可笑的理由。"

司马温公不服气。

司马温公不服气,自有人服气。不久,《字说》一书在朝野流行开来。南宋高宗年间的曾慥在他的笔记《高斋漫录》一书中这样记载:"学校经义论策,悉用《字说》。"

这一年庚子科的科选中,有一个叫胡汝霖的举子在答用武策时,模仿荆公《字说》体例作了一篇文章,结果竟然高中榜首。

政治就像翻烧饼,一面热,另一面就凉。一面不会总热,另一面也不会总凉。元祐初年,司马温公拜相。王荆公下野,退居金陵钟山。

在钟山,王荆公显得很洒脱,每天骑头小毛驴,与一二山民结伴,去山深林幽处闲逛,累了就头枕青山绿水歇歇脚。兴尽而返。有客人来访,就陪着在茅舍前的古松下下下棋。再不,就增删他的《字说》。

对于《字说》一书,王荆公可谓是呕心沥血。他曾因注解"飞"字没有找到满意的注脚,竟在涧水边徘徊了整整一天,饭也不吃,嘴里念念有词,样子很怕人。王老夫人寻到他,问明原因,说:"何不以'鸟反爪而升'注之。"荆公想了想,笑起来。

荆公虽然闲居钟山,可对庙堂之事并不能忘怀,每逢碰见有人自北方来,都要打探一下东京的消息。往往,还要问一问司马温公的近况。

这些来拜见荆公的人,不管是朝中大员,还是地方小吏,大都拣好听的给他说。

有一次,荆公旧时门人周种来访,荆公陪他在山间闲走,走到一株松树下,停下脚步,扭过头忽然对周种说:"司马温公是个君子啊。"

周种一愣,随即醒悟过来。默然不语。

又朝前走几步,荆公又说:"司马温公是个君子啊。"这句话荆公一连说了四遍,见周种一直沉默不语,不禁深感奇怪,说:"周贤褉,为何不言语?"

周种迟疑良久,说:"恩公,熙宁政事已全被更易您知道吗?"

荆公怔住。后来笑道:"这可以理解。"

周种又说:"还有一事,恩公或许不知。"

"唔,什么事,说说看。"

"司马温公拜相以来,满朝上下无人再读《字说》了。"

荆公的脸慢慢变得苍白,怒道:"政见相背,《字说》何错!"这天夜里,荆公在书房一夜未睡,书写"司马光"三字数百纸。

这一年的冬天,东京连降十余日大雪,阴风呼号,滴水成冰,天气出奇寒冷。司马温公某夜靠着火炉细读《字说》,读到入港处,不禁叹道:"天下奇书啊!"一阵寒风敲击着窗户。司马温公忽然想起,已有一段时日没有荆公的消息了,不知近来景况若何,金陵不似东京这样寒冷吧?江南落雪无?

虚白堂与黄耳蕈

苏轼为人处世都很洒脱，一般的事都不会记很长时间，过后很快就忘掉了。

但有一件事，让他记了七年。那时，他还在东京登闻鼓院任职，有一天夜里，他做了一个梦，梦中与几个诗友喝酒、谈诗、挥毫，兴致都很高。这时，一个诗友拿出一轴书法让苏轼看。苏轼很是吃惊，那书法清雅脱俗，几在林逋之上。再看那诗，苏轼竟自动容，那诗写得灵动，对某些意象的捕捉，想想自己都没把握能做到。

苏轼问："此诗为何人所作？"

诗友们都摇头。

苏轼有些急，喊道："愿与此人为友！"

这一急、一喊，苏轼从梦中醒了过来。他怔了半晌，梦境已有些模糊，但诗中的"寒食清明都过了，石泉槐火一时新"却深深地记在了心里。

以后每逢作诗，苏轼都会想起那个奇怪的梦境，那两句诗也就不由得跳了出来，清晰地挂在脑畔，他会暗暗想，这个诗人是谁呢？

熙宁四年十一月，苏轼出任杭州通判。

通判是个很特殊的官职，可以监督太守，和太守联合签署文件。但苏轼与杭州太守陈襄一见如故，他也就懒得过多过问地方政务了，闲暇时就去游历名寺古刹、好山好水。

第二年春，苏轼游寒山寺归来，兴犹未尽，便去西湖泛舟。过临平山，见山石上刻了一首诗："风蒲猎猎弄轻柔，欲立蜻蜓不自由。五月临平山下路，藕花无数满汀州。"落款为杭州人参寥。

苏轼觉得这诗很熟悉，伫立思索良久，忽然拊掌对友人说："速寻此人。"

在西湖畔的智果禅院，苏轼寻到了参寥。参寥正与两个高僧烹茶论佛，旁边山岩的石缝间，有一细泉，泉水一线飞落，恰注入岩下的石钵里，参寥与高僧烹茶所用的水，就取自石钵。而这一天，恰恰是清明后的第二天。

苏轼暗暗吃惊，这不正是梦中所记那两句诗的写照吗？看来这是天意了。

西湖智果禅院相遇之后，苏轼与参寥来往日频。

参寥是个在俗世间不易见到的人。他原名昙潜，苏轼给他改为道潜，字参寥，浙江于潜浮溪村人。参寥生下来就不动荤腥，只喜素食，早早出家度为小比丘。参寥熟读佛家内外经典，修为高深。除了佛学，再就是诗了，再无别好。

参寥性情有点儿偏执,不谙世道,好骂人。他不能烦谁,一烦谁就烦个彻底,多以厉言诟语相加。

他有一个侄子,大眼睛骨碌碌乱转,看上去很聪明,就是不喜欢读书,常干些鸡鸣狗盗的小勾当,参寥视这个侄子为仇寇,他不能见这个侄子,一见面就破口大骂,骂得很难听。

有人在苏轼面前指责参寥这一缺点,苏轼笑着为参寥辩解。苏轼说:"参寥是性情中人,不要拿常人的眼光去看他,他骂人只是停留在嘴上,心里却是一片空净,并不是真的记恨别人。"

因为在杭州认识了参寥,苏轼生活中充满了乐趣。

苏轼公务之余,常去深山古寺造访参寥,有时去了人不在,苏轼就会感到很失落。他曾作《于潜僧绿筠轩》一诗,其中有"可使食无肉,不可居无竹"句,就是同于潜县令刁王寿访参寥于寂照寺不遇所发出的感慨。

深山古寺,参寥每次招待苏轼的斋饭都很简单,都是一些时令野菜,或者寺里种的瓜果之类。这些野菜瓜果,再平常不过了,而一经参寥烹调,即刻成为佳肴。

苏轼弄不明白这是怎么回事。

他曾问参寥。参寥回答说:"只要有心,蒿草皆是美味。"

苏轼恍然有所悟。后来苏轼数次被远谪蛮荒之地,他都能在恶劣的环境中用极平常的食材烹饪出美食来。有些美食,其做法至今依然流传。

有一次,苏轼去造访参寥,山里的农户听说苏轼来了,就送来一尾刚刚从潭水里捕上来的红鲤鱼。

苏轼心里美滋滋的,以为要一饱口福了,不想那条鲤鱼却被参寥拿去放生了。

参寥说:"这是一条生灵。"

苏轼感到很羞愧。

熙宁十年四月,苏轼改知徐州。第二年九月,参寥从杭州赶赴徐州,造访苏轼。

苏轼有个癖好,喜欢建造房子。到徐州后,先是建造黄楼,后又在官衙不远处,修葺了三间草屋,起了一个很有禅味的名字:虚白堂。

参寥来了,苏轼就叫他住在虚白堂里。虚白堂,似乎就是专门为参寥建的。对这一清静去处,参寥很满意。

参寥在徐州的这些日子里,苏轼把他奉为上宾,几乎每天都要宴请他。笙歌,美妓,佳肴,好酒。参寥似乎对这些并没有多大兴趣,但对苏轼的盛情,他也不好说什么。

有一次,苏轼请官妓马盼盼作陪,喊来一大班子同僚,在黄楼宴请参寥。不想,参寥以身体不适推却了。

苏轼很不悦。酒宴结束后,苏轼对马盼盼说:"参寥不来赴宴,我们不能轻饶他,走,找他点麻烦去。"

这个马盼盼,是徐州三大美女之一,深得苏轼青睐。苏轼曾撰写《黄楼赋》,又亲自书丹刻石,其中有"山川开合"四字,就是马盼盼的手笔。马盼盼聪慧,她学苏轼的书法,能得其仿佛,外人很难看得出来。

到了虚白堂,参寥正坐在蒲团上读佛典。见苏轼带一班人进来,他微微皱了皱眉。

苏轼嘱咐马盼盼找来纸笔,对她说:"还不求参寥大师作首诗给你?"

马盼盼上前去给参寥道了个万福,说:"大师恩典。"说过,掩嘴笑了。

参寥无奈地摇一下头,拿起一支长须主簿,落纸云烟。一首诗好了。"寄语东山窈窕娘,好将幽梦恼襄王。禅心已作沾泥絮,不逐春风上下狂。"

苏轼读过这首诗,跌足道:"我亦见柳絮飘落泥中,早想入诗,未及收拾,却叫道潜抢了先,可惜,可惜。"

同僚们都笑起来。

傍晚,苏轼来虚白堂找参寥作彻夜谈,今夜参寥却没有心情。苏轼问其原因,参寥叹口气说:"来徐州二十余天,尚没有吃上一顿合口的饭。"

苏轼愣了愣,旋即拍一下脑袋:"真是太过疏忽了!"

参寥打趣道:"尘世浮华会让人忘乎所以。"

是夜,苏轼与参寥同宿虚白堂。

连日来,徐州多阴霾天气,间杂淅淅沥沥下一点儿小雨。第二天,天气却放晴了。苏轼和参寥起了个大早,在虚白堂前的园子里溜达,说一些闲话。

忽然,苏轼看见园中的老槠树上,不知何时,竟生出了一层细茸茸的黄耳蕈,只是眼下太小,还无法采撷。

苏轼扯了一下参寥的衣袖,指着树上的黄耳蕈说:"等过几天长大了,我请徐州最好的厨师,给你做上一顿美味的素斋饭。"

参寥停下脚步,看着黄耳蕈,摇了摇头,说:"没这个口福了——我明天就回寂照寺了。"

苏轼感到突兀:"这么急着要走?"

参寥无奈地说:"寺中事催人啊。"

苏轼突然就有些怅然若失。

参寥轻轻拂一下苏轼的脊背,笑了笑。

"山林里还会少了黄耳蕈?"

《书法菩提:金明池洗砚》的叙事艺术

墨 白

《书法菩提》里的大多篇章,最初发表在《莽原》《作品》《西部》《小说林》等文学期刊上,又被《小说选刊》《长江文艺·好小说》等选载或收入不同的选本,有的篇章被《散文选刊》选载或收入散文年选,接着,《书法菩提:金明池洗砚》又陆续在《书法报》上连载。一个文本,能给读者带来不同的阅读感受,或小说,或散文,或有关书法的话题,这是一个有趣且有意味的事件。现在,当晓林君把这些单独的篇章放在一起组成《书法菩提》(北宋卷)出版时,我们会突然发现,《书法菩提:金明池洗砚》又是一部以新笔记叙事形式由骨骼、血肉、经络、精气构造的浑然天成如人体一样结构精美的长篇小说。

我们先看这部小说的骨骼框架。《书法菩提:金明池洗砚》总共八章五十一篇,第一章和第八章分别是《北宋宣纸上的墨痕》的上篇和下篇。上篇的《灯影下的篆书》写的是南唐后主李煜和他的旧臣徐铉在开宝八年(975年)宋军攻破金陵被俘至汴京后的凄凉，后面的几篇分别写到了林逋、王著、石延年、范仲淹、富弼、尹洙、石苍舒、文彦博、狄青、宋太宗等生活在北宋初年的著名人物；第八章的几篇写到的王安石、司马光、沈括、章惇、秦观，则都生活在北宋末年。中间六章分别以蔡襄、苏轼、黄庭坚、米芾、宋徽宗和蔡京为主体，同时涉及的韩琦、欧阳修、梅圣俞、钱穆父、范纯仁、吕夷简、苏辙、陈师道、陈襄、文同、张方平、范镇、李公麟、韩忠彦等人物，大都生活在北宋王朝的中后期。在物理时间上，小说自然地跨越了从北宋初年到北宋末年一百六十多年或者更为长远的历史，通过这些几乎是决定了他们所处那个时代的政治、军事、经济、哲学、文学、艺术走向与人类命运的著名人物所造就的整个北宋王朝的历史，构成了这部长篇小说的整体骨架。

单独成章，放在一起又构成长篇的艺术手法在小说叙事学上并不鲜见，像维·阿斯塔菲耶夫的《鱼王》、舍伍德·安德森的《小镇畸人》、奈保尔的《米格尔街》等，但是《书法菩提》的意义在于散落在各个章节里的人物生活的片断，比如苏轼。在第一章里写他和石延年的关系，第二章里写他和钱穆父、黄庭坚、米芾的交往，最后一章里写他和章惇莫名的恩怨，他的身影几乎遍布了整部小说；还有米芾、黄庭坚、蔡襄、王安石、欧阳修、蔡京、宋徽宗等，如果没有全面的阅读，那么你看到的这个人物可能就不是完整的，也很难真正领会作者的用意。出现在小说里的这些对北宋王朝的兴衰大都起着关键作用的人物，均来自史书典籍，或者文人笔记，这就给这部小说的叙事构成了难度。晓林君的高明之处是把这些大多已有定论的在庙堂中个个正襟危坐的人物既归还于人间烟火，又把从史书中得来的琐闻杂录、传说逸事转换成粘满油盐酱醋气息的生活素材置放在他们大起大落的人生命运转折的关键事件上，并以人性的目光由生动的细节来呈现人物性格的多面性和社会生活的复杂性。比如苏轼，既写他的天性、洒脱与豪迈的一面，也写他在逆境中精神所受到的煎熬与悲观；比如徐铉，既写他的铮铮傲骨与气节，也写因他的耿直给人带来的灾难；比如欧阳修，既写他的文学胸怀，又写他在生活细节上的偏执；比如米芾，既写他生活中的洁癖，也写他因艺术而生的人性弱点；比如蔡京，既写他做人的阴冷险恶的一面，也写他内心觉醒善良的一面。小说使这些历史人物复活的一个重要手段，就是使用鲜活的生活细节，比如写徐铉的气节，用的是他那身即便是到了寒冷的北方也不肯脱下的来自江南故国的服饰；写蔡京生活的奢靡，只用包厨里一个专门用来切葱的厨娘这个细节；写章**惇**晚年被贬谪到偏远的雷州对苏轼才华的敌意仍然无法释怀，随手扔掉苏轼特意为他开的药方；等等。这些使人物血肉丰满的细节就像毛细血管一样自然地遍布在文字里，和鲜活的人物一起生长在历史的骨骼上，构成这部小说的血肉。

其次，我把这部小说的叙事手法与语言风格看作遍布文体的经络。《书法菩提》在继承传统笔记体小说叙事手法的同时，又被作者的现代叙事理念浸染。《书法菩提》讲述的是距今九百多年的北宋王朝的历史,而整个故事却由当下的叙事视角来统领:"先前,我很少涉及篆书……""……以致研究北宋书法的理论家们……""他(蔡襄)著有《茶录》一文,有兴趣的读者可去网上搜索下载……""改天专门作篇文章,来详细叙述这些饮法……"。由于这些融合了传统说唱艺术的现代叙事句式的出现,作者时常把读者从历史故事里拉回当下,并对现实社会构成隐喻关系,比如写宋真宗到泰山封禅,当朝那帮高官文人纷纷吟诗献谀;比如沈括这个人物,作为北宋著名的科学家、政治家、《梦溪笔谈》的作者,却是以苏轼为首的著名文字狱"乌台诗案"的始作俑者;无论是苏轼、黄庭坚、章惇、蔡京等人物的命运和他们所经历的变幻莫测政治风云,还是李煜、宋徽宗这两个精书画通音律具有艺术天赋的天子和他们所代表的南唐与北宋两个王朝所有的惊人相似的终结过程,对于我们来说,都具有警世的作用。而这些,都应归功于作者开放的叙事理念,比如第七章《西风凋碧树》中的第六节,以蔡京的口气写就的蔡京在弥留之际充满忏悔意思的人生幻想,完全是现代文学中意识流的叙事手法。《书法菩提》叙事语言的诙谐与幽默所蕴含的趣味性、从容与自然的语调里呈现的对世事的淡定与宽恕,像经络一样四通八达布满整个小说文体的同时,也形成了这部小说的叙事风格。而小说叙事风格的形成,正是一个优秀小说家最重要的标志。

在《书法菩提》里,中国传统的书法艺术作为贯通小说的精气,传达出了北宋书法的人文精神之所在。北宋初期的重神论和反"法"思潮,正是北宋书法重视个人性情特征的体现,这和《书法菩提》表达的人文精神十分吻合。就"苏黄米蔡"四大家来说,无论是苏东坡的禅风,还是黄山谷的无法之法、米芾批判的彻底性,都是个人性情在其书法或者理论里得到了具体表现的见证。就蔡襄来说,他主张的"神"可贵但"法"也不轻易否定的艺术观点看似有些保守,而正是这种选择的过程考虑到多方关系的思维方式才体现了中国人处理事务的基本原则。隋唐五代的尚法是求"工",而到了北宋,无论是蔡襄充满温雅的对"晋唐法度"的恪守、苏东坡因"我书造意本无法"而得到的丰腴跌宕、黄庭坚在传统继承上的"纵横拗崛",还是米芾将一切价值归于"本心"的意志,其实都是一种张扬个体的姿态,是重风格、重意境的表现,北宋书法在具备了"功夫"与"天然"两个层次之后,更强调"书卷气"。正是这种"书卷气",才使那个时代的书法家在摆脱别人之后逐渐呈现出各自的艺术风格。所有这些,都是符合艺术规律的,无论哪门艺术,其目的都是在标新立异的同时,给人一种新的认识世界的方法,并通过这个方法把人带入一种新的审美意境。通往这种境界的路途,又和对人生的感悟有着直接关联:苏轼因屡经坎坷,他的书法风格才显现出跌宕;黄庭坚因以禅悟书,才得以草书上的新境界;米芾早年行为疯癫,到了晚年书法才给人以"有冰寒于水之奇";还有蔡襄书法的"有风云变幻之势"。这些都因丰富的人生经验并通过艺术形式表达出了深刻的人生哲理。这恰恰是《书法菩提》的叙事观念。在《书法菩提》里,书法,这门古老的艺术与我们这个民族的命运息息相通,并被作者赋予丰满的人文精神,通篇灌注在小说的叙事语言里,使这部小说充满了鲜活的生命气息。

我们之所以以西医解剖学的方法分析《书法菩提》,其目的是为了更清楚地认识到这部小说拥有崭新的叙事结构:北宋历史的构筑、人物的血肉、叙事语言所呈现的经络与书法艺术构成的精气在《书法菩提》里得以理想的体现。其实,《书法菩提》(北宋卷)是晓林君对自己文学王国构造的一部分,整个《书法菩提》将由接下来的"先秦卷""南宋卷""明清卷""民国卷"构成。从2002年我认识晓林君以来,就知道他在为创作《书法菩提》做着扎实的案头工作。十多年过去,在人生经历了艰难的历练之后,我们终于看到了晓林君这部大气的《书法菩提》。因为这部《书法菩提》,我们有理由相信,当整部书稿完成之后,将是一部中国当代文学史在论及新笔记体小说时无法避开的杰作。

醉墨堂及其他

石苍舒是长安人。北宋时长安也叫京兆,一些典籍多称他是京兆人。

他和苏轼多有交往。苏轼在凤翔任签书判官时,往返汴京都要经过长安,去石舒苍家里坐一坐,喝喝茶,说说书法上的闲话。石苍舒书房的斋号叫醉墨堂,苏轼曾为醉墨堂写过一首诗,其中"我书意造本无法,点画信手烦推求"两句最为著名,为书法界的方家所熟知。

起斋号为醉墨堂,一定是有缘故的。缘起应是石苍舒藏有褚河南《雁塔圣教序》真迹。得到这一墨宝时,石苍舒大醉三日,酒醒后,就叫醉墨堂了。

文潞公在长安做主帅时,也到过醉墨堂几次。文潞公有北宋第一名相的美誉,我想这无非因为两点。一是文潞公在宰相的位置上断断续续地坐了五十余年,历仁宗、英宗、神宗、哲宗四朝;再一点,文潞公的岁数在北宋时期是个神话,一说他活了94岁,仅从这一点说,恐怕北宋宰相中无人能比的吧。

这些都不重要,能来醉墨堂,一多半因为文潞公是个书法家,对书法有着难以割舍的情结。文潞公的传世书迹,他故乡介休博物馆里存有十六字的楷书拓片。北京故宫博物院藏墨迹《三札卷》,台北故宫博物院藏有《得报帖》《洛口帖》《内翰帖》等,都是行书墨迹。1976年,伊川县城关镇窑底村西出土"王拱辰墓志"。此志由安焘撰文,苏辙书丹,文彦博篆盖,是文潞公的篆书。由此看来,文潞公书法是各体皆精的了。

文潞公对自己的书法也颇自负。有一次,文潞公、黄庭坚等人在一起雅集,喝几杯小酒后谈论起了书法。黄庭坚说:"潞公的书法堪与苏灵芝比肩。"

苏灵芝是谁?唐玄宗时的一个儒生,做过登仕郎、录事、参军一类的小官。他的书法在当时名气很大,几与徐浩齐名,后人甚至把他和李邕、颜真卿并称。苏灵芝一生做的都是比芝麻还小的官,他书法上的名气,应不是官位高、财大气粗、裙带关系复杂的产物,靠的是书法上的真功夫。

黄庭坚把潞公的书法与苏灵芝并论,应该是很客观的。

可潞公不愿意。潞公说:"苏灵芝那叫书法?叫墨猪还差不多!"

黄庭坚讨了个没趣,默然而退。

文潞公为何当众办黄庭坚的难看,其动机已经无法查考了。我们只能推测说,文潞公不喜欢别人拿他的书法和苏灵芝之流相比较。

对文潞公书法的评价，除黄庭坚外，南宋诗人楼钥算一个，他在其著作《攻媿先生文集》中这样说："潞公翰墨飞动，使人望而畏之。"一个"畏"字，让人很是费解。书法作品本身有什么让人可害怕的呢？私下想一想，明白了，楼钥有论书兼论其人的意思。

石苍舒经历了一件事，倒是能给若干年后楼钥的这一理论作一注脚。一天，文潞公来醉墨堂，恰巧苏轼和石苍舒正在赏玩《雁塔圣教序》墨迹。文潞公一见，大呼："今天真要大饱眼福了！"他把褚河南的墨迹拿在手里，爱玩不已，再也不舍得放下。

临别，文潞公恳求说："借阅墨宝二日，找高手临摹一本，也好时时雅赏。"

石苍舒竟无言以对。

过几天，石苍舒接到文潞公的邀请，要他参加一个酒宴。等他到达的时候，已经有很多人聚集在那里，多为文潞公的僚属，还有长安的地方官员和文人雅士。石苍舒走进去，除文潞公朝他微笑一下，其他竟无一个人与他打招呼。

等大家坐定，文潞公让人呈上两帧法帖，一为《雁塔圣教序》真迹，一为它的临本。文潞公让大家朝前靠靠，指着真迹和临本，说："今天请诸位来，就是让你们鉴别一下这两本法帖哪一本是真的！"

大家你看看我，我看看你，然后又去看那两帧法帖，一起指着《雁塔圣教序》临本，说："这一本是真迹无疑！"

石苍舒吃惊地看着大家,他眼前晃动着无数张圆圆的嘴巴,自始至终,他呆呆地站在一旁,没能插上一句话。酒宴结束时,文潞公笑着问他:"苍舒有何感想?"

　　他苦苦一笑,说:"苍舒今天才知道穷书生的孤寒啊。"

　　回到醉墨堂,一连几天,石苍舒的思绪都无法从那场酒宴上收回来,人们为什么都要指假为真呢?后来他想通了,这些人或者有求于文潞公,或者慑于文潞公的权势,他们从心理上对文潞公有着畏惧。

　　或者说,是文潞公这个人叫他们害怕。

　　在文潞公身上,发生过这样一件事。

　　文潞公和狄青是同乡。狄青在定州做行营副总管时,文潞公派门客找他办过事,结果没能令文潞公满意,算是得罪了文潞公。文潞公便记在了心里,底下发狠话道:"走着瞧吧,让你有好果子吃!"

　　狄青因战功显赫来京城做了枢密使后,大加犒赏士卒。士卒们得了衣物粮食、铜钱布帛,走在大街上,见人就炫耀说:"狄家爷爷赏给的。"

　　文潞公听说了这件事,就去见宋仁宗。仁宗坐不住了,想,士卒眼里只有狄青,没有朝廷,太可怕了!文潞公趁机进言说:"先把狄青的枢密使职务撤掉,再把他撵出京城算了。"

　　仁宗踌躇起来,狄青对赵家有大功劳啊!

　　第二天,仁宗召见狄青,委婉地告诉他,朝廷有想让他离开京城,出任两镇节度使的意思。

狄青感到很突然。狄青说:"陛下,臣近日无功,却突然被授予两镇节度使;也没有什么过错,却凭空要被赶出京城,臣不明白什么意思。"

仁宗沉思良久,没有再说什么。

隔一日,文潞公再来见仁宗,问起狄青的事。仁宗说:"这两天我前后想了很多有关狄青的事,总觉得他是一个忠臣。"

文潞公冷笑,说:"太祖难道不是周世宗的忠臣吗?是下面士卒逼他黄袍加身,才致有陈桥之变啊!"

一下子戳住了宋仁宗的痛处,他默然无语了。

自仁宗召见后,狄青心下一直惴惴不安,他就来找文潞公问个究竟。他想问一下这个宰相同乡,前两天皇上想让他外出任两镇节度使,船到底弯在了哪里。文潞公紧紧盯着狄青的眼睛,带着很亲近的神色说:"没有别的原因,是朝廷怀疑你了。"

狄青不解,问:"怀疑我什么?"

文潞公放低声音,说:"怕你来一次黄袍加身。"

一句话击垮了狄青,他满脸惊慌恐怖,醉了一般连连倒退,险些被门槛绊跌在地上。

不久,狄青以检校太尉同平章事护国军节使一长溜的头衔出任陈州。

文潞公仍没有放过他。狄青在陈州任上,文潞公每个月两次不定时派中使去所谓的抚问他。每当听说中使要来陈州了,狄青都是惶恐焦躁,惊疑终日。次年,狄青病死在陈州。

醉墨堂及其他

后来的史书说,狄青的死,都是文潞公的计谋。这样的人,够阴狠的了,有谁与他处事不感到可怕呢?回过头再来读楼钥的"使人望而畏之"一语,也就不难理解了。

扎根于"历史"和"理想"

刘海燕

2014年冬天,在黄河岸边的"河南文学会议"上,分组讨论时,我和张晓林是一组,他的发言让我很是吃惊。围绕"生活"这个话题的讨论,大家基本上都是从现时的经验和学理中来谈,而张晓林把这个话题带到了"理想"和"历史"。他认为,理想中的生活更具有文学价值和审美价值。因此,他正在进行的写作就来自他最喜爱的中国古典文化,他对中国古典文学、历代名人雅士的兴趣和研究已多年,他正行进在书法文化的历史长河中写小说。他说,写小说需要向文化延伸。大的小说须有大的框架,一个作家对自己的领域,对知识的占有量,一定要高于读者。他用遥远的高光照射今天的"生活"和写作,有着迥异的视点和气象。从此,我开始关注张晓林。

这个春天,张晓林时常5点多就发微信:"晨起临汉印。""余学印一月有余。已临汉印百余方矣。""初学时,总把握不住刻刀,碰见石上有砂钉,刻刀常撞手至伤。""刻印时颈椎大痛,手下刻刀亦时有颤抖,不能深达吾意。""再临汉印,斑驳、潇洒、正气、蕴藉,是我所追求的风格。" 看到这些信息,我深感自己时光的虚度,深感晓林是这个时代少有的聚神于中国古典文化的文人。晓林临印、临碑帖,出于少年时代以来的习惯和爱好,更出于他的自觉,这是他研习中国文化的必要仪式和途径之一。临摹的过程,也是神会历代文人雅士之境界的过程。

从中国古典文化里走出来的张晓林,言行亦有古风,默默做着大事,你告诉他一件小事,他会很敦厚守信地去做。5月,我让他把手头在看的书发给我。他很快发过来,从《全宋笔记》《明代笔记小说大观》《清代笔记小说类编:奇异卷》《黄庭坚书论》《南宋书法史》《写意论》《大时间:重新发现易经》到西方的《罗马艺术》《作为精神史的美术史》,以及莫迪亚诺的《暗店街》、奈保尔的《守夜人记事簿》、纳博科夫的《尼古拉·果戈理》、赫拉巴尔的《过于喧嚣的孤独》等。可以看出,写作人在读的书他也在读,大家很可能不读的,他更在读。我曾问他一天的作息时间安排,因为他还主持着几份刊物,我惊讶于一个人怎么可以这样不休息。

我多少研究过罗丹的工作方式,罗丹忙得连生病的时间都没有,他的一生光阴流逝犹如一个工作日,他说,艺术家应该有足够的耐心,像滴水穿石那样。里尔克曾跟随罗丹,学习他的耐性和劳作。所谓天才,多是在漫长的自我训练中发展起自己的天赋,他们以坚定的意志,清晰地、一土一石地锻造梦想。

几十年的摹练、研习,"滴水穿石",使张晓林成为无可替代的"东京才子"。像古代文人一样,书法家和作家在他这里没有明显的分界。他在不同的心境不同的时段,或篆刻,或书法创作及评论,或小说创作,等等。这使他的书法艺术和文学创作都有着更广阔的空间和更丰富的文化内涵。

《书法菩提》,作为10卷本笔记体小说"宋朝故事"的一卷,写的是他喜爱的北宋书法家群体。晓林自己说,可以当成小说读,也可以当成历史文化随笔读,还可以当成一部书法理论著作读。

这里的每一篇,都简洁到极致,均为两三千或一千多字。一篇写一个北宋的书法家及相关人物。晓林在浩瀚的历史文化烟云里淘炼出最能表达人物个性和精神气质的细节,这些细节有真实的,有虚构的。关键是这真实的细节被激活没有?虚构的细节又是否具备历史真实?

这需要作家下太多的苦功,去做准备工作;还需要他有穿透历史的眼光和进入历史现场的想象力,更重要的是,他懂得从历史里发现和提取什么。

张晓林用几十年的时光做到了。在《书法菩提》里,他对待历史的严肃,在同时代写作者中可谓罕见;他呈现的是他所认为的"理想中的生活"——中国文人自由的个性和清洁的精神。他觉得在今天这个时代,文人雅士的精神已经断流,生活在文化古都的张晓林,在天时地利中,做着延续文脉的努力。

扎根于"历史"和"理想"

林语堂在《吾国吾民》中讲,如果不懂得中国书法及其艺术灵感,就无法谈论中国的艺术。

谙熟中国艺术精神的张晓林,他的文字,笔笔精致又古雅率性,简洁至极又意味无穷,章法布局讲究又浑然天成,分明是书法艺术之神韵在小说里流淌。"技近乎道矣"时,所有的艺术门类都是相通的。

从20世纪80年代中国作家普遍受西方文艺思潮冲击以来,我们几乎忽略了中国文化这一维,似乎一谈传统就有不现代和封闭之嫌。焦虑之后,我们才明白,作家必须扎根于本民族的文化传统之中,才能找到自己。张晓林有着那么大的定力和悟性,在关注西方文学艺术的同时,多年来痴迷、深究于中国文化。这里面,很重要的一个因素,我感到是他真喜欢,而不少人是为当作家而写,为写而写。

经由《书法菩提》,张晓林把他写作的根,深深地扎在了中国的历史文化之中,从中寻找人生和艺术本有的、该有的精神标高,隐隐地承担着矫正现实的大责任。从此,张晓林找到了一个作家精神上的故乡,他也将成为河南乃至中国作家中独一无二的这一个。相比之下,我总感到当下文学界的"深入生活,扎根人民",有不少流行的元素,两三年的浮光掠影,"深入生活"扎的是太浅的根。我敬重张晓林这样的写作者,用几十年乃至一生的时光扎根于"历史"和"理想中的生活"。

世间无谜

这年三月,有人献给沈括一块从地下掘出来的石头。这块石头温润如玉,闪着鹅黄般的光晕,上面刻了数行虫体篆书。笔画了了,云:"猪拾柴,狗烧火,野狐扫地请客坐。"这句话让博学的沈括百思不得其解。

沈括仿佛受到了极大的侮辱,献石者揉着鼻子刚一告退,他就一头扎进了藏书阁。随着门声的"吱呀",两只在书橱下幽会的蠹鱼迅速离开,留下一股奇怪的气味。沈括翻箱倒箧,遍查所有藏书,结果令他更加焦躁,嘴角慢慢绽放出一朵粉红色燎泡。一只青铜般的苍蝇飞进来,紧紧盯着燎泡盘旋,其营营之声透着莫名的兴奋。

这块石头压在了沈括心上,让他喘气都感到困难。后来,沈括想到了另外一件事,心情才稍微舒展了些。

这件事与苏轼有关。

早些时候,苏轼向他请教一件事。苏轼说,前朝冯晖,未显达时,是个二皮赖子。有一天,冯晖碰见了一个道士。这个道士穿了一件百衲衣,相貌奇古。冯晖听人说过这样的道士往往身怀异术,就缠上了那个道士,问他都会些什么,道士回答说:"我会雕刺。"

雕刺?不就是刺青吗?冯晖觉得这是个很刺激的行当,也深合自己的口味,就当场脱掉上衣,让道士在上面雕刺。

道士拨着冯晖的身体看上大半天,然后拍着他的肚皮说:"就是它了。"道士以冯晖的肚脐眼为着笔点,一点一点刺去,刺到后来,就刺出来了一个大瓮。道士退后两步,看了看,挥了一把额头上的汗水,接着,又在大瓮里添上数只大雁。忙活完,道士拍拍手,说:"大雁出瓮之时,乖乖哎,你就腾达喽。"说罢,飘然离去。

道士走后,冯晖感到腹部有数万只小虫在滚爬,他低下头去,刹那间,他的双眼被炙烤得一阵剧痛——他看到了一幅奇异的画面。

这一年的寒食节快到了,冯晖的妻子做了十几双麻鞋。为做这十几双麻鞋,她起五更搭黄昏,手上磨出了一层又一层茧子。她设想着,等哪天把鞋拿到墟市上卖了,也好给过世的父亲烧上几张纸钱。若有可能,再去王记纸糊店买一匹纸马,父亲生前从来没有骑过马。

做鞋这件事情,妻子是瞒着冯晖的,她做好的每一双鞋,都偷偷藏在茅草屋的顶棚上。到了寒食节前的那个墟市,她满心欢喜地去拿鞋时,却发现鞋全不见了。那时节,窗外的杏花在她眼前一朵一朵枯黑下去,接着便簌簌飘落。到了黄昏,冯晖醉醺醺地踢开了篱笆门。她才知道,她的鞋被眼前的这个人换酒喝了。她恨恨地说:"节到了,我看你如何办得?"

冯晖醉眼蒙眬,扪腹而笑,"休说办不办,且看瓮中飞出雁。"

果然,冯晖后来做到了朔方节度使一职,那瓮中的大雁一只只飞了出来,在冯晖的胸膛、臂膊、脖子上盘旋。

苏轼讲完故事,问沈括:"冯晖是因为道士的雕刺才做了朔方节度使呢,还是道士算出冯晖能做到朔方节度使才给他雕刺的呢?"

沈括微笑不语,他觉得这时的苏轼天真得可爱。

现在,沈括面带微笑走出藏书阁,坐到书案前,开始撰写《梦溪笔谈》的《书法篇》。他想把苏轼问刺青一事写进书中,忽然,他眼前再次浮现苏轼那狡黠的目光和那多次让他惊异的额头。他似乎突然想到了什么,迟疑一下,慢慢地把刚刚写下的一段文字涂掉了。

窗外一阵嘈杂。沈括看见,当朝大宦官王公公迈着窸窣的小碎步走进了院子。他隐隐约约知道王公公今天找自己所为何事。

那天下午,沈括在贤英殿朝见了皇帝。皇帝依然满脸怒容。王公公扯了扯沈括的衣角,小声告诉他:"这都是满朝大臣给气的。"

三天前,边吏奏报,北虏扬言要入侵中原。皇帝得报后下了一道圣旨,紧急征用开封、大名、应天三府辖下民间车辆,作为战备之需。一时,民声沸怨。

满朝大臣,除左、右宰相及参知政事等,都纷纷上书劝谏。

本是为江山社稷想,却几乎落下暴君的骂名,皇帝十分恼火,他把那些奏章一一掷于案下。"国家养活你们,是让跟朕作对的吗?你们倒是给朕献上一二条退敌之策啊!"

这次召见沈括,就因为沈括是众大臣中为数不多的没有上奏本的人。所以一见面,皇帝就问他:"卿家知道征用民车这件事吗?"

"不知。然而,陛下要那些民车干什么?"沈括一脸糊涂。皇帝叹了口气:"北房将铁蹄南下,恐怕只有这些车辆才能阻挡他们,唉,只怕老百姓不愿意献车啊!"沈括笑笑:"这个陛下不用担心,您想啊,胡房一来,老百姓的祖坟、房舍、田地都没有了,他们会在乎一辆车子吗?"皇帝绷着的脸放松下来,露出一丝笑容:"爱卿说得有道理!那些人只知道瞎咋呼与朕作对!"沈括接着说:"车辆用于战争,有很多便利,历史上记载得多了。巫臣献计吴子,用车战破了敌阵,遂称霸中原;李靖以偏箱鹿角车为武器,最终生擒了颉利。这都是车战成功的范例啊!"

皇帝高兴起来:"爱卿学识渊博,是国家的栋梁!"

沈括停顿一下,说:"古人用于战争的都是兵车,坚固轻利,便于作战,而今天民间的那种车叫锱车,简陋粗笨,用三头牛拉着才勉强能行走,最快的速度一天行不过三十来里,如果下点小雨小雪,那就一步也走不动了,老百姓俗话叫它'太平车',平时也就往田里送送粪肥、运运禾谷,若用于战争,那简直就是累赘了!"

皇帝坐思良久,猛拍一下御案,大声道:"爱卿说得好啊!那些臣子只知道劝谏朕,却没有一个能给朕说上这样一番话的。"

第二天,皇帝就取消了征用民车的圣旨。

苏轼为这件事专程来拜访沈括,惊奇地问:"沈公用什么法子让皇帝改变了主意呢?"

沈括一笑:"也不知是民车不能用呢,还是陛下不想用民车了呢?"

苏轼也笑起来。

灯影下的篆书

徐铉的篆书,据说如果放在灯下观看,就会发现每一笔画的中间,有一缕铁丝一般的浓墨,绝不偏倚,后世的徐氏书法研究者们,把徐铉的篆书称为铁骨篆法。

先前,我很少涉猎篆书,对此说颇有疑惑,以为是故作深奥之谈。近来展阅徐铉《篆书千字文残卷》墨迹,刹那之间与这一说法产生了共鸣。《篆书千字文残卷》笔笔中锋,绝少偏锋、侧锋用笔。然其结体变幻莫测,天趣盎然,却又没有半分的姿媚之态,傲骨铮铮。徐铉的篆书妙参造化之理了。

徐铉是南唐旧臣,随南唐末代君主李煜一起来到汴京,被授予散骑常侍的闲官。初来汴京的日子,徐铉感到一切都不习惯。眼看冬天快到了,他仍然穿着江南的服装。这种服装裤宽衽深,穿在身上大老远看上去非常儒雅,走起路来给人衣带当风的感觉,潇洒极了。但是,这种衣服冬天里却抵御不住京城寒风的侵袭。

有同僚劝他:"买件棉衣套进去吧。"

徐铉仰起冻得发乌的额头,很坚决地说:"不!"

飘雪的日子,徐铉就穿着那宽大的江南服饰,瘦骨嶙峋的双手藏匿在深深的袍袖里,似乎让人感到在铮铮作响。他那三缕花白的长须随着雪花飘拂,成为冬天汴京街头独特的风景。

同僚们看着他的背影,满眼困惑和茫然,那消瘦细长的身影让他们内心充满忧虑。

来到汴京以后,徐铉的朋友很少,这让他感到孤独。有一天,他南唐时的老朋友谢岳突然到家里来拜访他,令他惊喜异常。落座闲谈时才知道,这个已经七十多岁的老朋友正在卢氏县做主簿。主簿虽说是个可怜的小官,老朋友谢岳已经很满足,不高的俸禄够养活家小的了。

现在却遇到了麻烦,按实际年龄,谢岳该退休了。可退休怎么办?拿什么来养家糊口!好在当初申报年龄的时候,他少报了几岁。也就是说,按吏部的档案年龄,他还可以再干上几年,有了这几年,他就砸实了家底,不至于退休后全家人跟着他挨饿了。

徐铉再三唏嘘,说:"愿谢公渡过难关。"

谢岳迟疑一下,说出了自己的忧虑。吏部对我们这些从南边过来的官员一定不放心,底下会做一些调查。调查也并不可怕,因为很少有人知道我的实际年龄。我最担心的是老朋友你啊,你最摸我的底细!

徐铉看着老朋友,忽然有些心酸。不是国破,大家怎么会落到这个境地。他说:"我能为老朋友做点什么呢?"

谢岳离开座位,朝徐铉深深地行了个礼,说:"一家老小的性命都系徐常侍身上了。"

徐铉慌忙答礼,说:"你我不必如此,有事但凭吩咐。"

谢岳说:"也很简单,等吏部找你问起我的年龄时,你只推说不清楚就行了。"

徐铉的脸色凝重起来,说话的口气也变了。他说:"我明明知道你的实际年龄,怎么能说谎来欺骗上苍呢?"

谢岳满脸蜡黄,喃喃自语道:"看来我是白跑这一趟了。"接着,又哀求徐铉,"你真的就不能帮老朋友这一次吗?"

徐铉很无奈,说:"我不会撒谎。"

谢岳绝望地向徐铉告辞,临出门时犹后悔地说:"我就知道来也是白来。"

果然,吏部官员隔一日就找到了徐铉,向他了解谢岳的年龄。徐铉据实说了。谢岳很快被罢免了卢氏县主簿职务。过一阵子,卢氏县有官员来京城公干,徐铉向他打听谢岳的近况。那官员叹一声,说:"死了。前些日去山里采摘野果充饥,结果饿死在了半道上。"徐铉听了这消息,在汴京街头默默站立良久。那个时候,他的头顶有成群的乌鸦飞过。

很长一段日子,徐铉都在拷问自己:"这是我的错吗?"随即,他自己回答道:"不,我没有错。"恰在徐铉反复纠缠这个问题的时候,一场更大的灾难逼近了他。

自来汴京后,徐铉再也没见过南唐后主李煜。夜深人静的时候,他总是怀恋在江南与李煜吟诗作画的日子,想见一见李煜的念头一天比一天强烈。但他知道,能见一面昔日的主人,几等于痴人说梦。

忽然有一天,宋太宗召见了他。宋太宗脸上挂满笑容,拉家常一般问他:"北来后见过李煜吗?"

"没有。罪臣不敢私下见违命侯。"

"应该见见。朕今天下旨让你去见故人。"

走出朝堂,徐铉抑制不住内心的狂喜,不禁仰天长叹,上苍厚爱我啊!他家也没回,就直奔李煜府上。李煜怎么也没有想到,昔日旧臣竟会来探望自己,慌忙迎上前来,执住徐铉的手,一时泪流满面,哽咽不能言语。

徐铉也泪眼模糊,面前的风流故主,虽说才四十余岁,眼角已爬满皱纹,面朝他的右鬓更是白发点点了。

许久,李煜止住了哽咽,叹道:"悔不该当初啊!"

徐铉沉默。

李煜让仆人拿过一页纸来,递给徐铉,说:"这是我新填的《虞美人》词,亡国后的感触尽在其中了。"徐铉看过这首词,一丝恐惧笼罩住了他。

隔日,宋太宗再次召见徐铉,面带威严地问:"故人相见都谈了些什么?"徐铉一下愣住了,刹那间他明白了一切,额头豆大的汗珠纷纷滚落。

李煜死了,据说是被一种只有宫廷里才有的毒药毒死的。慢慢地,人们私下传言,李煜的死,徐铉是真正的凶手。

又一年的冬天到来了,徐铉被贬邠州已经两年。邠州的雪要比汴京的雪更为砭人骨髓,徐铉依旧穿着江南的服饰。有同僚劝他:"邠州的冬天是要穿皮袄的啊。"徐铉仰起冻得乌青的脸,依然坚硬地说:"不!"

邠州的雪白得刺眼,徐铉走在寂寥的大街上。如今他已经很老了,头发胡须全白了。这一天,有个玄衣老者朝他打招呼说:"这里太冷了,跟着我走吧。"徐铉叹了口气,说:"是啊,真的太冷了。"说完话,他就跟在玄衣老者的身后,走了。

徐铉走进了历史。

墨痕背后的宋韵
——读张晓林先生的《书法菩提》
范晓利

不久前,偶遇了张晓林先生的《世间无谜》,沈括解篆、冯晖雕刺、征用民车几个故事之间互相映射,意味深长,查过方知是获过全国奖的优秀作品。世间的事,就是那么巧,昨日好友推荐读一读张先生的新历史小说《书法菩提》("宋朝故事"中的一种),《世间无谜》正是其中一篇。怀敬慕之心,邀《书法菩提》畅谈三次,受益颇丰。

一、漫谈书家雅事

我见到的《书法菩提》共30篇,讲北宋书法家的趣事逸闻,篇章之间貌似独立实则相互关联,篇篇不离书法,却偏偏无一处专讲书法,张先生以书法为引写北宋书家的雅致生活和喜怒哀乐乃至悲欢离合,是宋朝故事中的精品,再现了东京梦华中最高雅的片段。

1.北宋书家有雅兴

以蔡襄为例,蔡襄拒绝为仁宗的爱妃写墓志铭,却不计酬劳抄写欧阳修的《集古录》序录,为完成韩琦所托八百余字的《昼锦堂记》，他写了十多万字从中挑拣。《茶与胡须》中，富弼指责他邀宠，可这样一个人，怎么会为了讨好皇帝而研制新茶？起心动念处本没有利害的计较，雅兴所至，顺应自然本心而已。

蔡襄于茶道的造诣非常人能比，只需一口他能分辨出小团茶里掺入了大团茶，只凭一闻便知杯中乃能仁寺的石岩白。他研制的小龙凤团的确受到皇室的喜爱，或许他也反思过自己的初衷是对茶道的喜爱还是讨得圣上欢心，或者二者兼有，就如同美髯放在哪里的问题，非要做出一个选择，却导致觉也睡不好了，这又何必讲个究竟呢？顺应自然本心去做就是了，至于别人的评价，一笑置之远比烦恼纠结好得多。

这个道理蔡襄是明白的，包括发现为别人写的字太好就不给人家、拿李廷圭墨换了李超墨又道破玄机等举动会树敌，他只是认真得可爱、随兴得可爱。书法只是自我游乐消闲的一种方式而已，想写了就写，不想写了就不写，这是再自然不过的事情了。茶道亦如是。

蔡襄对于关涉己身之事，随兴所至，而面对亲人，为了母亲他对长寿老妪虔诚跪拜。针对君王重建灵感塔的劳民之举，他敢于力谏，被贬谪后又能及时体察民情，为自己上元观灯的雅兴感到羞愧。

至此，蔡襄在张先生笔下活了起来。

2.北宋书家活得雅致

《书法菩提》中的多数人物有着共同的特点：吟诗品茶作

画挥毫做得优雅,立身行事也不落俗套,甚至雅出了洁癖。

请看欧阳修送蔡襄的润笔,"鼠须栗尾笔一套,绿铜笔格一个,小龙团茶一饼,惠山泉水一瓮"。六一居士是出于个人的雅兴,还是投合友人的雅好?蔡襄此时不做美髯放在哪里的纠结,连赞欧阳公是雅人。苏轼以笙歌、美妓、佳肴、好酒招待好友参寥,可见花了多少心思,而参寥只对清静的虚白堂表示满意,"尘世浮华会让人忘乎所以",山林里的黄耳蕈才是他的菜。东坡居士喜欢结交这样的淡雅之士,也说明他的心性原本就是向着自然生发。

梅妻鹤子的林逋把清苦的隐逸生活过得诗意盎然,张先生"清雅静逸"四字可谓恰如其分,也唯有这等人方能写出"疏影横斜水清浅,暗香浮动月黄昏"。爱好饮酒的石曼卿有"卷毡濡墨作方丈字"的豪气,"月如无恨月常圆"的才情,其性情之豁达可以想见,可即使在这样一位书家心中,俗人牛监簿为他捧砚都令他感到屈辱,雅与俗的对立可见一斑。王安石头上的虱子被司马温公赋予"屡游相鬓,曾经御览"的评语,虽是戏言,也反映出他们确是把生活当成艺术来创造的。

米芾素有洁癖,他厌恶低俗的花酒,视为对自身洁净人格的玷污,容不得赵三言啧啧之声对品茶这等雅事的亵渎,在狱中要求送饭的狱卒把饭碗举过头顶,只是不愿沾染俗人口鼻中的污浊之气。他的洁癖,源于对雅的坚持。不由得想起《红楼梦》中的判词:"你道是啖肉食腥膻,视绮罗俗厌。却不知太高人愈妒,过洁世同嫌。"

以米芾的癫痴与不羁,他要如何,即便知道会招人嫉妒惹来祸患,也不会流俗妥协,所以他要拜石便拜石,他要昧画便昧画,世间容不下这样一个他,这是世间的事,而他,依然要把人生画成艺术,哪怕受辱,哪怕玉碎。这是雅的代价。

二、畅谈百态人生

若说写的是北宋的书家,细读又觉不妥,张先生塑造的人物似乎只是借着墨痕向千年之后的众生昭示自性的尊严,讲述北宋文人的骄傲与执着甚至阴险与奸邪,善恶交锋古今同,对真善美的追求古今亦同,张先生其实是在写人生呢,人生真谛岂不就是无上菩提?

1. 自性的尊严

苏轼是有望成为宰相的,尽管他并不热衷显达之道,而他的结局是备受排挤、连遭贬谪,历来的分析者究其原因,无非是自身的坚持和政敌的打压,很少有人能再进一步从人性上找寻答案。《君本善良》紧紧扣住苏轼自性的善良铺开笔墨,因为善良,他知恩图报,尽心辅佐哲宗,向往贤人政治。理想主义者为保证自性中的善不受污染和侵害,通常无法容忍恶,苏轼也是如此,"性不忍事,如食中有蝇,吐之乃已",终于导致官场失意,跟随他的友人、弟子也遭遇祸患。仁慈的内心注定他无法成为政客,他看不到朝廷重判蔡确的真正原因是牵涉皇位的继承,还以为只是文字上的差错,政治敏锐性太差了。终于,他成了朝廷的弃子。

可那又如何,他依然是文坛和书坛的领袖。张先生借李氏的口说出寺院苦读的经历使范仲淹养成了良好的习惯,莫不是坎坷政途成就了东坡的诗文书画?善良的自性和仁者之心经苦难的雕琢发出璀璨的光华,文正公是苦学成才的典范,糙米做成的粥分成六块每餐一块,如此吃了三年,恶劣的环境孕育出博大的胸怀,他捐出"世代当出卿相"的风水宝地建苏州府学,为启发年轻的皇帝做仁君,即使处置罪臣也要尽量避免杀戮,这两件事是他以天下为己任,"先天下之忧而忧,后天下之乐而乐"的贴切诠释。王安石为避免有官员被贬到有瘴毒的春州,建议神宗改春州为阳春县,《王安石的馒头》没有提仁,却处处体现了他的仁慈和心怀天下。

没有看到单独写富弼的篇章,他的出场似乎是为了烘托蔡襄的雅兴和范仲淹的仁心,但这一形象塑造得同样成功,他写给蔡襄一道札子说蔡君谟制茶邀宠,是直率;看出范仲淹所写的墓志铭中有不妥之处便委婉提醒,表现出对恩师的尊重,是知恩;知恩又是公私分明的铺垫,涉及朝政,他坚持己见,不同意范希文对弃城知军的处理方式就奋力相争,争不过还出言讽刺,被点醒后又为自己的莽撞后怕,与文正公的稳重和深思远虑相互映照。青年富弼原来是这样的性情,后来他两度为相、位极人臣时,是否依然如此率真?

2.骄傲与执着

《灯影下的篆书》主要从书法、服装与为人三个角度刻画徐铉的骄傲。他的篆书有傲骨,"每一笔画的中间,有一缕铁丝一般的浓墨,绝不偏倚",已"妙参造化之理了",以张先生的书法造诣给出这样的评语,徐铉此人恐怕不是一个傲字概括得了的。

徐铉作为南唐旧臣即使冬天也穿着江南的服装,在汴梁街头衣带当风秀潇洒。"有同僚劝他:'买件棉衣套进去吧。'徐铉仰起冻得发乌的额头,很坚决地说:'不!'"这声"不"针对的不仅是棉衣,还有谢岳。谢岳造访,徐铉"惊喜异常""再三唏嘘"的态度和"你我不必如此,有事但凭吩咐"等话语说明他的确与谢岳为友,当知晓朋友一家面临的困难需要他撒个小谎就能解决时,他的反应出乎常人意料:"我不会撒谎。"后来得知谢岳饿死,他虽有纠结但依然觉得自己没有错。

铁骨篆书、奇异服装的铺垫使拒绝为谢岳撒谎不显突兀,但这一角色越来越不讨喜,徐铉对"诚"的坚守被人利用,最终导致了李煜的遇害。他看到《虞美人》便已识破宋太宗的阴谋,却不肯撒谎挽救故主于水火,任由悲剧发生,也任由世人指责。帮助危难中的朋友是"义",保护监禁中的故主是"忠","忠""义"为"诚"让开了道路。尽管世人无法理解他的选择,尽管被贬邠州后冬日更加寒冷,面对同僚劝他穿皮袄的建议,"徐铉仰起冻得乌青的脸,依然坚硬地说:'不!'"史书载:"邠州苦寒,(徐铉)终不御毛褐,致冷疾。"

"诚者天之道,诚之者,人之道",儒家八目中修身齐家之前是诚意正心,诚是天道,也是做人的法则。当忠义与诚不能两全的时候,他选择的是诚。这让人无法理解,儒家先贤在一般原则"经"之外不是还设了"权"吗?权宜之计就是两全之法,他却说"不"。

古希腊哲人苏格拉底晚年被当局判有罪,令其服毒自杀,这是不正义的,但他拒绝越狱,因为逃走违背了城邦契约:"法",执行"法"的人也许会做出不公正的判决,但只有在人人服从"法"的前提下,雅典人民才有法治的保障,他愿意用生命维护"法"的权威。

在徐铉心里,"经"不需要"权","诚"便是那个永恒不变的"经",是为人之"法",纵然他的诚实被人利用,害了故主和朋友的性命,朋友饿死、故主遇害带来的痛苦绝对不比他本人的死亡少几分,但他依然坚持。因为他知道,一旦妥协,将会有无数个权宜之计侵入诚实的内心,使心灵不再澄明。所以,他说"不"!

徐铉的思想不容于当世,于是玄衣老人出场,带他走进历史,寻求后世知音。

3.心上尘埃

《论琴帖》中,钱穆父点出黄庭坚书法中的俗气,提醒米芾要写出自己的特色,而他自己又受到欧阳修的提点,他们对朋友的真诚让人感动。但是北宋书家不都是仁慈、善良、纯粹之人,狠绝、嫉妒、奸邪也在侵蚀某些人的心灵,使他们原本澄明的心变得浑浊和丑陋。

由于徐铉书法风格和为人准则的一致,从其书可以看到其人,而文彦博因私人恩怨迫害并冤死名将狄青,北宋第一名相竟有如此狠绝的一面,难怪了解他的人见到他的书法都会觉得害怕。

嫉妒源于在条件相当的竞争对手面前被破坏的优越感。众臣把王著的一点小错化作逆天大罪,就有对其曾受宠的嫉妒。章惇和苏轼是同榜进士,而且很投缘,以苏轼的豁达显然不会把章惇视作竞争对手,章惇则不然。他们的友谊能够维持一段时间,是因为其间章惇认为苏轼一定不如自己,当苏轼的才华获得了更多人的认同,这种优越感就被破坏了,"章惇感到了巨大的恐惧"。维持优越感的方式有两种,改善自身和除掉竞争对手。想到苏轼就感到恐惧和羞愧的章惇不怪自己,只怪苏轼太优秀,这就是嫉妒。章惇对苏轼因妒生恨,"将一个垂暮老人贬谪到儋州那非人所居之地",欲除之而后快。

书家蔡京是历史上有名的奸臣,他善于钻营,一手好字是他取悦宋徽宗、追逐权势富贵的工具,他的升迁建立在排挤、陷害同僚的基础上,祸害别人的同时自然也时刻提防着别人害自己,纵然有那么一瞬间想收手了,旋即意识到唯有心狠手辣方能自保,《身不由己》中对蔡京奸邪心理的成长历程剖析得合情合理。

令人无法理解的是,这奸臣的书法"从形质上看劲健矫捷,但其神韵却委婉飘逸,尺幅之间散发着恬淡的诗意"。不过蔡京在书法面前也有几分真性情,如爱惜林友龙的诗书才华一再提携和迁就他,被贬出东京时把古人法帖送给米芾。或许是因为这些,张先生在《为时已晚》中安排蔡京自述,在生命的尽头,奸臣蔡京想到的竟然全是书法:赵佶的瘦金体是从李师师的舞姿中悟得，米芾如何从自己手中抢走了法帖……

最后，蔡京狂喊道："我明白了！"是悟到一种新的笔法，还是终于明白书法本身就是值得追求的目标，不是追求权势的阶梯，而自己本末倒置了一生？在生命的最后一刻，哪管射死杀手的紫狼毫怎比得上长须主簿得主人欢心？想要书写，却是不能够了。

跟功名利禄相比，或许艺术更值得追求，而张先生思想的深度并不止于此，他说：在生命面前，一切艺术都是那样的苍白（《要命的鱼》）。

三、笑谈墨痕延宕

《书法菩提》不单讲北宋书家逸事、从各角度探究书家人生，把单独的篇目融会贯通，它是在分析北宋书坛的艺术现象，甚至勾画北宋知识阶层的精神面貌，墨痕延宕，或许能照见菩提。融会贯通的方式，权且称为"互文的延宕"。

1. 相互阐释

张先生喜欢用一个故事解释另一个故事，其深意又不局限于这些故事，相似的"二元对立"闪现着智慧和禅意。

蔡襄研制小龙团茶的初衷是邀宠还是兴致？张先生的回答是另一个疑问：蔡襄睡觉的时候胡子放在被子外还是被子内？

"冯晖是因为道士的雕刺才做了朔方节度使呢，还是道士算出冯晖能做到朔方节度使才给他雕刺的呢？"苏轼这个疑问直接启发沈括说服皇帝放弃征用民车,"是民车不能用呢,还是陛下不想用民车了?"

宋太宗设御书院并宠爱善书之人,大臣纷纷叮嘱孩子苦练书法,宋徽宗痴迷书画,因书法起用蔡京,宋代君王对艺术的追求称得上空前绝后了。米芾曾因爱昧画,为得一法帖差点儿跳河,书家们无论忠奸善恶,只要遇上诗文书画茶,似乎就把恩怨暂放一边,有了共同语言,因此,北宋文化气息浓郁、书坛文坛一派繁荣。

那么,宋人对艺术的执着是源于君王的提倡,还是本性的偏爱?

相似的不仅有"二元对立"的问题,相似情节的"互文"延宕出哲学命题和历史意味。

2.万物一理

钱穆父往日用普通纸笔写字尚能体会到进益和情趣,现在用徐堰笔、李廷珪墨反而裹足不前;欧阳修做夷陵令时用普通琴乐趣无穷,做舍人时抚张粤琴略有兴趣,官至学士拥有了名贵的雷琴,他竟然毫无抚奏的兴致了。欧阳修以此启发钱穆父对书法的领悟,又超越了书法。他们论及了人生,乐在于心,如果内心被名利占满,快乐便无处驻足;揭示了更深刻的道理:"琴法即书法,书法即琴法,自然界万物一理","理"是宋代哲学的最高范畴。

正因万物一理,米芾拜石便不是疯癫,赵佶的瘦金体从李师师舞姿中悟出也不是无端猜测。

纵然万物之间有千丝万缕的联系,仍有很多无法解释的事件。一次市井中寻常的诈赌事件导致米芾决定烧掉画作,毁了一批瑰宝,这是什么因缘?欧阳修的无心之言断送了孙抃的前程,对一块石头的真心夸赞导致了相反的结局,斥佛的他为儿子取名为"和尚",连自己都"感到人与事的矛盾和不可预知"。玄衣老人或许知道。

最后,《书法菩提》问:你们那里有没有这样的人?我们的故事后人知道多少?我哑然,于是,它走了。对玄衣老人的好奇,我终究没说出口。只在私底下揣测,张晓林先生是一位敏感且具有使命感的作家。

四、结语

历史上黄河泛滥多次,汴梁城一次次被黄沙掩埋,古人又一次次在原址建起万间宫阙,如今六朝宫殿沉睡在开封龙亭湖下,世人只能想见它的英姿。在历史的长河中,莫说一朝的宫殿湮灭于洪流,一朝的兴衰都被映衬成一时之事,然而,宋文化将代代传承,永不失色。

陈寅恪先生说"华夏民族之文化,历数千载之演进,造极于赵宋之世",宋朝文化是中国传统文化的顶峰,张先生以小说的形式向现代人讲述北宋的历史和文化,比挖出龙亭湖中的六层宫阙更有意义。

紧箍咒

　　米芾与苏轼的第一次会晤,可追溯到元丰年间。
　　元丰五年四月,米芾卸去长沙掾,经黄州回东京候补。这时,苏轼恰好在黄州出任团练副使。
　　早在一年前,米芾去惠州拜访天竺寺净惠禅师,见禅师卧榻旁有一帧苏轼的小手札,笔力遒劲,气韵高古,不觉也来了雅兴,向禅师索来纸笔,落纸云烟。一幅字写好,净惠禅师拊掌称绝。
　　米芾却摇头说:"不敢与苏公并驾。"
　　这次路过黄州,米芾谢却一切应酬,前去拜谒苏轼。
　　二人相会在黄州梅园。
　　至于这次苏米谈话的具体内容,已无可查考了。从后人的一些零星记载中可以得知,这次会见,对米芾来说,无疑是影响其一生名业的大事。
　　比如,《跋米帖》说:"米元章元丰中谒东坡于黄冈,承其余论,始专学晋人,其书大进。"

抛开文字记载，我们单从米芾墨迹前后的变化上也能够看出一些端倪。他早期书作《三吴诗》《邂逅诗》二帖，唐代大书家欧阳询那种紧结寒俭的遗风还占着主导地位。即使稍后在长沙任上书写的《砂步二诗》《道林诗》《法华台》诸帖，也没能摆脱晚唐沈师传、段季展习尚的窠臼。

然而，到了元丰六年，米芾书写的《杭州龙井方圆庵记》，已明显带有王羲之《圣教序》的雅调逸韵了。米芾书法的气格得到一次升华。这离苏米黄州会晤也才一年左右。

米芾一生怪癖颇多，好作快口语，很少服人。可是，对年长他十四岁的苏轼，尽管没有执弟子礼，却终生以丈人视之——宋时"丈人"是一种尊称。人前人后，恭敬有加——这不能不说和黄州会晤大有关系。

关于这一点，有典籍可查。

稍晚的南宋有一部叫《东京志略》的书，记述了这样一件事。

有一次，米芾给枢密使蒋之奇写了一封信。信中他由衷地说道："襄阳米芾，在苏轼、黄庭坚之间，自负其才……"

很明显了，米芾自己都认为，他比不上苏轼，倒是比黄庭坚要强上一些。纵观整个大宋书坛，能让米芾从骨子里佩服的，也只有苏轼一人了。

平时，米芾素有洁癖，他洗手，从不用手帕擦拭，而是两手相拍，"啪，啪，啪"直到把手拍干。他收藏了很多前人墨迹，如有友人来访，提出观赏这些藏品，他就会满脸不乐意。即使让你看了,也得站在一丈开外的地方。

对苏轼,就没有这些讲究了。

元祐四年,苏轼与章致平同访米芾。路上,苏轼对章致平说:"元章有些疯癫,唐突处不要介意。"

致平喏喏。

见了礼,苏轼提出要看看米芾新近的藏品。章致平一旁打趣道:"听说米公平日让人观赏前人墨迹,一定要站在一丈开外的地方。"

米芾笑笑。把二人领进宝晋斋,小心翼翼地拿出十多幅二王、张长史、怀素等人的墨迹,摆放在苏轼面前。"这些都是我新近收藏的上品,尽管看吧。"又扭过头来对章致平说:"章公所闻不差,坡丈来,则另当别论了。"

苏轼喜欢拿米芾的疯癫开一些小玩笑。

他作过几首打油诗,单讥笑米芾的癫狂。比如:"锦囊玉轴来无趾,粲然夺真疑圣智。忍饥看书泪如洗,至今鲁公馀乞米。"再比如:"巧偷豪夺古来有,一笑何似痴虎头。"

有人把这几首诗抄给了米芾,米芾看后,也只是一笑。

仅仅有一回,苏轼宴请当地文人雅士,米芾酒喝得高了一点,忽然站起身,问苏轼:"有件小事想问问坡丈,世人都认为米芾疯癫,丈人也是这样认为的吗?"

米芾神色严肃,言语间多少有了一些放肆。

苏轼愣住。随即笑了,回答说:"吾从众。"——苏轼很机智,他借用了《论语·子罕》里的这句话,巧妙化解了一场尴尬。

酒醒过来,米芾知道了这件事,很不安。他登门向苏轼道歉,苏轼宽厚地抚着他的肩膀说:"酒后之言,酒后之言!"

对于苏轼的书法,米芾极言赞誉,有人问他:"难道坡公的书法就没有一点瑕疵吗?"

米芾很厌恶地瞅了来人一眼,拂袖离去。

崇宁元年,苏轼病逝。

病逝前三个月,苏轼来找米芾闲谈,见书案上有一方紫金砚,拿在手里把玩一阵子,就不舍得放下了。临走,对米芾说:"让我携去观赏几日。"

米芾迟疑了一下,犹豫着说:"坡公只管拿去。"

从米芾的宝晋斋回去后,苏轼中了风寒,竟是一病不起。临终,也许是有些糊涂了,他嘱咐他的儿子,把紫金砚随他一起入葬。

米芾得知这个消息,"腾"地跳了起来,衣衫都没有系好,连夜赶到苏府,硬是把紫金砚给抱了回来。

回到宝晋斋,米芾的气还没有消,他抚摸着紫金砚,恨恨地说:"传世之物,岂可与清净圆明本来妙觉真常之性同去住哉!"

说过,米芾长长地嘘出一口气,觉得轻松了许多。

舛误

宋初书坛,王著独步一时,极善用笔,楷、行、草兼工,且精临摹,擅双钩。惜其没有留下带本款的作品,墨迹的摹本或刻本,都没有,他书法的真实水平,也就无从考究了。

稍后的一些典籍里,有对他书法及逸事的记载,还是颇受推崇的。黄庭坚虽然说过"盖美而病韵者王著,劲而病韵者周越"这样的话,但他看到王著补智永《千字文》残字时,又不得不承认:"绝妙同时,极善用笔。"陶宗仪是元末书法理论家,想来他是看到过王著的墨迹的,他在《书史会要》中说:"王著笔法圆劲,不减徐浩,其所书《乐毅论》学虞永兴(世南),可抗行也。"

南宋的陈槱在其笔记《负暄野录》里,对王著更是不惜赞美之词,云:"今中都习书诰敕者,悉规仿著字,谓之'小王书',亦曰'院体',言翰林院所尚也。"

当时的情形,不说在民间,只说在京城,在朝堂上下,在文人最集中的翰林院,王著的书法成了大家争相摹写的范本。临写王著书法，成了一种时尚，成了一种约定俗成的规矩。尤其在翰林院，哪一个人不去临习王著书法，而是另辟蹊径去学什么秦篆汉隶，或是唐楷，马上就有人白眼相加，把你看成怪物，指责你，疏远你，甚至半夜砸你的黑砖。

或许，陈槱所记的，并不虚妄，而是当时状况的实录。

细细地推究，这种现象完全是有可能发生过的。其主要原因显而易见，在以下叙述中，读者慢慢地就可以领略到了。

叙述没有铺开之前，我得先给大家介绍一个人，因为王著的故事大都与这个人有关。这个人就是著名皇帝宋太宗。宋太宗酷爱书法。作为大宋朝的第二位皇帝，其时国内百废待兴，边境时有狼烟，有多少军国大事亟须治理，而皇帝却在那儿大玩书法这样的雕虫小技，朝中未免有说闲话的。

开始，宋太宗心理也是有障碍的。但是，他很快就给自己找到了一个继续热爱书法的理论基础，而且这一基础坚如磐石。那一天早朝，太宗让内臣抱来几十轴装裱好的书法作品，他拍一下这些作品，对众位大臣说："朕退朝以后，一点儿都不敢虚度光阴，读书之外，还要练一点儿书法。"

众大臣齐呼："万岁！"

太宗又拍一下那几十轴书法作品，继续说："朕早年留意于草书，最近，忽然又醉心于飞白书了。"

众大臣齐呼："恭贺圣上！"

太宗笑了笑，猛然提高了声音："书法一道，虽非帝王事业，但不胜沉湎声色犬马百倍吗？"

大臣们一起跪拜在地,高呼:"圣上文武全才!"

退朝时,宋太宗把那装裱好的几十轴飞白书法作品全赏赐给了众位大臣。众位大臣皆大欢喜。宋太宗的心理障碍也解除了。

太平兴国六年,宋太宗在朝廷设置御书院。王著是第一个被召入御书院的书法家。那一天,王著真是风光极了。宋太宗召来了所有在京的文武大臣,当着这些文武大臣的面,亲自为王著佩上了象征着极大荣誉的绯银鱼袋,并下旨赏赐给王著十万铜钱,补为翰林待诏兼御书院祗侯。

王著站在朝堂之上,满脸涨得通红,连他自己都觉得,这一切来得太过突然了。

散朝后,大臣们回到家中,纷纷把孩子叫到跟前,叮嘱他们一定要练好书法,将来像王著一样光耀门庭。那一个时期,汴京的大街小巷都在谈论王著和书法。

王著当了御用书法家以后,他只有一件事可做,就是等待宋太宗的召见,然后陪太宗皇帝练习书法。太宗皇帝召唤王著,大都在夜里,审批奏章疲倦了,就拿书法活动一下筋骨。因此,王著和另一个叫吕文仲的翰林侍读就得常常轮流宿于禁中。

一般是这样的:宋太宗要挥毫了,先让中使在内东门北边一个较为偏僻的小殿内,备好笔墨纸砚,点燃臂膊粗的蜡烛,然后把王著喊来,让他当着太宗的面表演,就挥毫过程中太宗所想到的问题进行探讨。有时探讨得高兴了,时间就过得很快,太宗肚子有些饿了,他会让中使吩咐御厨搞俩小菜,再弄一壶好酒。若有兴致,还会喊一两个宫女,弹上一曲箜篌,君臣二人整几口。

慢慢地,很多大臣都听说了王著所受到的这种特殊的宠幸,再碰见王著时,眼睛里就多出了一些特殊的内容。

而这些,王著却浑然不知。

过了一段时间,王著见宋太宗痴迷于飞白书,觉得这终非学书正道,就劝太宗改学二王书法。宋太宗笑着接受了,开始练王羲之。练了一阵子,太宗自觉满意,挑了一幅让中使王仁睿拿给王著看,王著却说:"没把握好。"过几天,又拿给王著看,王著仍说:"没把握好。"王仁睿不干了,掉下了脸子,问王著是什么意思。王著叹了口气,说:"圣上刚练羲之书法,就骤然夸好,圣上还会用心练吗?"王仁睿回去把话学给了宋太宗,宋太宗颇有几分不悦:"这个王著,真要朕做一个书法家了?"

王仁睿恨恨地说:"不知天高地厚的东西!"

宋太宗摆摆手,说:"下去吧。"

不久,宋太宗下了一道圣旨,命王著甄选内府所藏历代帝王、名臣、书家的墨迹作品,刊印10册法帖行世。消息传出,满朝大臣,无论京官还是地方官,纷纷上书,称此为亘古未见之大业,文化之盛事。

王著历时两年,耗尽心血,总算把目录体例编纂好了。太宗却嫌分量不够,不满意。随又下诏,让王著携带圣旨,到荆湖、袁州、潭州、升州等地遍寻历代墨迹,以充实法帖内容。等到淳化三年法帖问世,六年已经过去,王著俨然一干瘦小老头了。

太宗大喜,赐名《淳化阁帖》,挑选数十套分赏两府大臣。

数天后,有奏章送抵太宗案头。奏章列举了《淳化阁帖》诸多舛误,云:阁帖共420帖,有116帖属"伪帖";共收录102人,有十余人朝代谬误,琅琊王氏弟子17人,辈分混淆,伦次不清;更为可笑的是,很多书家的名字都搞错了,例如卷三中的"王昙""孔琳"实系"王昙首""孔琳之"之误。

太宗览过奏章,悄悄地压了。他让人把王著召来,私下里训斥了几句,说王著辜负了他的厚望,尔尔。

王著受不了了,痛哭一场,去酒馆喝得大醉,糊糊涂涂说了一些对太宗不敬的话。

这下,王著戳了马蜂窝。隔一天,弹劾他的折子雪片似的飞向朝廷。

"王著是国家罪人,花巨资出了一套伪阁帖,贻害无穷,当革职抄家……"

"王著不学无术,蛊惑圣上,应削职为民……"

"王著诋毁天子,意图谋反,按律应贬南海……"

…………

宋太宗看奏章看得眼睛都花了,他把奏章一一掷于地上,叹一声道:"这些人想干什么?王著不过一介书生,能犯多大的错啊?"

写出传统文化味儿来
——张晓林小小说印象
杨晓敏

笔记体小说是我国文学的主要源头之一,《聊斋志异》当属集大成者。当代文学的笔记体小小说,同样是姹紫嫣红的百花文苑里的一朵芬芳奇葩。冯骥才的"市井人物系列"如《大回》《苏七块》等,汪曾祺的"故事新编"如《鹿井丹泉》《捕快张三》等,魏继新的世相百态如《狗胆》《走龙》等,景田、鹤菁的历史人物解读如《较技》《定局楼》等,都能在沿袭传统文化的路子上,自生变化,再造神奇。虽属小品形态,亦是他们成就中不可或缺的重要组成部分。主要从事笔记体小小说写作的也不乏佼佼者。孙方友的《陈州笔记》、杨小凡的《药都人物》、相裕亭的《盐河人家》,还有马宝山、申平、一冰、程习武、杨海林等一拨儿,大都能根植民间传说的土壤,营造出地域性的文化景观。优秀的笔记体小小说,语言简洁明快,人物形象性格鲜明,故事情节起伏跌宕,十分注重大众阅读的审美趣味。凡此佳作,有若墙角蜡梅绽放,溢香弥远;夜阑流星倏忽,灼人眼目。

近几年,我常读到张晓林的笔记体小小说,一组组冠名"宋朝故事"的作品,出现在一些报刊上,读后让人有耳目一新的感觉。张晓林有个创作计划,就是用笔记体小说写10卷本"宋朝故事",其中,《书法菩提》《宋真宗的朝野》即将杀青。张晓林以笔记体小说写宋代历史,他理论上的依据是,尊重历史事实,他笔下的人物、事件、时间在历史典籍里都有确凿记载,都有籍可查、可考,不虚构、不戏说、不演义,只在人性的空间进行挖掘。他认为,几千年的中国历史,尽管朝代不同,人事变化,沧海桑田,但古今人性都是不变的,或者说是相同和相近的。这恰恰是作家驰骋的广袤空间,作家能在这个空间走多远,决定其创作上的成就。我们也的确注意到,中国的史籍,对历史上的事件、人物的记载不能说不清楚、不明白,但无一例外地忽视了对历史人物人性上的关注与开掘,历史学家把这一任务交给了作家。这是作家的幸运,也是对作家的挑战,因为我们已经看到,很多历史小说要么拘谨于历史,要么完全抛开历史而任意戏说,这都背离了历史小说的真谛。张晓林的"宋朝故事"有意避免了上述两种情况,用笔记体小说的写作方法,捕捉历史的某一个点或一个横面,紧抓住人性这一关纽,往深里写,往细处写,往小里写,还原历史的生活性和生动性。因此,他的创作选材严谨,写法不落俗套。

我读过"宋朝故事"之《宋真宗的朝野》中的部分篇章,无论帝王将相、名人雅士、逸闻趣事、掌故传说,他都是放在人性的背景下,经过现代意识思考后,进行解构或组合,重新放逐于自己的笔底,形成了自己独特的写作特色与创作体系。《谗言》对正邪之间在不同历史关头的较量所产生的迥异结果,令人瞠目,为当政者扼腕一叹。作者不动声色地隐藏起来,只让事实说话以表达爱憎。《射箭》在家事国事天下事的大背景下,让父子伦常与个人兴趣发生的矛盾,上升到孝道与忠义之间的高度。该篇人物众多,故事曲折,兼之内涵,容量奇大,稍一展开便能伸长为一个中篇。由于作者剪裁得体,布局合理,作为一篇小小说则精致可读。在"宋朝故事"之《书法菩提》中,亦是紧紧遵循了这一创作原则。如《拜石》《洁癖》《道林诗帖》等篇什,是以北宋大书法家米芾为原型的创作。米芾一生仕途坎坷而性格乖张,其人其事在民间颇多流传。这种野史更加逼近史实和人物的真相,张晓林的作品起到了"借一斑而窥全豹,以一目尽传精神"的效果。

张晓林认为笔记体小说要讲究"文味儿""文气儿",说白了,就是文化味。笔记小说应来源于中国古代的笔记,笔记是一种中国最本土的文体,也是中国最古老与最传统的文体,时间上的久远,势必为这一文体注入本民族精神与文化的元素,而从事这一文体写作的,历代多为文人雅士,如宋代的欧阳修、苏轼、陆游等,都有大量的笔记著作传世。因此,笔记小说的创作,对作者自身的文化修养要求甚高。张晓林在这方面有着深厚的文化积累与修养,他首先是优秀的书法理论家,书法论文获全国第八届书学讨论会论文二等奖、青海省第二届文艺理论奖和第三届书法理论奖。他的书法师法"二王"和米芾,写得潇洒而古雅,曾多次参加国内外书法交流活动。张晓林凭着专业的书法修养,以作家的角度创作的《书法菩提》,散发着浓郁的文化气息,将书法文化及书法家这一特殊群体的生活习性,借助形象生动的叙述,展现得淋漓尽致,既可以作为历史去阅读,亦可以作为书法文化去阅读,还可以作为小说去阅读。以中国最传统的文体表述中国最精粹的书法文化,《书法菩提》做到了最完美的结合。缺味儿则单,缺气儿则僵。张晓林的笔记小说,无论写书法篆刻、绘画诗词,还是写最不起眼的烟壶、养蟋蟀用的泥罐,都要传导出它所蕴藏的本民族的文化与美学精神。

张晓林的笔记小说发展与创新了传统的笔记小说这一体裁,从他的"宋朝故事"系列笔记小说中可以看出这一点。古代笔记历经魏晋南北朝及宋元,到明清逐渐成熟进而发展为笔记小说,影响较大的如《聊斋志异》《阅微草堂笔记》。任何一部笔记体小说集,篇目上都是独立的,篇与篇之间没有必然的联系,内容和结构上都是互不相关联的。"宋朝故事"系列笔记小说《书法菩提》或《宋真宗的朝野》,虽是采取传统笔记小说的写法,但内容上是相互关联的,人物是相互穿插的,人物都是北宋时期的书法家和政治家,也有一些世俗间的奇人,他们之间相互交叉,相互回环,相互重现;舞台是一个大舞台,北宋书坛这个大舞台,生、旦、净、末、丑,共同演绎一出出文化大剧。有些期刊发表他的小说时,单篇时是小小说,三五篇是短篇小说,十余篇就成了中篇小说,再长,就是长篇小说了。《书法菩提》《宋真宗的朝野》就是由笔记体小说组成的长篇小说。

张晓林读书甚多,《聊斋志异》《客窗闲话》《阅微草堂笔记》,及尤瑟纳尔的《东方奇观》、爱伦·坡的《莉姬娅》等,一直努力把外国现代小说与中国古典笔记小说中的优秀成分运用到自己的创作中去。他的《木钗》写一位僧人把一对落难母子布施的唯一木钗轻贱弃之,寺院将捐助之资铸一寺钟后,钟声却像丢了魂似的。后僧人幡然悔悟,以虔诚心态弥补过失,钟声嘹亮起来。写善恶美丑并不停留在简单的因果报应上,而是深入到一种大境界中。《诗棺》中的于之渔是一诗痴,不被世俗情理所容,每日里在野外"携带诗笺赏梅花",这很容易让我们想起唐朝的李贺。于之渔临终前,在梅林里挖一墓穴,贴满自己的诗稿后,安然瞑目。奇人奇事奇棺,令人喟叹不已。《红薯泥》以诗性文笔抒写传奇,把民间美味写得奇香扑鼻。

张晓林早年在豫西地区工作,近年供职于开封市文联,一头扎在古都名城汴梁的风物之中,对北宋兴衰以及历史人物产生浓郁兴趣。凡帝王将相、文人墨客、三教九流无不纳入视野。他曾略显自负地说:我会以最大的努力,让这一段沉寂的历史重新活泛起来。

洁癖

米芾素有洁癖。在世俗人的眼里,这是一种怪病。因为这种病,米芾得罪过许多人。

杨皓是黄庭坚的朋友,与米芾也多有交往。他们常在一起饮酒,吟诗填词,切磋书艺。有一天,他们来樊楼小酌。杨皓是个很洒脱的人,席间,他叫来了三个歌伎,一边喝酒,一边听歌。

喝着喝着,杨皓就喝得高兴了。他离开座位,走到一个歌伎跟前,一弯腰,撩起歌伎的长裙,把她的绣花鞋给脱了下来。他把绣鞋搁在鼻子前深深地吸一下,然后放进酒杯,对大家说:"这叫鞋杯,今天咱们喝个花酒。"

他的话还没说完,米芾的脸就黑透了。他抬起脚,"哗啦——",把酒桌踢翻在地。

杨皓也勃然变色。

从此,米杨二人再没有来往过。

除了书法、绘画及砚台、奇石,米芾还喜欢饮茶。他常对朋友说:"品茶试砚,是第一韵事。"

米芾饮茶,喜欢"淡者",也叫"茶佛一味"。

更多的时候,米芾喜欢一个人独饮。缓烹慢煎。细品悠啜。窗外或是芭蕉细雨,或是搅天大雪,都仿佛离自己很遥远了。——个中滋味,不可言传。

有时候,也携一二好友共饮。品茶,一人得神,二人得趣,三人得味,人再多,趣味全无了。

能和米芾一起饮茶的,多是些骚人墨客。

但也有看走眼的事情发生。

米芾新得了几饼蔡襄的小龙团,恰逢这一夜月白风清,米芾来了兴致,便携茶拜访初结识的朋友赵三言。

赵三言是赵宋宗室,吹得一口好横笛,婉转悠扬,没有一丝尘俗之音。

米芾结识他,是听了他的横笛后。

坐定,赵三言让书童去烹茶,二人说了一些闲话。茶上来,香气淡淡地充溢了整个屋子。赵三言很激动,连呼:"好茶!"

米芾有点儿不高兴了。他觉得这喊声太刺耳!

茶稍凉,赵三言连喝三盏。嘴里啧啧有声。

米芾坐不住了,"呼"地站起来,说:"没想到你这个人这么俗!"

米芾把这个新结识的朋友又给得罪了。找上门来得罪人,这就是米芾。

洁癖

在雍丘做县令时,米芾给自己的书房取名宝晋斋,多藏"二王"墨迹。斋前植了几棵梧桐,数株海棠,四周摆放了一些奇石。

宝晋斋很幽雅,不是同道中人,很难入内一观。

辽国有一爱好书法的使臣来到东京,久闻米芾名声,让挑夫挑着一百斤沉香作礼,前来拜访他。

米芾不见。

他让书童对辽国使臣说:"老爷去郊游了。"

第二天,辽国使臣早早地又来了。

书童又说:"老爷出外探梅花去了。"

辽国使臣愈加倾慕,愈加想见一见米芾。在米芾门前一连徘徊数日不肯离去。

米芾深受感动,就对童子说:"让他隔着窗户看一眼宝晋斋吧。"辽国使臣隔窗而望,满目肃然,望斋再拜而去。

米芾好作快口语。他曾书《珊瑚帖》一幅。挥毫毕,掷笔于地,说:"此等墨迹,一纸足矣,再多恐怕鬼神都不愿意了!"又为宋徽宗作《周官篇》条屏,完亦掷笔于地,大言道:"一洗二王恶札,照耀皇宋万古。"

这就让人想不通了,既给自己的书斋起名宝晋斋,怎么又说二王的墨迹是恶札呢?

杨皓上次受了米芾的羞辱,一直窝在心里。

这一年,米芾犯了事。

有人得了一幅戴嵩的《五牛图》,弄不准真伪,拿来叫米芾鉴别。画幅打开,米芾眼睛都直了。他对来人说:"画,先搁在这儿,你明天来取,我得细细地揣摸一下。"

那人犹豫了一阵子,还是放下了《五牛图》。

第二天,那人来取画,米芾说:"画是假的。"

来人接过米芾递过来的《五牛图》,狐疑地走了。

不久,那人就把米芾告到了御史台,说米芾骗走了他的名画。

主抓这个案子的御史,就是杨皓。

杨皓是办案的行家。他找来一个鉴画的老油子,老油子一看,说:"这画墨色不会超过半月。"

米芾没话说了。他还给那人的《五牛图》是自己临摹的,他把真迹给昧下了。

杨皓把米芾关进了大牢。在狱中,米芾也没能丢掉他的怪毛病。

狱卒来给他送饭,米芾告诉他:"再送饭请把饭碗举过头顶。"

狱卒觉得这个犯人很有意思。

狱卒也是个人来疯,下次送饭,他把饭碗举得高高的,嘴里唱着戏文,旋风般地来去。——他当成一种乐趣了。

有一天,偶与人谈及此事,那个人把米芾的底细,笑笑,说:"没有别的,这个人爱干净,他怕你嘴里的浊气呼到饭上去。"

狱卒听了,半天没有言语。只有牙齿在嘴巴里格嘣格嘣响。

晚上送饭,狱卒见米芾还在梦乡,就拾起两三根稻草,窝了窝,去旁边的溺器中蘸了一下,捞出,狠狠地在饭碗里搅拌起来。

米芾睡醒了,觉得肚子饿得厉害。他看见了监房门口的饭碗。他走过去。他端起了饭碗。

《书法菩提》之《洁癖》的风格和意味

王彦艳

在编辑小小说的过程中,通过几段文字认出某位作者,总是件愉快的事情。"这就是某某的风格",这句话会随着流水般的阅读在我脑海中一闪而过,随即消融在接下来的文字里。时间久了,那"一闪而过"终会拽着我的思绪停住:那么一位作者的风格到底意味着什么?

看到张晓林"宋朝故事"系列小小说时,正是我编辑工作中的一个枯水期,不是没有稿件,不是没有好的稿件,而是没有对我来讲是新鲜面孔的好稿件。编辑在工作中的兴奋,其实就是靠新的作者、新的风格的作品来维系的。"宋朝故事"里的主人公,属于那个朝代的主流精英阶层:苏东坡、王安石、司马光、米芾、黄庭坚……当然也少不了奸相蔡京。读这样的人物故事,我承认,我的阅读情绪会被人物的名字提前限定,这点被限制的情绪会在潜意识里提醒我对作品有更高的要求和期待,而张晓林的"宋朝故事"满足了我的期待。

来看看他的《洁癖》:米芾的洁癖,米芾的生理洁癖和精神洁癖。侵犯他生理洁癖的是官员杨皓,也是他后来入狱的推手。冒犯了他精神洁癖的是赵宋宗室赵三言。而我觉得文中最是灵气飞升的地方是文末,一个狱卒如何严重地捉弄了他的洁癖。叙述者找来的这三个人物完成了对米芾洁癖这一面的生动刻画。

"杨皓是黄庭坚的朋友",这句话保证了他和米芾是同一层面的人,米芾将会有机会得罪他,而他也有机会放倒米芾。这就是故事的背景。杨皓和米芾常饮酒填词,切磋书艺。他本人又很洒脱,不过洒而无边脱而无底,他在酒会上撩起了歌伎的长裙,脱下她的鞋,把酒杯放入:"这叫鞋杯,今天咱们喝个花酒。"他的俏皮话没说完,"米芾的脸就黑透了。他抬起脚,'哗啦——',把酒桌踢翻在地。"我喜欢"黑透了"这三个字,就像我讨厌自己对某些事物敷衍的笑脸。这是一个浓彩的开篇,很过瘾的。

接下来出场的是赵三言,前面说过,他冒犯了米芾的精神洁癖。为了配合"精神"的出场,文字在浓彩后转为淡雅,开始诉说米芾品茶的心得,其实我觉得那是叙述者的心得。叙述者说米芾更喜欢一个人独饮,那时窗外的细雨抑或大雪,"都仿佛离自己很遥远了"。随之由破折号引出了八个字"个中滋味,不可言传"——这显然是叙述者抑制不住的积极参与,而且也是在给阅读者明确交代他和他笔下主人公的神交甚厚。有必要说明的是作为作家的张晓林,同时也是一位书法家,其书法作品在我看来于沉雄与飘逸间,有着说不出的养眼与熨帖。

米芾携着新得的蔡襄的小龙团去拜访新结识的朋友赵三言,因为赵三言的横笛吹得了无尘俗(却没有了却尘俗)。那是个月白风清的夜晚,米芾一定是想和赵三言一起在风中感受风,在茶中感受禅。

我们知道,到了宋代,饮茶已不再仅仅是诗意的消遣,人们在对茶的选择过程中,在品茶的过程中,甚至在选择茶友的过程中,无不实现着自己的精神愿望。还记得那个举止不端的皇帝宋徽宗吧,那个艺术上的天才所推崇的白茶(淡者)和"无芒"的瓷,表明宋代的审美是唯美主义的,是文人气的,是幽微处的暗自骄傲。米芾是这样时代中的一个人,所以,他让自己成为艺术品,在他的五蕴里都渗透进艺术的因子就有了现实的可能。所以他容不下赵三言品茶中连呼"好茶",那太刺耳。他更容不下赵喝茶中的啧啧有声,"没想到你这个人这么俗!"月亮怅然若失,风依然是无辜的清凉,而米芾却找上门去实实在在地得罪了赵三言。

至此,米芾生理上的洁与精神上的洁都已明确无误地传达给了读者。潆洄回旋之后,情节进入了跌宕,并最终进入了异峰突起。

有人拿了戴嵩的《斗牛图》,请米芾鉴别,米芾看了说需要细细揣摩。文中写了送画人的犹豫:留,还是不留?终于还是留下了。但文中没有写米芾的犹豫:昧,还是不昧?第二天,那人来取画时,叙述者让米芾直截了当地说了句:"画是假的。"叙述者没有解释。对这一点,我想阅读者可以会心一笑。《斗牛图》那样的神品进了米芾的眼里,是不可能再从心里拔出来的,作者觉得这是没必要解释的事情。这个状况下的叙述者和米芾很是心气相通的。可以想象,送画者最后拿走的《斗牛图》,怎样地耗费了米芾夜晚的漫长时光。这也进一步暗示出,米芾要昧下这神品,是没有犹豫的,否则他没时间去临画。这个段落当然是下面高潮的引子,但更是对以上文字曼妙而圆满的回应:他在杨皓、赵三言那里收到的失落,在《斗牛图》里、在艺术品里得到了安慰。我不是说昧画有理,我是说米芾昧画有理。在这个问题上,邀请皇皇的《追忆似水年华》伸出援手,将实现有力的例证:"在这末一卷里,他(普鲁斯特)的感觉所受到的一连串震动和他的种种回忆融合成一种高度的悟性,因而他成功地——再说一遍——了解到在他的经历中,艺术的重要意义,并能够着手写作这部伟大的记录:《追忆似水年华》。"艺术,对作为艺术品的米芾来说,其意义不言而喻。或者他昧下《五牛图》也是他精神洁癖的一个延伸,他只能和这样的艺术品待在一起,或者说这样的艺术品只能和他待在一起。

  拿画的人很狐疑,把米芾告到了御史台。主抓案子的正是杨皓。我想象中,杨皓当时基本没用脑子想,他只是瞪眼看着面前原告叙述就能确定:米芾输了。杨皓虽然俗到骨子里,但他肯定是个聪明人,而且,一般的俗人会更多地惦记谁琢磨谁,那一定是得罪过他的人。

米芾没有悬念地入狱了。

和米芾打交道的人里出现了狱卒。

就有了接下来的故事。

少年时读张爱玲,《鸿鸾禧》里写到一个"小白脸上永远是滑笏的微笑,非常之耐烦"的时装公司小伙计:"一个直条条的水仙花一般通灵的孩子,长大之后是怎样的一个人才,委实难于想象。"多年后,我记起这篇文章时,面目最清楚的就是这个小伙计。这缘于我当时的惊讶,此前我不记得有谁这样观照一个主人公生活之外的小人物。这不仅让她笔下诸多女子生活的背景活泛了起来,而且后来屡次让我从身边匆匆而过的陌生人的神情里想到这个小伙计,进而张望到张爱玲这个天分极高的女子在和外界接触时内心的瞬间涟漪。最重要的,这个小伙计在我的心里把张爱玲强化成了张爱玲。就像是梦里到了曾经梦到过的地方,在狄更斯的《荒凉山庄》里,我又读到了这样的文字:"这个人收下了两个便士,没露出一点心花怒放的样子,只是把钱往空中一扔,又手心朝下一把抓住,走了。"这个过场的小人物走了,"手心朝下"留在了阅读者的记忆里。

《洁癖》里狱卒的形象,把不可触摸的梦境带到了我的手心里——我可以在这篇文章的后面写上编辑意见,然后提稿。——这个狱卒,在某种程度上,超过了张爱玲的裁缝,超过了狄更斯的牵马人。

这个狱卒,让我认识了市井。"市井也可以深如海"——

是我在这段文字边的旁注。狱卒原是高兴的,"旋风般地来去"——这说明他在他的生活里是个非常正常的人,有活力,也有在工作中发现乐趣实现乐趣的能力,其实这样蛮好的,他成全了自己的乐,成全了米芾的洁。就因着一句话,瞬间,他就可以那般阴毒。一个心理畸形的人的阴毒不让人恐怖,因为那叫案例。可存在于正常人心里的阴毒,就会让人不寒而栗。为了自尊吗,还是底层生活里累积出的被剥夺感的强力反弹?那狱卒咬着牙在想什么:我已经被剥夺了这么多,但凡我有反击的资源,我一定用到极致。——或许他什么也没想,就那么做了,是由生活状态引发的自然行为。这种行为最是根底深厚,无从拔起。他让我想到了《水浒传》里的郓哥和郓哥那一篮水果引发的血案。

"他看见了监房门口的饭碗。他走过去。他端起了饭碗。"

这是三个可以独立成段的句子,每一个字都带着浑重的回音。为了米芾的"洁",我阅读的时候心里一直闪着不安,像是风吹蝴蝶,像是行走中端着摇摇晃晃的注满水的杯子……而就在结尾,在结尾的这一刻,不安终于沉而痛地落地。读者会闭上眼,在意识里别转头去,不忍卒读:世间真的是容不下"洁"。

对"洁"的境界的追求,是汉人形象中一个重要的传统。"对本性孤洁的人,你所能想到的是他必须忍受孤独和寂寞,并且绝不妥协。"但张晓林先生就像轻功了得的高手一样,飞越了这些。他让米芾直接接受羞辱,并永不给他"绝不妥协"

的机会。这是作者的厉害之处,手艺精湛之处。这样的手法,在温婉的节奏后,在文雅的调子后出现,给文章结结实实地涂上了现实主义的辉光。这些都在塑造着张晓林的风格。

其实在这篇不足1500字的《洁癖》里,体现出的张晓林最突出的风格是他在控制文章节奏的同时,也在准确表达对节奏本身的审美。文章前半部分的节奏:紧张(杨皓出场)——平缓(赵三言出场)——紧张(《斗牛图》出场),这样的节奏是婉转的顺畅的,它的奇特在后半部分,紧张后异峰突起,和前面有规律的节奏相比,是变调。他以平静到冷酷的笔触写出了最后的喷薄之势。我想说的是在他的婉转和突兀之间,有一种奇特的和谐是叙述者所追求的:婉转调解了突兀,突兀让婉转不再平淡,就像山间的怪石和流水的相处。这种节奏的感觉在篇幅短小的小小说作品里是罕见的。这样的节奏感让我想起张晓林的瞬息表情。他显然是娴熟于酒宴上的交际的,温和得体。只是偶尔在话锋扫及时弊或语关他的理想时,他的左嘴角会明确地向后撇出一道弧线,带出一种强调意志的意味,一种稠人广坐中的桀骜。此外,张晓林让人物的每幕出场都带着他们特有的个性,一个动作,或一句话,绝不累赘,只求塑造到位。显出叙述者和他笔下人物的不隔。而且他和他心仪的主人公之间心神合一,气脉相通。——其实这些风格,愈加凸显一个道理,一位作家作品的风格,其实就是作者本身。是他本人的气质与素养的综合体现,无处遁形也不能无中生有。

侍砚

北宋的书法家中,石曼卿是一个另类。石曼卿喜欢作大字,大可盈尺,有时豪气上来,甚至"卷毡濡墨作方丈字"。

在宋朝作大字不是件容易的事,很麻烦。笔就不说了,在石曼卿手里,可用来作笔的东西很多。墨就不行了,墨得一下一下地研,石曼卿挥毫,每一次事先都得有数人替他研墨。再就是纸了,宋代的纸,尺幅小的居多,这样的纸,是让作手札用的,用它作丈尺大字,任凭是谁,还真有点下不得手去。绢倒是有大尺幅的,但那也只有皇家才能用得起。

石曼卿作书,多是在粉壁上,佛殿里,或者山崖上。

若干年后,苏轼曾在寺院的墙壁上见过石曼卿的数帧墨迹,他站在香雾缭绕的佛堂上,用细长的手指捻着稀疏的胡须,由衷地慨叹道:"曼卿大字,越大越奇啊!"

石曼卿不仅仅字写得好,诗词作得也好。

一个秋雨连绵的日子,霜叶早已铺满汴京的大小街道。在京城北郊的一处别墅里,石曼卿正与范仲淹、韩琦、宋祁等一干词人雅聚。喝酒,抚琴,投壶,谈诗词。

范仲淹说,曼卿的词清拔而豪迈,有大丈夫气!

韩琦说,这都是石兄喝酒喝出来的。石兄喝酒,那才叫大丈夫呢。

宋祁打断了大家,他说,我忽然想到了一个上联,给大家助兴下酒。他说出了上联:天若有情天亦老。大家都知道这是李贺的诗句,但一时都没想出合适的下联来。李贺的诗诡秘,一般人招架不了。

大家正寻觅间,石曼卿把下联对了出来:月如无恨月常圆。

"好!"大家齐击节。

宋祁更是佩服,说:"胜贺诗远矣!"

无论作诗、填词,还是挥毫写书法,石曼卿看重的都是一个性情。而性情的抒发,又全靠了一个"酒"字。

石曼卿饮酒,那可算得千古一人了。他饮出了很多名目:巢饮、囚饮、鳖饮、了饮、鬼饮、鹤饮等。这些饮法都很古怪,都很有创意,也都很性情。饮出了境界,成了宋代朝野的风景。改天专门做篇文章,来详细叙述这些饮法,应该很好看。

石曼卿有很多酒场上的朋友。像名士刘潜、张安道、叶道卿等,就常来找石曼卿喝酒。他们有时也赌酒,他们赌酒时,就是一场戏,围了一层又一层的人观看。他们已不赌酒的斤两了,他们赌喝酒的天数。有一次,三人在樊楼赌酒,三天三人没说一句话,三天后各人走各人的。

酒这样个喝法，石曼卿一个小小的秘阁校理，俸禄根本不够喝酒。钱喝完了，他就去借。朋友、同僚，都借过一遍了，有的要好的朋友，都借两三次了，再张口，难了。

石曼卿为喝酒发起了愁。

这个时候，秘演来了。秘演是个高僧，交游极广，与石曼卿为至交。见了秘演，石曼卿诉苦说："馆俸清薄，没有酒喝了，奈何？"

秘演笑笑，说："改天有人给你送酒，你不能不见啊。"

说这话的时候，秘演早已想到了一个人，这个人就是牛监簿，他这个监簿，是用钱买来的。他其实是个薪炭贩子，土话说是个卖柴火的。他在繁台寺的西边还广有家产，仅临街的房屋出租，每天可进铜钱数十千文。牛监簿识字不多，斗大的字认不了一布袋，可他向往与有学问的人交往，想过风雅的生活。

宋朝的文人都很清高，见了满身铜臭的土财主都是遮鼻而走。稍微有点儿名声的人，没有愿意和牛监簿来往的。

牛监簿很苦恼。

牛监簿和秘演熟悉，他多次对秘演说："大师结交那么多馆殿名士，瞅机会也给引见一二。"

秘演这回要满足牛监簿了。

隔两天，秘演领着牛监簿来见石曼卿了。牛监簿对这次相见非常重视，他找了十个差仆，每人担了一担遇仙楼生产的官酒，作为拜见名士的见面礼。当十担名酒在院子里一字摆开的时候,石曼卿的脸就笑成了一朵花。他问站在酒担子旁边的秘演:"谁出手这么大方?"

秘演笑笑,说:"牛监簿啊,前几天给你说起过的。"

石曼卿心不在焉地"哦,哦"两声。而这个时候,牛监簿正站在院门外面,忐忑地搓着手,焦急万分地等待着石曼卿的召见。接下来,石曼卿便拉了秘演的手,要他到厅堂内喝酒。

秘演忙说:"不慌,不慌,牛监簿还在门外等传。"

石曼卿随意地挥了一下手,说:"我酒兴正浓,让他改日再来吧。"

秘演拉住了石曼卿,有点儿不高兴地说:"人家送你好酒,就是为了见你一面。"

石曼卿露出无奈的神色,不情愿地拍了拍秘演,说:"见见吧。"

牛监簿见到石曼卿时,紧张得大汗淋漓,话都说不囫囵了。石曼卿问他:"你家住在哪儿呀?"牛监簿立即涨红了脸,结巴着回答说:"住在繁台的边上。"石曼卿就扭过头去,望着秘演说:"繁台寺阁清爽可人,可惜很久没去登它了。"牛监簿马上从座席上站了起来,说:"学士和大师去登吧,我备好酒宴恭候。"石曼卿微笑着对秘演说:"哪天我们去登一下?"

这是一个初夏的下午。当石曼卿与秘演携手走进繁台寺的时候,牛监簿早在那儿恭迎了。酒宴已经备好,时令的果蔬,上等的佳酿,酒具器皿之精良,即使在宫内,也是少见的。

石曼卿酒兴湍发,与秘演对酒高歌,饮至日簿西山,酒兴尤不减。这个时候,石曼卿已有几分醉意,他忽地扔掉酒杯,大呼:"此游可纪,笔墨侍候!"

牛监簿早遵了秘演嘱咐,准备下了数支巨笔和十余盆墨汁。石曼卿捉了一支巨笔在手,去盆里饱蘸墨汁,疾走狂呼,在阁内墙壁上题下了一行大字:石延年曼卿同空门诗友老演登此!题罢,掷笔于地,又连饮数碗,大醉。

牛监簿慌忙跑上前,把一支新笔递到石曼卿手中,叩拜在地,恳求道:"求学士把我这尘贱之人的名字挂在末尾,也好光耀门庭。"石曼卿虽说已大醉,但还模糊知道牛监簿的意图,他心底是拒绝的,又感到说不过去,手里握着笔,一时愣住了。他把求援的目光投向了秘演,秘演也醉了,他有些可怜牛监簿。他朝石曼卿大声喊:"大武生牛也,捧砚用事可也。"

石曼卿感到了屈辱,他看了秘演一眼,重又蘸了墨,在原来题记的末尾,续题了四个大字:牛某捧砚。

牛监簿高兴极了。这天夜里,他在床上眉飞色舞地给老婆讲了白天发生的事。他做梦都没想到,老婆竟然大怒,一脚将他踢下床去。骂道:"花那么多白花花的银子,只落个捧砚的名目,你值得吗?"牛监簿一时昏了头脑,他愣愣地瞅着老婆,对于老婆提出的这个问题,他还真没有想清楚。

仁者之心

清早起来，范希文搬一个小木板凳，去院子里的那棵槐树下弹琴。槐花已经开了，一串一串挂满枝头。坐在槐树下，槐花的清香让人陶醉。这样的心境，最适合弹琴。

琴声在槐花间穿越。槐花和着琴的旋律开始舞蹈。这个时间，范希文的妻子李氏开始下厨做饭。李氏对这支曲子再熟悉不过了，这些年来，她都是听着这支曲子做早饭的。这是一支名叫《履霜》的曲子，是她手把手教给丈夫的。范希文只会弹这一支曲子，再教他，他说，会弹一曲《履霜》就行了，会那么多干什么？李氏就打趣他，我看干脆叫你范履霜吧。

李氏是大户人家的女儿，世代书香门第。这样一个女人，也是打心底敬佩范希文的，在她看来，能遇到这样的丈夫，不知是几辈子修来的福分。

刚过门的那些日子，她的婆婆，脸上皱纹多得像几张重叠的蛛网，常常向她谈起范希文小时候的事。每逢谈到儿子，婆婆满脸的皱纹就一下子舒展开来。

婆婆说，希文进京赶考前，家里穷得揭不开锅，为给家里节省点儿口粮，他就住进了淄州长白山下的一座寺院里。和他一起住的还有个姓刘的秀才。每天黄昏，等僧人们都消停下来，他们就开始在一口铁锅里煮米，这些米粗糙无比，咽下去刮得喉咙疼。煮好一锅米，倒进瓦盆里面，算是第二天的三顿饭。过一夜，瓦盆里的米凝结成了一块，希文他们用刀把米切成六块，吃的时候各捞出一块用开水泡着吃。

每当婆婆说到这儿，李氏都要插话问一句："他们不吃菜吗？"

婆婆瘪瘪嘴，慈祥地看着媳妇，说："有时吃有时不吃。全凭老天爷了，春夏二季，去山上寻些野葱，七八根、十几根，就着下饭；十冬腊月，雪封住了寺门，就倒上小半瓯醋汁，加上一小勺盐……"婆婆开始用衣襟揉眼，"这种日子，希文一过就是三年哪！"

婆婆心疼儿子。在李氏看来，这三年未必不是好事，也许因为那三年，范希文养成了一个好习惯。每天睡觉前，都要盘算一下今天花了多少钱，这些钱花在了哪些地方，到底该不该花，如果这些钱都花在了刀刃上，他就会把双手搭在已经有点儿发福的小肚子上，美美地睡上一觉。否则，一夜不能入眠。第二天一定要把昨天不该花的那点儿钱省回来，才心安。

女人嘛，总爱想一些鸡毛蒜皮的小事，其实，希文不是个斤斤计较的人，他的心胸大着呢。李氏很清楚地记得，在苏州的时候，他们得到了一块宅基地，一个堪舆大师看后私下对范希文说:"世代当出卿相。"希文笑笑,说:"若果如此,我不敢一家独享,应为天下人所共有。"于是,就把这块地捐出建了苏州府学。

想到这儿,李氏为丈夫自豪起来。

李氏想着这些事的时候,范希文一曲《履霜》弹完了。他收了琴。他要简单吃点儿早餐,然后到朝堂去面见仁宗皇帝。一想起要见仁宗皇帝,范希文的心里就有些堵得慌。前两天西京光化军发生了一件大事,在如何处理这件事上,他与枢密副使富弼的意见简直是水火不容,争吵得脸都红了。今天就是要到仁宗皇帝那里来见个结果的。

平日里,他和富弼相处得很融洽,富弼像对待长者一样尊重他,帮了他不少忙。范希文还记得那件事。有一次,他给人写了一篇墓志铭,写好后让富弼看,看后富弼也没说什么。等把墓志铭装进信封,就要寄走时,富弼忽然说:"还是让师鲁看一看吧。"第二天他专程拜访了师鲁,师鲁看过,说:"你怎么把知州称作太守?当今没有这一官职啊,你一定为了悦俗才这样叫的吧。"

希文诺诺。

师鲁又说:"希文名重一时,文章定会流传后世,你一句与实际不相符合的话,必定会遭到后世人的质疑与争论,将有无数人为你这句话考据论证,喋喋不休,付出代价。写文章不能不慎重啊!"

师鲁就是尹洙,当朝文章大家,与希文亦师亦友。

事后希文想想，当时富弼应是也看出了这一问题的，他不点破，却让师鲁指出来，这是对自己的尊重啊。

但希文也深知富弼的脾气，犟得很，他认准的事，八匹马去拉，他也不会轻易回头。

这年暮春的一个上午。范希文和富弼一同站在了仁宗面前。仁宗问："光化知军弃城逃跑一事如何处置，二位爱卿可商议好了？"富弼率先往前迈了一步，口气决绝地说："应按军法处置，斩了他！"仁宗看了看范希文。范希文不慌不忙地向仁宗行了君臣之礼，然后道："光化城既没有城郭，也没有兵卒，强盗来势凶猛，光化知军不逃匿躲藏，他又能如何呢？望陛下从轻发落。"仁宗沉思了一下，说："准范爱卿的奏。"

走出朝堂，富弼的火气还没消。范公太宽容犯罪了，这让仁宗如何治国！他第一次对范希文说出不恭敬的话："参政是想修炼成佛的啊！"范希文笑笑："我只是个普通人，不想成佛。但我的话有道理，等到了政事院再给你细讲。"

富弼显得愈发不高兴。

到政事院，二人坐下来，范希文从容地问："你希望把皇上教唆成一个暴君吗？"停了停，他放缓了语气："仁宗还年轻，我们岂能动不动就教他杀人，等他杀得手滑了，不但我们做大臣的常会有杀身之虞，天下百姓也会因此遭殃啊！"

富弼猛然惊醒，额头的汗水纷纷滚落。

范仲淹，字希文，书法方正清劲，通脱儒雅，一如其人。

人各有秉性　书各有性情
——读张晓林先生《书法菩提：金明池洗砚》
任　动

张晓林先生的《书法菩提——金明池洗砚》，收录51篇笔记体小说，讲述有宋一代书法家的奇闻逸事与独特风骨，既可单独成篇，又相映成趣，堪称"一部有文化、有内涵、有故事、有趣味的好书"。

中国书法艺术是无言的诗，无形的舞，无图的画，无声的乐，兴始于汉字产生，代有传承，薪火不绝。宋代尤其是北宋时期，文化艺术高度发达，被中外学者誉为中国历史上的文艺复兴时期。有宋一代，书法艺术更是蔚为大观，并为时人所推崇。"散朝后，大臣们回到家中，纷纷把孩子叫到跟前，叮嘱他们一定要练好书法，将来像王著一样光耀门庭。"（《舛误》）由于宋代帝王雅好书法，积极倡导，以至于书法竟成为蟾宫折桂、光耀门庭的终南捷径。颇与"楚王好细腰，宫中多饿死"相似，也与"遂令天下父母心，不重生男重生女"异曲同工。

人如其书，书如其人。张晓林也认同此理："书法界自古有书如其人一说，宋代此风尤盛。"（《书法之谜》）因此，晓林先生笔下的宋朝书家,人各有秉性,书各有性情。"徐铉的篆书,据说如果放在灯下观看,就会发现每一笔画的中间,有一缕铁丝一般的浓墨,绝不偏倚,后世的徐氏书法研究者们,把徐铉的篆书称为铁骨篆法。"(《灯影下的篆书》)南唐旧臣徐铉的篆书,有"铁骨"之称,其人也是孤高耿介,坚硬如铁。给人印象最深的是徐铉总是高昂起头,意志决绝地说"不",这是他向流俗酬酢的拒绝,也是对整个世界的拒绝,用拒绝来维护自己的骄傲,捍卫自己内心的净土。

宋朝书法尚意,注重抒情。"无论作诗、填词,还是挥毫写书法,石曼卿看重的都是一个性情。"(《侍砚》)石曼卿是众多宋朝书家中的一个典型,其书崇尚个性,抒发性情,无疑是书法史上的一股清流。而林逋的书法,"清瘦而孤峭,讲求的是一种袅袅如缕的韵致"(《疏影》)。林逋原本也是有济世安邦之志的,但宋真宗的封禅闹剧,让林逋心寒,于是他隐居孤山,终日与梅鹤相伴,与世无争,逍遥自在,颇得道家所追求的"撄宁"的人生境界。林逋的作为,其实是退守内心的一隅,远离黑暗污浊世事的纷争而独善其身,自标高格,这种人格和境界,令人景仰和神往,所以作者在小说中直抒胸臆,誉以美词:"林逋:暗香疏影,诗如其人,字如其人。"王安石与司马光在道德修为方面惊人地相似,他们在政见上多有分歧,但私下里论及学问时又宛然一对亲密无间的异性兄弟。王安石病逝,司马光连夜向宋英宗上了一道奏章:"王安石一生为朝廷操劳,朝廷当以厚礼葬之!"(《司马光的最后一道奏章》)这种丝毫不计个人恩怨的道德境界,让作者不由得感喟:"政事和个人友谊如此泾渭分明,大概也只有古圣贤才能做得到了。""文学是人学",人物是小说最重要的要素,写小说在某种意义上就是写人物,人物写活了,小说自然也就精彩了。晓林先生的小说正是如此,人物写得活,小说自然精彩。

《书法菩提:金明池洗砚》虽是写史,却具有极强的现实意义。"欧阳修看似论琴,其实是在论人啊!官做得越大,名利场也就越大,诱惑也就多起来,心静不下来了!乐在于心,心中无乐了,琴再好,又怎么能弹出快乐呢?"(《论琴帖》)。古今万物一理,书法何尝不是如此,做人何尝不是如此。只有远离诱惑,沉得下心来,耐得住寂寞,真正做到"乐在于心",方能臻于艺术的化境,也才能永葆君子本色,做个"真人"。小说的现实劝谕色彩和警示意义是不言而喻的。

张晓林的笔记体小说,好看,悦读,还颇有魔幻现实主义的味道。"这种茶之所以叫石岩白,是因为在寺院后山的悬崖峭壁之上,从石缝中生出一株茶树,每逢茶树新芽初发时节,总有一个遍身雪白的老猿在茶树周围腾跃,其身手迅捷而空灵"。(《茶与胡须》)这段描写就很"魔幻"。"在魔幻现实主义小说中,作者的根本目的是试图借助魔幻来表现现实,而不是把魔幻当成现实来表现。"可见,魔幻现实主义表现生活的策略就是通过作家的想象,利用艺术夸张、荒诞、变形等手段来完成作家对现实的思考与传达。这种艺术表现,颇与中国道家文化相契合。"古之善为道者,微妙玄通,深不可识。"老子心目中的"善为道者",微妙畅达,与天相通,深刻玄远,人不可识。这种思路颇有神秘主义倾向,也即是魔幻现实主义色彩。张晓林笔下,遍身雪白的老猿,身手迅捷而空灵,在茶树周围腾挪闪跃,宛如身怀绝技的武林豪侠,完全是一种超现实主义的艺术呈现,氤氲着神秘主义的气息。

  关于历史题材作品的创作,郭沫若强调"失事求似",姚雪垠主张"深入历史,跳出历史",讲的都是创作历史题材作品,既要尽可能真实准确地把握与表现历史的精神,又可以充分发挥历史的想象力,"和史事尽可以出入"。这些其实都是文界先贤在创作实践中摸索出的至要法门,可作为后来者创作时效法的艺术良方妙法,甚至可以作为历史题材作品创作的最高圭臬。张晓林的笔记体小说,尽得个中奥妙,既立足史料的爬梳,又能发挥艺术的想象,虚实结合,相映成趣。"一个秋雨连绵的日子,霜叶早已铺满汴京的大小街道"(《侍砚》);"汴河上的杨柳才刚刚吐絮,婀娜的枝条恰如春天里的细雨一样在湿润的空中摇曳"(《苏轼的房子》);而宋徽宗赵佶乔装到樊楼与一代名妓李师师幽会时的黄昏,"天空正有一只孤雁飞过"(《赐你一张琴》)。上述景物描写,即有"濠梁之辩"的意味。惠子曰:"子非鱼,安知鱼之乐?"庄子曰:"子非我,安知我不知鱼之乐?"当代作家张晓林,如何知晓北宋书家石曼卿与范仲淹、韩琦诸友雅聚的时日,秋雨连绵而且霜叶铺满街道呢?又如何知晓苏轼初到汴京时,汴河上的杨柳刚刚吐絮呢?赵佶与李师师幽会的那天黄昏,天空真的有一只孤雁飞过吗?作者又如何得知?答案只有一个:作家心游万仞,艺术的想象是也。

丁亥冬,宋朝的雪再次下白了一千年后的汴京城。黄昏,在白水巷雷婆婆小酒馆,我与作家刘恪、青年雕塑家蠢疯正举杯小酌。窗外雪花飘落,一片、两片、三四片,落过窗前皆不见。

我们一边喝酒,一边漫无边际地闲扯,后来刘恪问我:"'宋朝故事'写到哪儿了?"

小说《狐仙图》开头写作家和友人小酌,然后由友人刘恪的问询,穿越历史浩渺的时空隧道,呈现宋代书家米芾所遇异事的传奇,结尾则生发议论:"历史上还有多少谜底隐藏在这狭窄的小巷之中啊!"将故事叙述得如此扑朔迷离,现实与历史重叠展现,宛如电影中的蒙太奇,既有引人入胜的传奇故事,又富含深刻的现实感悟,从而实现了历史和现实的对接与映照,显示出作者高超的叙事策略。

"世事洞明皆学问,人情练达即文章。"这是《红楼梦》里的一副对联。现代作家沈从文认为,要写好小说应该先做好两件事,一是"应看一大堆好作品""在书本上学安排故事,使用文字";二是"在人事上学明白人事"。"世事洞明""人情练达"和"在人事上学明白人事",都是对作家思想修养和阅历识见的要求。古人讲,"有第一等襟抱,第一等学识,斯有第一等真诗。"清代文论家叶燮看重"才、胆、识、力"。所以说,识见和学识,对于作家至关重要,某种意义上甚至可以作为衡量作家是否成熟和卓越的一把衡尺。张晓林的笔记体小说,行云流水娴熟老辣,人生哲理喷薄而出,生活箴言俯拾皆是,窃以为主要归功于晓林先生阅历的丰富,识见的卓异和眼界的开阔。比如,苏轼具有文人情怀,才高八斗,文采飞扬,但是由于说话多无遮拦,因此得罪不少人,以致命运多舛,屡遭被贬下狱之祸。在狱中,"苏轼半晌没有言语。造化给他开了个玩笑,而正是这个玩笑,让他彻骨地感受到,在生命面前:一切艺术都是那样的苍白"(《鱼的虚惊》)。其实不是艺术在生命面前显得苍白,而是最高的艺术都是生命的艺术,只有把全部激情甚至生命灌注到艺术作品里,艺术才会葳蕤繁茂,生机盎然。这是小说《鱼的虚惊》蕴含的第一层哲理。敬畏生命,珍视生命,就要顺应自然,达则兼济天下,穷则独善其身,顺势而为,乘势而上,切不可违逆客观规律,恣意而为。这是作品蕴含的第二层哲理。短短一篇《鱼的虚惊》,竟写得如此跌宕起伏,山重水复,花明柳暗,一波三折,微言大义,尽抒机杼,由此可见晓林先生的艺术才华。

最后,我想以评论家刘海燕女士对张晓林先生的评价作结:"张晓林找到了一个作家精神上的故乡,他也将成为河南乃至中国作家中独一无二的这一个。"这个论断,于我心有戚戚焉。

天性

荆公挥毫抄了一通《楞严经》,忽然想起了苏轼。

昨天黄昏,他在金陵驿站正与吕惠卿对弈,驿站胥吏走过来,递给他一道札子,然后赔着小心低声说道:"相爷,明日东坡先生要路过金陵。"

荆公一愣,随即醒悟过来。苏轼被他贬到黄州一眨眼五年了。半个月前,朝廷就已经下旨,改任苏轼为汝州团练副使,想是前往赴任的了。

窗外响起数声雁鸣。荆公推了棋局,浅浅地叹了一声。他又想起那次文人雅集,苏轼给他的书法题跋的事来。苏轼称他的书法"得无法之法",并且说:"世俗人不可学!"

荆公打心底佩服苏轼的眼界。

贬苏轼去黄州,荆公的心里是很复杂的。有时仔细想想,竟说不清到底是什么原因来。

但是,有几件小事,让他至今想起,胸口还有些堵得慌。

荆公原是个不拘生活小节的人,他平日穿衣裳,邋里邋遢的,枯皱麻叶一般,领襟上也常是厚厚的一层油垢,明晃晃的,照汴京乡间的俗话说,在上面可以打火镰子了。吃饭也是如此,荆公喜欢吃萝卜、大葱、辣椒等物,又不漱口,一说话,空气里都变了味。

　　荆公生活上不讲究,在有些事上却很计较。他两次贬苏轼,其实都与一些鸡毛蒜皮的小事有关。

　　苏轼在翰林院任职时,荆公喜欢找他闲谈。起初,苏轼嘴上还有几分遮拦,慢慢,说话就随便起来。

　　荆公著了一本书,叫《字说》,对每一个字都作一番解释。因此,荆公平日喜欢与人探讨字的渊源。有一天,荆公与苏轼闲聊,偶尔谈到了东坡的"坡"字,荆公说:"'坡'从土从皮,所以说,'坡'乃土之皮也。"

　　苏轼笑笑,说:"按相国的说法,'滑'应该是水的骨头了。"

　　荆公很认真地说:"古人造字,都是有说法的,再如四马为驷,天虫为蚕等。"

　　苏轼也严肃起来,朝荆公拱手道:"鸠字九鸟,相国可知它的出处?"

　　"不知。愿闻其详。"荆公真心请教。

　　苏轼说:"《毛诗》云:'鸣鸠在桑,其子七兮。'那么,加上它们的爹娘,不正是九个吗?"

　　荆公愣在那儿,一句话也说不出来。

　　回到相府,荆公脸色还很难看。恰逢吕惠卿来访,就问:

"恩相有啥不顺心的事?"

荆公愤愤地说:"苏轼戏耍老夫!"

吕惠卿问了缘由,很生气,说:"这样的轻薄之徒,撵出京城算了。"结果,苏轼被贬到湖州做了刺史。

苏轼去湖州当刺史了,荆公反觉得身边一时少了些什么。

湖州刺史三年任满,苏轼回东京交差另补。此前他已知道自己被贬湖州是因为冒犯荆公之故,所以一到京城,他就先去拜见荆公,有致歉之意。

不凑巧,荆公骑小毛驴闲逛去了。

荆公府上管家引苏轼到书房用茶。

在书房,苏轼见到了荆公刚作的两句诗:西风昨夜过园林,吹落黄花满地金。读过,苏轼笑了:"荆公闹笑话了,菊花性最傲寒,岂有被秋风吹落之理。"苏轼不觉手痒,拿起桌上的紫狼毫,落纸立就,依韵和道:秋花不比春花落,说与诗人仔细吟。

和罢诗,苏轼猛然醒悟。今天是来道歉的,怎么又与宰相"对"上了?他怕与荆公见面尴尬,便匆匆告辞,想找机会再与荆公解释。

荆公回府见了题诗,轻轻一叹:再去黄州见识见识吧。

不久,苏轼被贬黄州。

人世沧桑,五年又过去了。荆公心头涌过别样的滋味。他决定今天去秦淮河边与苏轼见上一面。

吃过午饭,荆公身着便服,在秦淮河畔会见了苏轼。

在荆公眼里,苏轼苍老了许多,两鬓似乎已有银丝飘拂。荆公一时觉得两眼有些酸涩,内心隐隐有歉意徘徊。

苏轼也卸去了官袍,一身素装,连帽子也没戴,他朝荆公揖手一拜,说:"轼今日以野服见大丞相,失礼了。"

荆公一笑,说:"礼哪里是为我们设的呵!"

苏轼眼里就含了泪花:"轼无德,自知相国门下用轼不着。"

荆公默然,携了苏轼的手,说:"我们去蒋山碧云寺吃茶。"

登上蒋山,但见树木青翠,涧水如练,时闻山虫唧唧,鸟声相和,真一派大好风光。二人心情畅快起来,苏轼话语渐多。

进得碧云寺,即见一合围古松下,已摆好茶几。茶几旁设一大案,笔、墨、纸、砚齐备。方丈了尘禅师合掌相迎。了尘方丈素喜书法,且颇具造诣。今日两位书法大家来寺,自是笔墨侍候了。

茶是好茶,谷雨前朱家坞的碧螺春,吃着吃着众人就有些醉意了。

荆公来了雅兴,指着案上的巨大砚台说:"集古人诗联句以赋此砚,如何?"

荆公话一落,苏轼即应声道:"此乃雅事,我先来。"他站起身来便朗声大唱:"巧斫斫山骨。"

苏轼首联一出,满座寂静无声。

荆公沉思了好大一阵子,也没有对出来,便放了茶盏,讪讪说:"趁大好天色,我们不如穷览蒋山胜景,对诗一事,可慢慢琢磨。"

这一天,相随者有监京城广利门田昼等三人。田昼对那二人说:"荆公寻常好以对诗难为他人,而荆公门下众人也往往你推我推你,都说自己对不出,不想今日却被子瞻难住了。"二人喏喏。

苏轼与了尘禅师走在众人前面,不时指点江山,似乎陶醉在了山色之中。

荆公看着苏轼的背影,心底深深一叹。

以现代智慧解构历史的空白处

秦 俑

"书法菩提"系列是张晓林近阶段小小说创作中充满诚意的力作,也是他构建"宋朝故事"宏大叙事非常重要的一部分。宋代书法承唐继晋,上接五代,开创一代新风,不仅涌现出苏黄米蔡"宋四家",宋徽宗赵佶的"瘦金体"也独树一帜,为世人称道。张晓林多年深居古都开封,本身是书法名家,其书论写得也别具一格,而且他还深谙历史小说的创作之道,以真实的历史背景与历史人物为基础,深入历史的空隙,用现代智慧重新解构历史,再配以小小说这种体式自由、言简旨远的文体,陆续创作发表的作品,具有疏朗别致、开合有度的小说审美形态。

从创作体例看,该系列具有强烈的策划意识与创新意识,可视为当代系列小小说创作的范本。

同样是系列小小说,"宋朝故事"是大系列,上至王侯将相、才子佳人,下至贩夫走卒、三教九流,均可涉笔成趣;该系列是小系列,是"宋朝故事"的一条支流,专写书法家的故事。

大系列之下可细分为多个小单元。每单元以一位书法家为主人公，如《到月亮上填词》单元写苏轼，《大相国寺西壁的菩提树》单元写黄庭坚，《金明池洗砚》单元写的是米芾，《大风起兮》单元写的是蔡襄，《杨柳之舞》单元则写的是赵佶，等等。如果将"宋朝故事"比作一棵大树，那么，该系列就是这棵大树的一条枝干，而且枝干上还长出来了小枝杈。枝叶相连，枝繁叶茂，属于比较典型的树状结构。

不仅如此，如果我们再细细琢磨，这些小单元之间，甚至各个篇目之间，又互有关联，互为照应；不仅人物关系有交叉，故事线索有交错，因果逻辑也有交互；单独来看能独立成篇，放至一处能自成整体，连续阅读也浑圆通透。这就好比是树上的蛛网或蜂窝，盘根错节又脉络清晰，属于比较典型的网状结构。

这样，大系列套小系列，树状结构连网状结构，先化整为零，再合零为整，"书法菩提"篇目虽多，但因作者匠心独运的策划，其体例层次分明、结构疏朗，读来别有一番味道。

从思想内容看，"书法菩提"运用现代智慧，重新解构历史的空白处，塑造了一批富有个性、有血有肉的书法家人物形象。

其一，我觉得书名就大有乾坤。"菩提"本是佛教用语，意思是觉悟、智慧，用以指人忽如睡醒，豁然开悟，明心见性，达到超凡脱俗的境界等。作者巧借"菩提"一词，一方面因为宋代书法的尚意之风与禅宗理念息息相关；另一方面，也因为其众多作品都融入了现代智慧,具有现代性视角。所以,我们也可以将之解读为"书法的境界""书法家的智慧"等。阅读这些作品,随处可见智慧的闪光点。

其二,这些作品是具有消解意义的新历史叙事。历史总是留有空白的,这也为后来的写作者留下了丰富的艺术空间。作品取材自《全宋笔记》《中国书法史》等相关典籍,作者从只鳞片爪的史料记载中,演绎出宋代书法家悲喜沉浮的人生与命运,有一定虚构、传奇、夸饰的成分。但它不是戏说,不是恶搞,更不是反历史的创作。它消解历史意义,主要体现在它平民化的创作视角、日常性的生活表达与即兴式的叙述特点。

其三,这些作品始终以人物为创作核心,围绕人物来做文章,这恰恰是当下小小说创作有所缺失的。对小小说来讲,写人物与讲故事似乎从来是一对矛盾,其实处理好了这层关系,还是能做到珠联璧合、相得益彰的。系列小小说的优势之一,在于它能弥补小小说篇幅短小的缺陷,塑造复杂多样的人物性格。其主要人物形象都比较丰满,是立体的,既性格鲜明,又有血有肉。

从价值取向看,作品以平民化的创作视角,还原真实人性,弘扬普世价值,呈现出一种"笑着向历史告别"的悲剧感。

历史题材的小小说创作,还需要解决一个非常重要的问题,那就是历史观与价值取向的问题。作品推崇的显然是社会史观。人与社会这两个要素,前者在明,后者在隐,全书关于时代背景的描述很少,但人作为一种社会存在,其命运与所处的社会与时代是分不开的。而且,作品虽然取材于传统题材,但它极力弘扬普世价值,聚焦人性善恶,还是很有现代意味的。

作品师法中国古代笔记、闲话体小说,同时借鉴现代派叙事技巧,有着明显平民化的创作视角和艺术气质。其主角无论帝王将相还是艺术大家,都从历史的神坛走下来,被赋予了普通人的性格、普通人的思想。他们有善有恶,有喜有悲,有爱有憎;有对文人名节操守的坚持,有为世俗地位名利的争斗,更有像米芾这样的,号称"米癫",癫狂无行,还有恋物癖和洁癖。

笑着向历史告别,是我对张晓林创作情绪的一种感觉。在我印象中,严肃的历史小说总是板着脸孔,而恶搞的历史小说总是扮着怪相。作品涉及的人物命运有喜有悲,多以悲剧为主,但作者偏偏选择了较为轻松、随性、碎片化的叙述方式,似乎讲述身边友人的故事一般。也许,在张晓林的生命里,这些古时的书法家都是他的知己、亲人,以文字为媒,他笑着向他们挥手,也是向一段历史告别。

易中天说:"历史是可以酿酒的。《三国演义》就是历史酿的酒。不过也有酿成醋的,能把人的牙都酸掉。酒也有好几种。有甜酒,有苦酒,还有药酒,也有只做药不酿酒的。总之,历史就是让人说的东西。说的过程就是发酵的过程。"按照他这种说法,我感觉张晓林的创作,就好像是隐匿在开封哪条小巷里上好的老黄酒,甘中带苦,鲜香可口,风味醇厚,值得细品慢咂,最耐反复寻味,是真正经得住时间考验,也经得住读者考验的好作品。

茶与胡须

蔡襄爱茶，典籍上都是这样说的。

仁宗初年，宫廷和坊间饮用的都是大团茶。这种茶制作稍显粗糙，小老百姓喝喝也就罢了，皇帝也跟着喝，就有些掉份儿了。虽说称呼上是等级森严的两个名字，在宫廷里称为龙凤团，在民间喊作大团茶，其实说到底还是同一种茶。蔡襄心下就思量了，作为臣子，得多为皇帝考虑考虑吧，于是，就萌发了为仁宗皇帝单独研制一种茶的念头。

蔡襄之前，曾出过一个在茶上为皇帝考虑的臣子，大团茶就是他研制的。这个叫丁谓的大臣咸平初年出任福建转运使后，开始把武夷溪边的粟粒芽制成龙凤团进贡给真宗皇帝和妃嫔们。很快，这种团茶得到大量复制而风行民间。

历史就是这么惊人的相似。庆历年间，蔡襄步丁谓后尘，于五十年后来到福州，做了福建转运使。或许是从丁谓身上得到了某种暗示，在当年丁谓研制大团茶的官衙后院一间晦暗的小屋子里，蔡襄开始为仁宗皇帝研制小团茶。

在同僚中，蔡襄有茶博士的美誉。他著有《茶录》一文，有兴趣的读者可去网上搜索下载，等夜阑人静时慢慢读，那里面有关茶的学问一定会让你叹为观止。

客观地说，品茶是蔡襄诸多雅好中的最强项，至少比他挥毫时的笔法要精微许多，这不知道是天赋，还是后来的修炼所得。他曾经用小团茶招待老朋友欧阳修和韩琦，茶童因为偷懒，在小龙团里面掺杂了一点点的大团茶，蔡襄仅仅啜了一小口，茶也仅仅在舌尖上刚刚氤氲开去，他就喝出了其中的猫腻。能把茶性如此相近的两种茶喝得如此泾渭分明，不能不说是一种大本领。

这个故事我在另一篇笔记中已作过详细描述，这里拈来作为一个引子，以便引出另一个有关蔡襄品茶的故事。

为仁宗皇帝研制御茶之余，蔡襄喜欢到深山荒野寻访名刹古寺，大凡文人墨客都有这样的雅兴。蔡襄天生与茶有缘，那一次夜宿建安能仁寺，与方丈谈得投机。老和尚一高兴，就赠送他几饼名叫石岩白的茶。据老和尚说，这种茶之所以叫石岩白，是因为在寺院后山的悬崖峭壁之上，从石缝中生出一株茶树，每逢茶树新芽初发时节，总有一个遍身雪白的老猿在茶树周围腾跃，其身手迅捷而空灵。

"这种茶年年采摘，已是愈采愈少，今年只采制了七八饼茶，施主茶道造诣高深，就送你三二饼，也算好鞍配骏马了。"说着，老和尚意味深长地笑了。

一年后，蔡襄回到汴京。一天，他突然无缘由地想去造访翰林学士王禹玉。去王学士府的路上,犹自还问,拜访人家总得有个理由吧?可是,没有。蔡襄出现在王家庭院里的时候,正在院内喂鹦鹉黍子的王学士一是感到意外,二就是欣喜了。他急忙把蔡襄让进书房,喊来书童去茶柜里挑选最好的茶招待他。

茶沏好,蔡襄刚把茶瓯端到嘴边,微微皱一下眉,停住了。

王禹玉闹不明白怎么回事,以为蔡襄嫌茶不够好,正想问茶童取的是什么茶时,蔡襄说话了。蔡襄说:"这茶绝似能仁寺的石岩白,王公这里怎么会有这种茶呢?"

王禹玉不相信,连舌尖都没沾,就知道什么茶了?太神乎其技了吧!他让茶童把盛茶的盒子拿来,一看盒子上的茶签,王禹玉啥话都说不出来了。他今天真是开了眼界。王禹玉愣上半天,才想起回答蔡襄的问话。

原来,能仁寺的方丈落魄的时候,王禹玉资助过他一些银两,去年早些时候,方丈就派人送了四饼茶过来。

蔡襄于茶一道有着这样深的修为,他要给仁宗皇帝研制贡茶,那也就不是什么难事了。

所以说,蔡襄给仁宗研制御茶一事注定是要成功的,前边的文字已经透露出了这方面的某些信息。研制御茶的过程繁复而琐碎,对此我没有叙述的兴趣,想来读者朋友也会赞同我的这一做法。让我和读者朋友一起跳过此处吧,把我们的眼光投向蔡襄献茶之后的部分细节,这或许更适合读者朋友的口味。

蔡襄把自己研制的小团茶进献给仁宗后,立即成为仁宗妃嫔们的宠物。这个蔡襄,太了解女人心了,能把茶研制得这样小巧精美。她们将仁宗赏赐的小团茶藏之深闺,用金叶子剪成龙凤花贴在上面,时时拿出来赏玩,没人舍得去喝。后来人们管这种茶叫小龙凤团,或许与仁宗妃嫔的这一做法有关。仁宗皇帝更是视若珍宝,作为赏赐宰执大臣的重要礼物。宰执大臣是指枢密院和政事堂两府的主要官员,这样的大臣仁宗一朝也就八人而已。

仁宗赏赐宰执大臣小团茶,时间上也是很挑剔的。一般是仁宗要行天子祭祀天地的大礼了,按规矩事先致斋三天,第三天头上才开始赏赐。这个时候,内使会尖着嗓子喊道:"枢密院四公赏茶一饼!政事堂四公赏茶一饼。"八个宰执大臣下来后,把两饼茶很小心地分成八份,又很小心地收藏起来,只有嘉宾来访,才舍得拿出来看一看。

蔡襄的好朋友欧阳修在《归田录》里对小团茶有较详细的记述,说这种茶二十饼重一斤,每饼价值金二两。这一记述客观而冷静,应较为可信。

宋代是十六两一斤,也就是说一饼茶还不到一两重。不知道八个大臣是怎么把小小的两饼茶等而分之的。

有人对蔡襄这一做法持有微议。富弼给蔡襄写来一道札子,用开玩笑的口吻说:"这是仆妾向主人邀宠才做的事,没想到君谟也会这样干!"

蔡襄感到很委屈。他太专心茶道了,一时技痒,才动了研制贡茶的心思。当初还真没有想那么多,更说不上有意去向仁宗邀宠了。他看了几遍富弼的手札,忽然又有些动摇,保不准意识深处还真的有那么一点儿动机。

蔡襄记起了一件事,这件事与胡须有关。

蔡襄长着一部漂亮的胡须,长黑而茂密,当时流行的称呼叫美髯公。有一天,仁宗问他:"这么漂亮的胡须,睡觉的时候是放在被子的外边,还是放在被子的里边?"

这一问,把蔡襄给问住了。这个太过简单的问题,他平日还真的没有留意过。蔡襄回答不上来。

晚上,蔡襄回到家里,早早地躺在床上,耳边一直回响着仁宗白天的问话。他先是把胡须放在被子的外边,想想,不像。越想越觉得平日不是这样的。又把漂亮的长须搁在被子的里边,思索一阵子,也不像。一会儿放被子外边,一会儿放被子里边,胡须究竟放在被子的外边呢,还是放在被子的里边?这个本不是问题的问题,竟然折腾得蔡襄一夜都没能睡好觉。

往日没有去想这个问题时,蔡襄夜夜都睡得很踏实。

百衲《昼锦堂记》

"宋四家"之一的蔡襄,虽说名字排在"苏、黄、米"之后,但有人认为他的书法应当列为宋朝第一。而持这种看法的,恰恰是"苏、黄、米、蔡"中排在首位的苏轼。苏轼评价蔡襄书法的具体文字,《评杨氏所藏欧蔡书》里有详细记载。

自然不单单苏轼持这种观点,北宋皇帝、书法大家赵佶也说:"蔡君谟包藏法度,停蓄锋锐,宋之鲁公也。"把蔡襄比作唐代大书法家颜真卿,可以说没有比这更高的褒奖了。

蔡襄是以行书跻身于"宋四家"之列的。然而,在他的传世行书中,最让人拍案叫绝的,却是他不多的数件手札而已。譬如他书写于宋皇祐、嘉祐间的《扈从》《安道》《澄心堂纸》三帖,无论从哪个角度看,都属蔡襄行书中的极品。那种温润超轶、雍容华贵的韵致,恰与当时蔡襄身处高位的心曲相表里,是他含蓄而细腻情感的自然流露。

对于自己的书法,蔡襄自视甚高并引以为自豪的,却是他自创的"飞草"书体。"飞草"又叫"散草",是蔡襄用散卓笔书写的一种草书。蔡襄自述创作"飞草"书时的感觉是:"每落笔为飞草书,但觉烟云龙蛇,随手运转,奔腾上下,殊可骇也。静而观之,神情欢欣,可喜耳!"自得之情溢于言表。

宋仁宗皇祐以后,蔡襄的书法开始风靡天下,朝野士庶皆学蔡氏书体。苏轼早年就对蔡书下过很深的功夫,他说过这样的话:"仆书尽意作之似蔡君谟。"蔡襄书法如此被天下看重,那么,想求蔡襄只字片纸以装点门面的人自然就多了。

皇祐元年癸酉,宋仁宗的爱妃张贵妃去世,被追封为温成皇后。下葬时,需立一块温成皇后碑,仁宗思前想后,觉得只有蔡襄才配给自己最喜爱的妃子书写碑文。于是一道圣旨,把蔡襄召进了集贤殿。

宋仁宗亲自召见了蔡襄。

御案后面,宋仁宗温和地注视着已经微微发福的蔡襄,亲切地说:"朕想让蔡爱卿来书写温成皇后碑,也只有蔡爱卿的法书朕才觉着对得起张贵妃。"

蔡襄平静地向宋仁宗行了君臣之礼,然后回答说:"陛下,臣不适合书写此碑。"

宋仁宗一愣,不禁问道:"爱卿何出此言?"

蔡襄说:"这应当是待诏的分内之事,臣不想越俎代庖。"

宋仁宗沉默了一会儿,说:"朕会重重地赏赐爱卿,不会亏待爱卿的。"

蔡襄慌忙跪拜道:"臣丝毫没有想让陛下赏赐之意,臣若因为书写碑文而领取了皇上的赏赐,那就更无颜面对待诏们了。同朝为官,还望陛下谅解臣的难处。"

宋仁宗沉默良久,慨叹道:"君子之德啊!朕不难为爱卿了。"

事后,待诏们知道了这件事,凑份子在樊楼宴请蔡襄。席间,一个待诏喝得高了点,他捉住蔡襄的手,一个劲儿地摇着说:"若非蔡公贤德,换作他人,我们的饭碗岂不被砸了!"

蔡襄无言。

很快,蔡襄拒绝为皇帝书写碑文的事在朝野传扬开去,一时间说啥话的都有。有些话传到蔡襄耳朵里,也是这个耳朵进那个耳朵出,他并不去做半句解释。

平素,朝中无事的时候,蔡襄喜欢与欧阳修、韩琦在一起小聚,喝喝茶,填填词,或者在垂杨柳下手谈两局,其乐融融。他们的关系很融洽。

蔡襄不仅书法名重天下,品茶功夫更是世间一绝。他研制了两种名茶,一种是大团茶,另一种是小团茶。显然,小团茶要比大团茶精致了许多。

与欧阳修、韩琦二公在一起的时候,蔡襄会特意嘱咐童仆,沏泡小团茶待客。

有一天,欧阳修造访蔡府,蔡襄吩咐童子泡小团茶,自己在书房和欧阳修闲聊。也巧,茶还没好,韩琦也来了。

蔡襄喊来童子,说:"再备一副茶具。"

随着缕缕清香飘浮,茶上来了。蔡襄端起茶杯,轻啜了一口,旋即皱起了眉头。

蔡襄问:"二公可喝出茶中的蹊跷?"

欧阳修、韩琦把茶含在嘴里,细细品了品,摇摇头,都说和平日的没有什么两样。

蔡襄笑笑,转过头问在一旁侍茶的童子:"这茶中不独有小团茶,怎么还掺有大团茶?"

童子脸红了,说:"本来只准备了老爷与欧阳大人的茶,中途韩大人来了,怕让大人们等久了,小人只好掺进了些许的大团茶。"

欧阳修、韩琦听童子一说,不禁面面相觑。

韩琦的书室雅号"昼锦堂",欧阳修为他的书房写了一篇文章,就叫《昼锦堂记》,情文并茂,韩琦很满意,想让人书丹勒石,传诸子孙后世。

让谁来书丹呢?

蔡襄!

韩琦拿着《昼锦堂记》找到蔡襄,说明了来意,把文章放在蔡襄书案上,只丢下了一句话:"都交给你了。"

蔡襄满口答应:"我要好好写!——尽我最大本领吧。"

宋时书碑,通常都是书写者用朱笔直接写在碑石之上,这就是所谓的"书丹",然后再由工匠镌刻。蔡襄写《昼锦堂记》,没有采取这种方法,他怕有败笔,刻碑后自己不满意。他太在乎与欧阳修和韩琦的友谊了——他把韩琦托付的这件事,当作一项神圣的使命去完成。

《昼锦堂记》八百余言,蔡襄备了800多张宣纸,每个字都要满满写上一张纸,然后在这张纸上的数十个字里反复比较着挑拣出一个字,直到确信这个字比其他的字都叫人满意,才用裁纸刀很小心地裁下来,布列在碑石上。等到碑石布满,蔡襄已是裁了 800 多张纸,写了数万个字!

事后,有人问蔡襄,你对皇上与韩公,怎么判若两人呢?

蔡襄很认真地回答:"书法只是自我娱乐消闲的一种方式而已,想写了就写,不想写了就不写,这是再自然不过的事情了。"

超越线条的墨痕

祁发慧

作为七朝古都的汴梁无时无刻不在提醒世人它有一张神秘而美丽的面纱。神秘,曾经的历史早已被黄河的沙土湮没,真实的历史永远不会再来;美丽,曾经的繁荣或辉煌带给后人无限的遐想。这种美丽与神秘,令无数后代文人欲以精神复活历史,开封本土作家张晓林的《书法菩提》便是其中之一。他采用长篇笔记体小说的形式展示了以北宋书法四大家苏轼、黄庭坚、米芾、蔡襄为代表的北宋书法家之逸闻趣事,其意义是多重的。

一、书法成菩提

拿到《书法菩提》的电子稿之后,脑海便打上了两个大大的问号。首先,这部小说为什么以"书法菩提"为名,作者的创作意图在哪里?其次,菩提这一佛教用语如何与书法这种艺术形式联系在一起?

书法一词,有四层含义:一、我国古代史官修史,对材料处理、史事评论、人物褒贬的原则与体例(宋人谢采伯《密斋笔记》云:"《论语》书法之严,即《春秋》之法也。");二、文字的书写艺术,即书法作品(宋人钱勉《钱氏私志》云:"元章书法之妙,今日可谓第一。");三、指汉字形体(清代文人叶名沣《桥西杂记·壹贰叁肆等字》云:"至如秦汉碑,惟一二三书法不同。");四、措辞方式。就书法本身的含义而言,张晓林所言"书法"二字,绝不仅仅指向书法作品,即书法的物质形式;他更倾向于书法的历史与文化意味,即书法的精神表征。中国书法源远流长且闻名于世,在中国本土范围内,河南书法首屈一指,开封更是书法名城,其书法之脉从来没有间断过,特别是北宋书法,极其繁荣,掀起了中国书法史上继晋、唐之后的第三次书法高峰,并且第一次鲜明地提出了书法具有"载道"功能。这意味着书法作为艺术品要展现"历史"与"物质"的张力,从单纯的物质形式上升为形而上的精神代表。时至今日,民间还有"识字辨人""见字如见人"的说法,可见书法既是中国艺术形式的代表,也是中国传统文化与精神现象的表征。概而言之,"书法菩提"中的"书法"二字,其能指不变,所指扩大,指向物质与精神两个维度。

菩提,是梵文 Bodhi 的译音,佛教用语,唐朝高僧法藏在《金师子章》云:菩提,此云道也,觉也。谓见师子之时,即见一切有为之法,更不待坏,本来寂灭。离诸取舍,即于此路,流入萨婆若海,故名为道。即了无始已来,所有颠倒,元无有实,名之为觉。究竟具一切种智,名成菩提。所谓"金师子"指向事物的两个层面:"金"喻本体,"师子"喻现象。"成菩提"则为能够用开悟的智慧透过现象看本质,抓住事物的内核,即从形而下"器"的层面上升到形而上"道"的层面,从"器"转变为"道"就是把历时性时间转换为共时性记忆。《金师子章》列有十门,"成菩提"为第九门,张晓林为北宋书法冠以"菩提"二字,可见其立意深远。佛教自两汉之际传入中国,隋唐年间更为风靡,佛家思想在有形与无形之间影响着中国人的思想和文化传统,中原大地盛行大乘佛教,以禅宗闻名,而苏轼、黄庭坚、米芾、蔡襄等为代表的北宋书法家所创立的"尚意"书风恰与佛教的"觉""悟"思想吻合,书法在历史的发展与演变中渐渐内化为中国文人的精神本体。

当书法和菩提皆指向精神与文化的时候,便具有了很鲜明的现实意义。书法之所以称为国粹,是因为它是中国文人精神面貌的象征,是中国传统艺术的结晶。诚然,它也为当今书法界提供了一种文化精神与价值层面上的参照。与其说书法成菩提是书法在历史上的辉煌与鼎盛,毋宁说书法成就的是精神与气度;其关键之处不在于书法或者菩提本身,而在于"成",这个字打通了时间界限和空间界限,让书法和菩提形成相互作用的内在关系,使书法具备精神功用:净化精神、陶冶情操。立足于此,便不难理解为何中国历代文人爱好书法、崇尚书法了。作者创作的意图也概莫能外,他欲用北宋书法名人的逸闻趣事强调良好的学识修养、高尚的人格情操对文人的重要意义;用北宋书法家这一特殊群体的生存状态和人生价值取向,让今人更进一步地了解书法乃至文人的纯粹。

二、结构特色

《书法菩提》的结构特色是鲜明的,影响其结构成立的因素是多元而多重的,笔者看来至少包括三个维度的因素。

首先,"作家的生活经历影响到作家的写作,这表面上看起来是一个材料与主题的问题,实际上含有结构问题。"张晓林生活在书法名城开封,自身又精通书法、酷爱书法,这在某种程度上决定了书法会以结构的方式进入其作品。

其次,文学的每个门类都有自身的结构特征,张晓林采用传统笔记体小说的写法,便让《书法菩提》有了明显的结构特征。笔记体小说作为中国古代小说之一体,师从史传,是一种惯以简短隽永的话语方式记录现实人物、鬼神精灵乃至拟人的动植物与器物,有一定故事性的小说文体。从题材内容上可划分为志怪类和志人类两种。《书法菩提》的题材内容属于志人类笔记体小说,以"书法"为纬,"书法名人"为经,讲述北宋书法家在北宋书坛上演的书法文化大剧。它打破了传统笔记体小说单独成篇,内容和结构上互不关联的惯例,将这些名人逸事分为八章五十九节,冠以八个寓意深刻的标题,把能够单独成篇的中篇小说有机结合在一起,使文本内部相互交叉、回环,形成结构自由但逻辑严密的长篇小说,这是对传统笔记体小说的继承与发展。

最后,文学与外界一切自然与社会都构成结构关系,《书法菩提》作为一个小说文本联系历史事实和书法艺术。它严格遵循历史的真实性、严肃性,人物、时间、事件都有籍可查,有据可考，不演义、不戏说，只在人性的空间上进行最大可能的开拓与挖掘。在书法专业方面，与其说作者在写一部小说，毋宁说他是用小说的形式写了一部独具特色的北宋书法史或北宋书法学术专著，达到了学术与艺术的完美结合。

美国学者艾布拉姆斯在《镜与灯》中提出文学活动四要素：世界、作家、作品、读者。强调这四者不是彼此孤立或静止存在的，而是相互依存、相互渗透、相互作用的，它是围绕着作品这个中心，作者与世界、读者之间建立起来的是一种话语伙伴关系，一个有机的活动系统。若将此观念移植到《书法菩提》中，则会发现书法名人、书法作品、书法历史、文学作品四者也处于这种有机的联系之中。书法名人创作的书法作品构成书法历史，书法历史成为后代作家的创作素材，个性鲜明的书法名人成为文学作品中的人物形象，加之书法作品本身是文学艺术的一种，如此一来，《书法菩提》从结构的切分与组合上给读者带来了多层次、多角度的审美。

三、真人在场的缺席

志人小说多采用第三人称客观叙述，这是由其与生俱来的属性所决定的。志人小说根源于魏晋时期的清谈品评之风，以记录人物言行、品题人物才行为宗旨，这就要求作者在叙述时必然采取客观叙述的立场，采史传的"春秋笔法"让读者从其记载的人物与客观事件中去体味，去评定。《书法菩提》描写的人物以书法名人为主，所以作者让人物挟带其主要性格出场，然后沿其性格的内在逻辑设计情节，情节发展便是性格完成,给读者以自然真实而印象深刻的艺术感染力。

  米芾喝醉了酒,身穿七品官服,手持朝笏,朝着县衙门口的一块奇丑的石头连拜了三拜。
  并且还说:"石兄,我拜你,是因为你一身硬骨呀,观当今世上,人不如石啊!"
  这块石头,是三日前友人从无为县运来的。
  很快,同僚们联名参了米芾一本,说米芾癫狂无德行,有辱朝廷体面,不宜再做本地父母。
  同年,米芾被罢官。
  朝中有人曾为米芾开脱。说他喝醉了酒,神志已经模糊,不应在这件事上抓小辫子。
  米芾却摇摇头,说:"我很清醒。"

(《拜石》)

  米芾个性怪异,举止癫狂,遇石称"兄",膜拜不已,因而人称"米癫"。作者的描写基于这一历史原型,但他重写米芾拜石意味深长。米芾醉酒去拜石,这是一种非理智行为,与其随后被罢官有着内在联系。米芾拜石时说:"石兄,我拜你,是因为你一身硬骨呀,观当今世上,人不如石啊!"此时,石头坚硬这一物理特性被凝缩为气节的隐喻;石头是从"无为"县运来的,石头的能指便从气节转换为工作执行能力,气节与工作能力形成双重指向关系。若想保持一身正气，便无顺畅的仕途可言；若要单凭自身能力拥有傲人仕途，便无气节一说。米芾以"癫狂无德行"被罢官，他却申明"我很清醒"，癫狂与清醒的对立在文章中形成一种反讽，是米芾疯癫还是人心不古，是米芾无德行还是朝廷不明鉴，世人自有答案。表面上米芾在拜石，其实米芾是在追寻文人特有的气节与品格，与官职俸禄相比，这是他最为看重也最为珍惜的东西；米芾被罢官虽"有所失"，更"有所得"，避开官场，他便能潜心研究书法，全身心投入自己的爱好中去，而书法这一爱好在今天看来，不仅是他倾注一生的事业，更是他人生价值的体现。

《昼锦堂记》八百余言，蔡襄备了800多张宣纸，每个字都要满满写上一张纸，然后在这张纸上的数十个字里反复比较着挑拣出一个字，直到确信这个字比其他的字都叫人满意，才用裁纸刀很小心地裁下来，布列在碑石上。等到碑石布满，蔡襄已是裁了800多张纸，数万个字！

> 事后，有人问蔡襄，你对皇上与韩公，怎么判若两人呢？
>
> 蔡襄很认真地回答："书法只是自我娱乐消闲的一种方式而已，想写了就写，不想写了就不写，这是再自然不过的事情了。"
>
> （《百衲〈昼锦堂记〉》）

蔡襄先后在宋朝中央政府担任馆阁校勘、知谏院、直史馆、知制诰、龙图阁直学士、枢密院直学士、翰林学士、三司使、端明殿学士等职。以为人忠厚、正直，讲究信义，学识渊博著称。他不畏权贵，《百衲〈昼锦堂记〉》一文就是其真实写照。皇上想让他为爱妃的墓碑书丹，他婉言相拒，好友韩琦邀他书丹勒石，他却欣然而为。作者用"八百余言""800多张宣纸""数万个字"表现蔡襄对待"书丹勒石"的认真态度，蔡襄却将认真对待此事的原因归结为"书法只是自我娱乐消闲的一种方式而已"。即是说书法对于蔡襄而言具备游戏功能，或者说蔡襄对书法持游戏态度，游戏虽以娱乐为目的，却有着极为严肃的性质，它本质上是一种往返重复的运动，它的存在方式是自我表现，并在不断重复中实现自身的更新。并且由于每一种游戏都要给游戏者提供一项任务，游戏者在完成单纯的游戏任务过程中，在游戏任务的自我交付中，进入表现自身的自由之中（见伽达默尔《真理与方法》）。这说明蔡襄"想写"与"不想写"是一种选择和一种价值取向，若他"想写"表明他在寻找一种自我认同，其目的在于实现一种自我价值。蔡襄给韩琦写字确实能实现其意义和价值，《昼锦堂记》是欧阳修所作之文，情文并茂，若将此文书丹勒石，既是为后代留下美文又是为后世留下法书，加之三人属莫逆之交，他何乐而不为呢？

作者选择的创作体式决定了他所刻画的人物形象必须是现实主义的，所以米芾、蔡襄或者其他书法名人必然是典型环境中的典型人物，他们是一定阶级和倾向的代表，也是他们所处时代思想的代表。作家写人物,不仅要展示在社会、历史中活动的人,更重要的是自我意识的展示与认同。人物不仅是人类生活经验的历史展示,还是人类命运中其精神图谱的展示,更是人类未来出路的象征符号。这或许就是作者选取北宋书法名人而非北宋"草根"的用意所在。

人物不是对生活的理解图式,而是对精神思考的理解方式。作者用正能量的积极态度去塑造这些书法名人不仅仅是为了历史真实,还是因为人物都是审美的,人物是我们内心生活的一种慰藉,人物与自我有着深度认同的关系,自我能够从人物中获得一种理想构造。就此而言,作者创作《书法菩提》的良苦用心也概莫能外吧。他想借用人物暗含的精神动力塑造一种理想文人的自我身份,也想借古人之事为今人提供一种参照。

在今天看来,这些历史人物确有其人也确有其事,当作者用小说的形式将他们呈现在文本中的时候,他们的生命存在就以各种不同的形式作为文本的在场物,他们便是真人在场的缺席。

四、超越传统

《书法菩提》作为传统小说,采用零聚焦的方式进行文本叙述。依据不同的文本章节处理不同的文本时序和空间,并且穿插书法艺术在北宋的演变和发展。第一章《北宋宣纸上的墨痕(上)》写活跃在北宋初期书坛上的书法家,诸如林逋、王著、徐铉等;第二章《大风起兮》写由欧阳修、蔡襄开启的书法新时代;第三章《到月亮上填词》,写苏轼提倡"尚意"书风;第四章《大相国寺西壁的菩提树》,写黄庭坚践行"尚意"书法理论;第五章《金明池洗砚》,写米芾为书法倾注一生;第六章《杨柳之舞》,写宋徽宗独创瘦金体书法;第七章《西风凋碧树》为蔡京书法鸣不平;第八章《北宋宣纸上的墨痕(下)》写王安石、司马光、秦观等北宋中晚期书坛上的书法家,通篇严格按照历史时间和历史事件的推进而展开文本的叙述。值得注意的是,张晓林所著笔记体小说不仅仅是对传统笔记体小说的继承,更是对传统笔记体小说的发展;他并非只讲故事,而是通过故事传达隐在的人文关怀和文化内蕴,并对此加以文人特有的反思,《鱼的虚惊》《蝶蚁之祸》便是最好的代表。

苏轼低头沉思一下,终于把这件事告诉了梁成。

苏轼从湖州被捕来京城,长子苏迈也跟着过来了,除了往狱里送送饭,还要奔走打探一些消息。刚进监狱的时候,苏轼与苏迈就私下约定,平日送饭只送一些果蔬与肉类,一旦获得凶讯,就以送鱼为暗号告诉苏轼,也好让他在狱中有个精神准备。

今天送饭送来的,就是几条鱼。

了解到这个情况,梁成一时也没有话说了。沉默了一阵子,梁成忽然叫道:"我想起来了,今天来送饭的好像不是苏公子!"

(《鱼的虚惊》)

回望文学史不禁觉得苏家父子占尽光彩,回顾历史不禁晓然原来文豪也能如此落魄,阅读《鱼的虚惊》不禁感叹巧合竟能如此捉弄人。作者以"苏轼低头沉思一下"作为叙述的支撑点,展开故事:由"鱼"携带的别样信息而产生的一场虚惊。文本中苏轼父子以"鱼"作为死亡的暗示,鱼的所指扩大或缩小便是苏轼生与死的考量,即是说见到鱼的时候便是苏轼生存权利受到威胁的时候,他选择自愿死亡,这是由生存信念产生的悲观情绪。他明知朝廷不杀言官,又不想折文人气节,便选择食药自尽。可恰恰送饭的不是他的儿子,也就是说他们父子赋予"鱼"的特殊信息是失效的,这个故事虽然很简单,其叙述力量的核心是"虚惊",而"虚惊"的核心在于"虚",真作假时假亦真,假作真时真亦假,在这虚虚假假的表象下隐藏着生与死的两难选择,"虚惊"作为叙述动力直接关涉目的与意义。苏轼选择死,是为了保留作为文人的尊严,现实未能提供死的契机则是文人在宋代特殊的社会权利的表征。张晓林从"鱼"带来的"虚惊"中透露出对古代边缘文人满满的关怀和叹息,这不仅是鱼的虚惊,苏轼的虚惊,更是文人的虚惊,在任何时代,想要坚守作为文人的气节或原则,都不是容易之事。《蝶蚁之祸》中,张晓林对人性和文化的思考似乎更加深入。

　　姓王的门客把《蝶蚁图》献给了蔡京。画幅展开,蔡京见到黄庭坚的题诗。眼前就像滚来一团巨大的火球,把他炙烤得一阵阵眩晕。黄庭坚的书法已经达到了前无古人的禅的境界了!蔡京的脸色阴暗下来。

王姓门客跪倒在蔡京脚下:"相爷,看出什么门道没有?"

蔡京已没有心情搭理这个门客。他的手在颤抖。

姓王的门客很尴尬,他从地上爬起来,指着黄庭坚的题诗说:"这里面有一股怨气啊!"

蔡京一时还没醒过神来:"唔,怨气?哪来的怨气?"

"黄庭坚罪不容赦,他把相爷比作蚂蚁了。"

蔡京又读了一遍诗,品了品,点点头。"有点这个意思。"他把画扔到一边,对门客说:"你跑一趟,给宜州知州下道札子,再南贬黄庭坚三百里!"

(《蝶蚁之祸》)

无论再大的叙述动力,其叙述细部的推进都是在保持一种寻找心理,保持一种对未来呈现事物与人物的期待,《蝶蚁之祸》人物形象和故事情节的发展,均体现了这样一种找寻的期待。从西蜀人黄筌的绘画《蝶蚁图》:两只飞舞的蝴蝶被蛛网粘住了,翅膀似乎还在扑闪,蛛网的下面聚着一群蚂蚁,翘首等待着蝴蝶坠下,到黄庭坚触"图"生情写下诗歌《蝶蚁图》:蝴蝶双飞得意,偶然毙命网罗。群蚁争收坠翼,策勋归去南柯。作者在叙述中指向故事内核"祸","祸"的直接诱因便是王姓门客对黄庭坚诗歌的"误读"。一句"这里面有一股怨气啊",使蔡京把诗歌中词语的能指放在一个不同于黄庭坚表达的语境中。即是说,诗歌《蝶蚁图》已经超出黄庭坚所要描写的情与景,而附带上蔡京与黄庭坚二人的个人恩怨,甚至投射向当时的政治生活。"他把相爷比作蚂蚁了"是王姓门客误读最为绝妙的时候,也是"祸"形成定局的端倪,果然,蔡京下令"再南贬黄庭坚三百里",作者叙述的"祸"最终形成定局。一首诗歌引来丧生之祸,想来未免有些荒诞,作者在延宕的叙述中消解"祸"之荒诞性,在对蔡京性格的刻画中突出了"祸"之必然性。"祸"之真正缘起似乎可以归结为"文人相轻",文人相轻可以说是自古而然,文人在"相轻"的竞技氛围中提升自身素养则无可厚非,但是当这种竞技氛围超出一定的"度",便会产生"祸"。张晓林以现代人的视角对这类文人相轻引来的"祸"做出了反思和拷问:人性善还是人性恶?倘若文人之间和睦相处,政客抑或墨客温和处事,各派思想兼容并包,老祖宗留下的文化遗产是否会更丰厚一些?苦难的文人是否会生活得更从容一些?

我一直在猜想,作者为何选取北宋书法四大家为创作主干。"古代书法家欲用'字'表现生命,使其成为反映生命的艺术。"优秀的书法作品必定显示"骨""筋""血""肉"的生命形象,那么北宋书法四大家不就是其最好的隐喻吗?而且这四个人在书坛一直具有很强的生命力,是后人无法企及的高峰。作者创作的单篇中,有很多标题是在书法要义与文学意图的换喻向度展开的,如《遗落》与欧阳询在《结字三十六法》

超越线条的墨痕

中提到的"避就",《苏轼的敌人》与"向背",《虚白堂与黄耳蕈》与"各自成形"等,都存在某种内在的联系。恐怕这也是作者所言的"读《书法菩提》能了解书法要义"吧。人到中年的张晓林通过笔记体小说的创作,自觉承担起传播中国传统文化、弘扬传统书法艺术精粹的重任,作为晚辈无不向他投去钦佩的目光。

萧亮飞

萧亮飞,名湘,字雪樵、亮飞,生于开封,生卒年不详。擅楷书。

在诗人身上,什么事情都有可能发生。"夷门十子"之一的萧亮飞,是民国年间与袁祖光、曾福谦、唐复一等齐名的大诗人,他晚年的时候,曾一度将一把剃头刀视若珍宝。这是一把民国年间很常见的剃头刀,木制的刀柄,一头镶了一块小小的象牙,作为点缀。不用的时候,刀子可以合到木柄里去。再普通不过了。

每天清早起来,萧亮飞都要在磨刀石上磨这把剃头刀子,每次磨一袋烟工夫,然后用大拇指试试刀刃,合起来,放进口袋里。他的这把剃头刀子,却不是用来剃头的。他有别的用途。

萧亮飞有一个癖好,他不喜欢大块吃肉,却喜欢吃骨头上面残留的肉筋,而这些肉筋不大容易吃到嘴里去,也很难弄下来,他就用这把剃头刀子将这些肉筋一点一点地剔下,拌上蒜汁,然后吃掉。

年轻时的萧亮飞喜欢游历,结交了一大批文人雅士。曾与袁寒云游历大伾山,在嬴壶天吟诗唱和。嬴壶天又称阳明书院,山门上的那块"霞隐山庄"横额,就是萧亮飞的手笔。这块匾额今天已然成了阳明书院的镇院之宝。

在夷门,萧亮飞与"十子"中来往最多的,是朱祖谋、黎献臣二人,他们常常聚集在朱祖谋的"浅山书房",饮酒、品茶、赋诗。这段时间,是萧亮飞诗词创作的高峰期,前后写有近千首诗词,大都收在《千一楼诗草》《兰陵忧患生京华百二竹枝词》两部诗集中。

作诗填词之余,萧亮飞还喜欢涂抹几笔。他的书法,最初师法颜真卿的《自书告身贴》,后引入清末华世奎的笔意,已具个人面目,只是与他的诗词相比,书法显得过于老实了些。他也简单地画一些草虫,荷花、兰草、紫藤,画得都很飘逸,倒和他的诗词风格相近。他最拿手的,是画菊花。他画的菊花,形和神都有孤傲之气。

能把菊花画到这个境界的,放眼民国夷门画坛,绝没有第二个人。然而,萧亮飞的画名以及书名被他的诗名所掩,竟很少有人知道他是画菊高手。

在萧亮飞身上发生过这样一件事。

有一阵子,萧亮飞喜欢收一些当地名人字画,闲时拿出来赏玩。做字画生意的马三隔十天半月就会拿着一些字画来他这里兜售。这一天,马三腋下夹着一沓子画又来了。他把画放在桌子上,说:"挑挑看,都是名家的!"萧亮飞一幅一幅地看下来,竟没有一件入眼的,不禁失望地摇摇头。

马三一边收拾画作,一边自嘲地说:"没关系,有好画了再送过来!"忽然,萧亮飞觉得眼前一亮,原来马三用来包画的那张纸也是一幅画,只是已经破残,看不清画家的名字了。那幅画看上去颇不俗,似乎是一幅佳构。

萧亮飞急喊:"慢着,把那张包装纸拿来看看。"

等把残画拿在手里,只细看了一眼,萧亮飞就愣住了。这幅画竟是他不久前画的《寒菊图》。他不禁喃喃自语道:"这世人看重的,多是一个虚名啊!"

自此以后,萧亮飞不再收藏字画,也把世事看淡了许多。

有时候,世界就是这么奇妙。似乎是一夜之间,萧亮飞的字画在夷门风行起来,求字画的人在他的门前排起了长队。开始,他的字画价位定得很低,只是象征性地收一些。"哗啦",开封街头的黄包车夫、打烧饼的、卖牛羊肉汤的等,也都找上门来了。时值盛夏,酷热难耐,来人大都拿着折扇让他画扇或者写扇。开封人自宋朝就崇尚风雅、讲排场,手里拿把画扇总比拿把蒲扇排场多了!

萧亮飞不胜其苦。他对朱祖谋说:"我宁愿写两幅斗方也不愿意写一把扇子!"

朱祖谋笑笑,说:"你提价呀,书法按字算,画菊按朵算。"

萧亮飞在自己的书房挂出了告示:书法每字钱二角;菊

花每朵银币半元。先款后画，概不赊账。后面又加一小注，曰：文人本不应言利，无奈，无奈！

不久，开封有名的无赖牛大扁担找上门来。他将一枚银币"啪"地拍在萧亮飞书案上，说："萧大诗人，给画幅菊花！——我只要一朵！"

萧亮飞一愣，接着就明白了对方的来意。他忽然大笑，接着站起身，让牛大扁担坐到自己的椅子上来，然后给牛大扁担泡了一杯茶。牛大扁担端着茶杯，有些不知所措。

萧亮飞说："好，我给你画，一朵菊花半元银币不好收，就不收你的钱了。不仅不收钱，另外再送你一朵梅花，一竿墨竹。"

画画好，牛大扁担一句话没说，拿起画就走了。走到大街上，却又兴奋起来，见了熟人，都要把画拿出来让人家看，说："这画一文钱没掏，萧亮飞乖乖给我画的！"

有个懂画的人细细地看了两眼，笑起来："你这个人，被人骂了还高兴得像捡了个元宝似的！"牛大扁担低头看画，画面上，除了一朵菊花，一朵梅花，就是那竿墨竹了，再无别的东西，哪里骂了自己？他不禁露出一脸的茫然来。

那人指着画说："最上边的那朵梅花是往下俯开的，墨竹画在了菊花的下边，一是嘲笑你的下作，二是说你这样下去终究是会倒霉的！"

牛大扁担脸上一红一红的，他默默地将画收了起来，低着头往巷子深处走去。

郑剑西

郑剑西（1901—1958），名闳达，师法颜真卿，以行入草，得《祭侄文稿》风韵。

郑剑西在夷门的十年间，究竟留下了多少幅墨迹，已没人说得清楚。只是在那场著名的文化运动到来之前，他颇具《祭侄文稿》神韵的行书作品，还时而能在夷门的各大字画铺子里看到。近些年，当他那蕴藉、潇散，略带一丝文人忧愁气质的行书越来越受到热捧的时候，却很难一觅踪影了。

郑剑西少年的生活里，热衷于三件事：诗、书法和琴艺。中年以后他把诗抛却了，这全是一种理念在作怪。他说他悟透了人生，要给自己实行减法。而书法和琴艺他不愿意丢，书法能让他尘世的灵魂得到安宁。琴艺呢？他不丢掉琴艺，为的是怀念一个人。他19岁只身来到北京，在一个小衙门里谋到一个卑微的差事。不久，拜在京胡名家陈彦衡门下学琴艺，陈彦衡倾囊相授，使他很快有"青胜于蓝"之誉。后又介绍他与梅兰芳、程砚秋、姜妙香等京剧大师结识，给他创造到实践中去锤炼的机会。

与梅兰芳等人的相识，让郑剑西感到了巨大的压力，他逼着自己要把京胡演奏好。若干年后，郑剑西归隐家乡瑞安，也收了一个弟子。有一年春节，那弟子去给老师拜年，见师母正踮着脚收一件晒在绳子上的袍子，急忙跑上前去，帮师母把袍子收了下来。那是一件丝绵长袍，已褴褛破败，尤其惹眼的是那一行扣子，都有不同程度的磨损，有的甚至破残。弟子很是奇怪，不禁问道："这已不能穿，怎么不扔掉呢？"师母意味深长地看他一眼，说："这可是你师傅的宝贝！"很快，那个弟子就知道了原委。郑剑西听到了他们的对话，等喝了二两酒后，他解释道："这些扣子见证了我练琴的经过！"原来，他虽说拜在了陈彦衡门下，却根本没时间练琴，衙门里的事务把他忙得焦头烂额。只能在上下班的时候，一边嘴里哼着琴谱，一边用手指头在扣子上练指法，不断拨弄，以至于袍子上的扣子时常脱落和破损。弟子感到了羞愧。

1923年郑剑西绕道开封西行到了长安，任陕西省政府秘书一职。临行，去跟老师道别。陈彦衡送给他一把京胡，说："宫廷里的东西，我人老了，拉不动了，送给你吧。"果然是一把好琴，琴身散发着桀骜的气息。刚拉那阵子，郑剑西感到了惊慌，手腕上的劲道似泥牛入海一般，刹那间消失得无影无踪。等他驾驭了这把京胡的时候，琴音清越，宛如凤鸣九天。不久，京城传来消息，陈彦衡病逝家中。隔一天深夜，郑剑西的住处突然起火,他恰在外地公干,逃脱一劫,那把京胡却在大火中化为灰烬。

1928年的初春,寒风依然在树梢肆虐。郑剑西来到了夷门,出任河南省政府秘书长。直到1937年底,日寇进逼开封,他归隐故里瑞安。郑剑西到夷门的第一件事,就是完成了他的首部京剧曲谱《二黄寻声谱》一书的著述,并很快由上海大东书局出版。《文虎》半月刊杂志特约画师丁悚(漫画家丁聪之父)设计封面,施蛰存题签(时在出任《现代》杂志主编前一年)。上海《戏剧月刊》主编刘豁公题词,是一首七律:"手理丝桐寻板眼,舌翻珠玉辨团尖。分明不是人间曲,一字何辞报一缣?"诗是即兴而作,很调皮。书的内容写到了生、旦、净、丑等角的唱腔和身段,以及胡琴演员的演奏手法与特点,这本书让他结识了陈素真。一个时期,他与陈素真来往频繁,并和樊粹庭一起,给她量身打造了豫剧《女贞花》。直到祝鸿元的出现,二人交往渐稀。

刘峙出任河南省政府主席的前一年,也就是1934年的夏天,河南连遭"三灾",涝灾、旱灾和蝗灾,三千多个村庄不见炊烟。哀鸿遍野,饿殍满地。次年春,刘峙上任,成立河南赈灾委员会,并单独会见郑剑西,让他亲去上海接正在那里演出的梅兰芳来汴赈灾义演。义演在国民大戏院拉开帷幕,戏院建于1928年冯玉祥主豫时期,内可容纳一万余人。义演前,刘峙在禹王台宴请梅兰芳及随同演员,宴席之简陋给许多演员留下了长久的记忆。头一天连续演了3场,剧目分别是《宇宙锋》《霸王别姬》《凤还巢》，很多省政府官员摘下免费徽章自动购票，周边郑州、许昌、商丘等地的戏迷纷纷赶来，戏院连场爆棚。郑剑西私下找到梅兰芳，恳请追加场次。梅兰芳同意了，并主动提出除头等票以外降低票价，让老百姓也能看上戏。后来一连追加了8场戏仍没有满足观众的需求，但演员们已经累得唱不动了。义演结束，郑剑西登台向梅兰芳赠送了一幅汴绣匾额，上绣"灾民受福，德音孔昭"八个大字，据说是郑剑西的笔迹。

1938年初，郑剑西归乡途经温州，被该地最大一家戏院的冯姓老板拦了下来，也正是这次意外的"拦截"，成就了他琴艺史上的一段传奇。原来程砚秋正在这里唱《玉堂春》，带来的琴师突患急病不能出场，听说郑剑西下榻温州，便让戏院老板请他操琴救急。《玉堂春》最难唱的一折是"三堂会审"，大段的西皮慢板，全凭琴师"托腔"才能唱好。尤其是程砚秋这样的名角，对琴师的要求几近苛刻。因是旧时相识，郑剑西配合默契，靠两根琴弦将苏三如泣如诉哀婉悱恻的唱腔烘托到了极致。大家正听得入神，突然，"嘣"的一声，两根琴弦断了一根，戏院顿时一片静寂。众人的目光集于一身，郑剑西却气定神闲，硬是用一根弦将这场戏"托"了下来。谢幕之时，掌声雷动。

晚年，郑剑西患了严重的眼疾，据说是高度近视。他原想著一部名叫"祥符调"的书，便不得不断了此念。演奏京胡精力也不济了，他开始在剧目中客串某个角色来打发时日，譬如在《空城计》中饰孔明,在《定军山》中饰黄忠等,虽说在戏台上不戴眼镜他几近失明,但听着鼓板的起落,演得倒板眼不乱。

1958年,郑剑西在上海寓所突然病逝,事前一点征兆都没有,因为那个时候他正坐在书案前,铺好了宣纸,戴上新配的眼镜,研墨准备临写颜真卿的《祭侄文稿》行书法帖。

文人精神的传奇表达
——张晓林《书法菩提·民国河南书法人物志》序

何　弘

《书法菩提》是张晓林找到自己创作方向和路子的一个标志。在第二届杜甫文学奖评选中,这部作品集没有争议地荣获了小小说大奖。

河南是小小说创作重镇,高手云集,就单篇而言,很多作品都可圈可点。但在河南小小说界,能在全省以至全国都引起广泛关注的首先是孙方友,因为他找到了自己创作的根据地,找到了自己的方向和路子,一篇篇写小镇人物、写陈州旧事。从而能够集中众多短小的篇章共同表达一个主题,蔚为大观。晓林走的是同样的路子,他先是希望从熟悉而擅长的书法开始,先写书法人物,然后及于宋朝的方方面面,完成十卷本的"宋朝故事"。但一写书法人物,写顺了手,写出了影响,一发而不可收,开始一篇篇写《书法菩提·民国河南书法人物志》,并在《书法报》等报刊连载。孙方友的小小说写作,以笔记小说著称,张晓林同样走笔记小说的路子。所不同者,孙方友的小说更多是基于民间视角讲述一个个富有传奇色彩的人物，而张晓林则更多是基于文人视角观察和表现人物，文人的狷狂、雅趣成为表现的重点，《书法菩提》如此，《书法菩提·民国河南书法人物志》同样如此。

晓林最近准备将他写的《书法菩提·民国河南书法人物志》结集出版。出版之前，晓林让我再为这本新书写个序。这让我多少有些心里犯怵，毕竟，晓林这些写民国时期开封书法人物的文章，虽然所描写的时代更靠近我们今天的生活，但作品的表达方式与之前大致相同。对于晓林创作的特点，该说的话大都已经说过，再说一遍，肯定没多大意思。但仔细读了晓林的这组作品，还是有一些新的感觉。

从 2014 年习近平总书记主持召开文艺座谈会并发表重要讲话，到在中国文联十大、作协九大开幕式上的讲话，他不断在强调一个观念，就是文艺如何为国家立心、为民族铸魂的问题，并为此反复强调要讲好中国故事，继承中华优秀文化传统，弘扬中华美学精神。具体到小说创作来说，如何继承中国小说传统，表达具有中国特色的美学精神，需要我们做出新的探索和实践。

我以为，晓林从《书法菩提》到《书法菩提·民国河南书法人物志》所进行的尝试和努力，就是对中华美学精神的最好实践。我上次为《书法菩提》所写的序中已经谈到，晓林的这些作品，"继承了中国笔记小说的精神气质，让笔记小说在现代背景下重新表现出巨大的活力"。中国大量古典笔记小说中，《世说新语》开创了优秀的传统，即对于文人传统、文人精神的表达和张扬。生生不息的中华文化，有一条清晰的脉络贯穿其中，重要的一点就是对于"道统"的自觉继承，并形成绵延不绝的"士"的传统，也就是对文人精神的坚守。中国知识分子的风骨，就是在其或儒雅中正，或猖狂不羁的外表下，都有着对"道"的维护和持守，有着不向流俗和名利低头的高贵气节。中国文人的这种传统精神和操守从某种意义上讲，就是中华民族的精神和魂魄所在。宋代张载对中国文人的精神和使命有着经典的概括："为天地立心，为生民立民，为往圣继绝学，为万世开太平。"张载所说，落实在今天我们具体的创作实践中，就是要以自己的文字，为国家立心，为民族铸魂。这个立心铸魂的工作，不是空洞地喊一些口号、搞一些概念化的东西就可以完成的，而是要落实在精彩的文艺作品中。

晓林所写的《书法菩提·民国河南书法人物志》，每篇篇幅都不长，写人物却极为传神。这也是中国小说的一个优秀传统，注重人物形象的塑造，注重表达人物内在的性格。如果联系到中国的绘画、书法、戏曲等艺术形式，会发现这个写意的传统在中国所有的艺术样式中都有所表现，文学也不例外。写意，就是要传神，要以精简的笔墨集中在人物、事物最能体现内在精神的特质上，把其内在的精神传达出来。说到底，这就是中华美学精神的一种表现形式。晓林的写作应该说很好地继承了这一传统，并吸收世界现代艺术的新观念，有着新的发展，殊为难得。当然更重要的是，晓林在继承这种表现形式的同时,很好地传达了中国传统文人的精神气韵,张扬了文人精神。应该说,很多所谓的笔记小说,基于民间传说、市井故事而来,其表现视角也是民间的,其中自然带着丛林的气息,虽然看起来非常生动精彩,却不自觉会对一些强势的、恶的东西有所张扬,会对一些庸俗、低俗、恶俗的东西津津乐道。而文人精神的介入,使其会以人道的、文化的视角看待和处理一些事件,从而表达一种明确的精神,即对社会发展有所助益的价值和导向。其实我们看一些民间故事、童话等,在从民间传说向文人加工的转化过程中,都有一个主题的演变过程。中国像《白蛇传》《聊斋志异》一类的故事如此,西方安徒生童话、格林童话等同样如此。这样一个过程,这样一种文人自觉文化追求的进入,是文学能担负起为国家立心、为民族铸魂使命的关键所在。

  晓林的写作,很好地继承了中国小说优秀的传统,特别是对中国文人精神的自觉张扬,其实就是其自觉承担文化责任、为民族铸魂的具体实践,而且他的实践已经取得非常好的成效,我们有充分的理由为晓林点赞。

漫集梧

漫集梧(1904—1997),笔名野夫,以篆书驰名夷门书坛。

漫集梧在开封高中谋到了一个差事,教低年级的国文。开始把行书搁置起来,改练篆书。他选择了徐铉的铁线篆书作为临习对象,每天临一个小时,或者左一点,或者右一点,看心情而定,总之有的是时间。抗日战争全面爆发的第二年,漫集梧暗中参加了抗日杀奸团,在开封城内实施放火、爆炸和暗杀。书店街景升书店偷偷出售伪教科书,漫集梧接到指令,要对之进行警告。他装着去买书,趁买书人多的时候溜到二楼暗处,狠狠地放了一把火,烧毁了两扇窗户。

但是,对放火这样的事漫集梧并不热心,他的兴趣还是在对篆书的研习上(由铁线篆已上溯到大篆,譬如金文、石鼓文等)。等他见到禹王台密室里珍藏的《佝偻碑》时,内心受到了震撼,他认为这可能是仓颉造字时代留下的神迹。这天夜里,漫集梧做了一夜稀奇古怪的梦,梦见一些篆字在天空像鸟一样的飞翔。

　　第二天，漫集梧接到新的指令，让他配合一暗杀高手刺杀伪市长高余海。高余海在河南大酒店包了一个豪华房间，常带着副官来这里和情妇私会。高余海有个鲜为人知的癖好，情妇到来之前，他会让副官用皮鞭抽打他，狠劲地抽，他曾给那个情妇说他的情欲是用鞭子抽出来的。漫集梧事前不知道这些，他化装成服务生送水果时，见一个人正用鞭子抽打另一个人，误把抽打者当成了高余海，向同伴发出了信号，结果副官被一枪毙命。

　　很快，《河南民报》在醒目的位置报道了刺杀事件，杀奸团才知道这次行动失败了，漫集梧被赶出了杀奸团，他很是懊悔和苦恼，后来就病倒了，发起了高烧，不停地说胡话。他又开始做梦，梦见很多红色的鸟在天空飞翔。梦快结束时，一个弓箭手出现了，挽弓对着飞鸟射出支支利箭。从梦中醒来，漫集梧竟奇怪地想到"后羿射日"这个传说，突然脑洞大开，认为后羿射的不是"日"，而是在天空飞翔的一种红色的鸟。这种联想让他感到异常兴奋，开始对这个神话传说进行更为详尽地考据。

　　漫集梧开始暗中打探高余海的下落。暗杀事件后，高余海迅速离开了开封，先是去了西安，看了西安的碑林、大慈恩寺和小雁塔，吃了老刘家的苍蝇头（泡馍的一种），飞到东北去了。之后，就在漫集梧的视野里消失了。但是，在漫集梧心底，高余海这个名字却越来越响亮，他曾无数次在内心杀死了他。这个念头苦苦折磨着漫集梧,以致后来发展到病态的地步。他让女人给他捏了一个小面人,鼻眼突兀,写上高余海的名字,插上绣花针,放在自己的床下,每天睡觉前从床下拿出来,用滚烫的开水淋浇。

一个时期里,漫集梧的篆书走红夷门。人们奇怪地认为,他的篆书背后有一种深刻的隐喻,代表了某种高贵的品格。然而,漫集梧让许多前来向他求字的人吃了闭门羹。看着来人尴尬告退的背影,漫集梧四尺有奇的身躯霎时觉得高大起来,他从鼻孔中轻轻"哼"了一声,折转身,背袖了双手,踱到后院赏花去了。

周口茶叶富商陈同文想求漫集梧一幅篆书中堂,却与漫集梧不熟,他专程来开封找到漫集梧的好友李子培,让他从中撮合这件事。李子培说:"你先在'又一新'摆一宴席,我去请人,请时只说吃饭,不说其他。人如果来了,宴席上见机再说不迟。"李子培去不多久,就请来了漫集梧。席间,漫集梧谈兴很高,吃得也很高兴,鼻头上亮亮的。李子培朝陈同文使了个眼色。陈同文离席拱手,将求字的想法说了出来。李子培很紧张地看着漫集梧。不想漫集梧没有犹豫就答应了。

陈同文觉得这字求得也太顺利了,并不像坊间传闻的那样。李子培也感到意外,愣愣地看着漫集梧,觉得好像对不住这顿饭似的。隔几天李子培去取篆书中堂的时候,漫集梧眼角带笑地说:"那个茶叶商人真有意思。"李子培嘴里"唔唔"着,但他不知道陈同文究竟是怎么个"真有意思"。漫集梧又说:"看他那身材,估计比我还要矮上两寸吧!"

20世纪80年代,漫集梧到东北参加一个书法交流性的会议,竟意外地碰见了高余海,他已经从某市政协主席的位置上退了下来。谈起往年的那次暗杀事件,高余海茫然地摇摇头,丝毫都不记得了。虽然高余海满面微笑,目光却比他冷酷多了,无意间看他一眼,漫集梧竟然感到了丝丝寒意。

回到夷门,漫集梧闷闷不乐了好长时间。

卜亨斋

卜亨斋（约1860—？），书法以隶书为主，有清陈鸿寿遗风。

卜亨斋是河北易县人，他是怎样来到开封的，为何要定居在夷门，时至今日只能知道个大略。但有一点毋庸置疑，就是卜亨斋曾中过清代末榜进士，因官吏到晚清已多如牛毛，朝廷只授予他个候补知县的虚职，等有空缺后再补上。他很是苦闷，只好用游历和书法来打发。他早期的书法带有明清人的痕迹，尤其这个时期的隶书，简直就是陈鸿寿隶书的翻版。卜亨斋固执地认为，书法学明清人是条捷径，可以通过这条捷径再上溯宋唐乃至魏晋。譬如学行书可先从王文治或查士标入手，然后融入米芾与"二王"笔意，再经三五年锻炼，可卓然成家！

书法并不能完全排除苦恼。他的最大抱负是治理一县或者一府之地，在方圆百里的区域施展自己的政治才华。因此翰墨之余，卜亨斋只好寄情山水间，带个书童挑一担子书云游四海。他身上的褡裢里，则装着笔墨和砚台。每次出门，他都会叮嘱家里人，若哪天补实缺的圣旨下达，就放信鸽通知他。为此他专门养了一对信鸽，外出时家里留一只，他身上带一只，不间断地互通信息。卜亨斋是个外表看上去很粗糙的人，满脸的络腮胡须，眉毛又黑又浓，长有两寸有奇，豹眼不怒而威。他的内心深处却是异常的细腻和娇嫩。他每次见到落入泥淖正在挣扎的小虫子，都会小心翼翼地把其救下来，然后放生。

他和书童每到一处新的客栈，都是童子先走进屋子里，他在门外站一站，或者踱到花坛边嗅嗅花香。他走进屋里的时候，童子已经在当屋的地上挖出了一块地砖，地上的显眼处就露出一块空缺。卜亨斋问童子："此处有空缺吗？"童子指着地上回答："有一空缺！"又问："怎么不补上？"童子高声回答："马上就补！"说着，拿起那块搁置一旁的地砖，盖住地上的空洞。

游历到津门，卜亨斋去拜访隶书名家程子风。程子风还是古墨鉴赏家，在行内号称"程一眼"。卜亨斋从身上摸出珍藏多年的半丸宋墨让他看，看后，程子风哈哈大笑，然后拉卜亨斋去无尘楼喝酒。程子风名士风流，请来津门名妓"一捧雪"助兴。"一捧雪"款款而至，身上的缕缕暗香使卜亨斋忽然有一种人生苦短的伤感，不觉就生出几分醉意。"一捧雪"弹琴，一曲《羽衣霓裳》弹完，卜亨斋訇然倒地。二人将卜亨斋抬上卧榻,开始一件一件剥他的衣裳,最后将他剥得一丝不挂。"一捧雪"异常兴奋,两眼绿光萤萤。很快,程子风失望了,扇了卜亨斋两耳光,扬长而去。第二天醒来,卜亨斋感到极大耻辱,他刹那明白了个中缘由,急忙朝左胳膊的腋窝摸去,硬硬的还在。腋窝里,天生了一个皮囊,恰巧能装下那半丸古墨!

1911年清朝最后一个皇帝被撵下龙椅,卜亨斋的黄粱梦破灭,便前往开封游历。在夷门,他拜访了颜楷大家丁豫麟,话不投机,觉得此人太过孤傲冷酷,骨子里却是极端的自卑。不久,他结识了夷门"三大魏碑圣手"中的周惯一,二人抵足而谈,大有相见恨晚之意。白天,周惯一忙于在私塾授业解惑,卜亨斋租一辆黄包车游览龙亭、古吹台、铁塔等处景色,晚上回到周惯一书斋下榻。二人就着"盐霜豆"喝酒,喝到兴致高处挥毫泼墨,然后探讨笔墨上的得失。有一天卜亨斋从白衣阁出来,决定定居在开封。他来时带的银两用完了,周惯一找到郾禾农帮忙,郾禾农在河南省图书馆给他找到了一份临时工作。卜亨斋很喜欢这份工作,因为通过图书馆的窗户能看到杨家湖畔的依依杨柳,有白鸟在湖面上盘旋。来借书的多为河南大学文学院的学生,节假日忙一些,其他日子有大量空闲可供他揣摩碑帖。他常坐在图书馆的一角,一手拿碑帖,另一手的食指在膝盖上照帖临摹。窗外盘旋的白鸟使他领悟了书法的真谛,清癯的脸庞露出令人不易察觉的微笑。

一个细雨霏霏的黄昏,一个女诗人风摆杨柳般地走进图书馆。她的名字叫黄蔷薇,来自豫北安阳的汤阴县。二人一见钟情。卜亨斋跟着她去了一趟汤阴,见到了她的父亲,一个干瘦而好冲动的小老头。在汤阴某个普通的小村落里,卜亨斋将这个小老头灌得烂醉如泥,并很快结成兄弟般的友谊。从汤阴回到开封,二人在"又一新"摆下酒宴,只请来三五个书画界的好友,举行了简单的结婚仪式。河南省图书馆馆长武玉润做了他们的证婚人。武玉润端起酒杯对两个新人说:"祝你们白头偕老!"听到这句话的时候,卜亨斋无缘由地打了一个寒噤。黄蔷薇前后已写有300多首诗,一组描写豫北风情的现代诗中,有一首名叫《屋檐下秋天的红辣椒》,诗里充满了大胆的想象,最经典的一段是把红辣椒想象成了壮年男人身上某个最敏感的部位。黄蔷薇让卜亨斋用书法把这300余首诗抄下来,他想都没想就答应了。他用三个月抄完了这些诗,然后分册装订起来,题了书签。竟装成厚厚的十大册。

有一天夜半,卜亨斋多喝了点酒,睡得非常沉,鼾声时起时伏,有时还拐一个弯,然后突然尖锐如哨。黄蔷薇睡不着了。她起床点燃蜡烛,开始读邵次公的诗集。读了几页,忽然恐惧起来,总感觉有什么东西在窥视着她。她扭头去瞅卜亨斋,不知何时,他将左胳膊枕在了脖子下面。她心里想,这样睡会做噩梦的!她站起身,去抽那胳膊。突然,黄蔷薇尖叫一声,两手软软地垂落下来。她看到,卜亨斋腋窝里有一只眼睛正一眨不眨地盯着她,她魂飞魄散。两个月后,黄蔷薇离开了他。

不久,"一捧雪"从津门一路寻了过来。最近的日子,卜亨斋的影子老在她眼前晃动,如果不尽早见到卜亨斋,她就要疯掉了。可是,卜亨斋拒绝与这个女人相见。"一捧雪"就每天在卜亨斋楼下徘徊。一天黄昏下起了倾盆大雨,她被淋成了落汤鸡。她在暴雨中呼喊:"我知道你左腋下有一个皮囊!"这句话击垮了卜亨斋,他走下楼来,打开了大门。

别具一格的书法史写作
——从张晓林的《书法菩提·民国河南书法人物志》说开去
刘进才

初识张晓林,是在多年前诗云书社举办的一场读书会上,只记得他默默地端坐在会场一角,不大与人交流。经人介绍知道他是大观杂志社的主编,把曾经濒于停刊的一个杂志办得有声有色、红红火火。后来,因共同参加河南省作协举办的作家研讨会,才与他陆陆续续地交流,沟通便多了起来。

随着接触交往的增多,我逐渐发现张晓林身上的文人气质,他酷爱阅读,喜欢篆刻,精研书法,自从添加了他的微信以后,总是不时看到他发在朋友圈里的书法作品,魏碑笔法兼具"二王"神韵,沉稳中透露出洒脱与飘逸,每日临池不辍,严谨认真。喜爱书法的我,有次禁不住开口向他索要墨宝,他毫不犹豫地慨然应允。几天后,就约我在诗云书社相见,果然带来了他专门为我精心书写的作品,闲谈中又说及他正在酝酿的一部民国时期河南书法人物的文学构想。不到一年,他的这部《书法菩提·民国河南书法人物志》(长江出版社2017年版)就出版发行,阅读该书后记我才知道,张晓林为民国书法人物做传的设想，早在十年前就开始准备。这是在书法家王宝贵先生的倡议下，一些刊物出于连载需要的催逼下诞生的一部著作。出版之前，部分篇目先期在《书法报》连载。的确，十年辛苦不寻常，张晓林的这部书是继他《书法菩提：金明池洗砚》之后又一部描写书法人物的力作，书中选取民国河南书法史上近六十位书法家，按照大篆、隶、楷、草书、魏碑、小篆等不同的书法体式归类，以每篇两千字左右的篇幅写每个传主的生平传奇，融历史、文化与人性为一体，以尺幅千里之势，把每个书法家的逸事与个性、人情与品格、书法与癖好都纤毫毕现地写出，可谓是一部别具一格、别开生面的书法史著作。

一、图文互动与诗史交融

历史写作与编纂有不同的体式，可以按照编年史的体例以时间先后写作，如《春秋左传》按照历史编年历叙隐公、桓公以至哀公时期的历史；也可如司马迁《史记》的写法，按照"世家"或"列传"的不同传主类别写作。按照时间顺序进行历史写作，历史发展清晰可见，一般的历史教科书编纂大都采用此法。但历史纪年的编纂缺点在于容易让历史宏大叙事的时间之流分割与压抑有意味的历史细节。司马迁的历史编纂之所以读起来引人入胜，就在于他摒弃了单调的编年史体例，以"列传"的文学笔法分类叙写每个传主的生平经历，把史与诗有机结合起来。以此对照，张晓林的"书法菩提"写作体例与《史记》庶几近之。

如同《史记》中"列传"体例,张晓林的"书法菩提"系列是为民国时期河南的书法名家作传。选取书法人物作为自己书写的题材,对于张晓林而言是扬己所长,张晓林素爱阅读史书,书房及案头摆满了史著原典及古代笔记小说,对于书法之道也有自身的体悟,加之他长期浸润于河南文艺及书画界,对于河南书法人物的掌故了然于胸,为书法人物作传正是用其所长,他在别人望而止步的地方独辟蹊径,在历史与文化的夹缝中发掘出书法人物傲岸不群的传奇人生与特立独行的人格魅力。

为历史人物作传,其写作甘苦自不待言,早有人参悟到这种困境:"写传记不比写小说,可任凭想象力驰骋,必须不背乎真实,但又不可缺少想象力。写小说可说是天马行空,写传记则如驱骅骝、驾战车,纵然须绝尘驰骋,但不可使套断缰绝、车翻人杳,只剩下想象之马,奔驰于其大无垠的时空之中。所以写传记要对资料有翔实的考证,对是非善恶有透彻的看法。在资料的剪裁去取,写景叙事,气氛对白的安排上,全能表现艺术的手法。"(张振玉:《译者序》,林语堂《苏东坡传》,群言出版社,2010年。)事实上,传记文体兼具历史写实与主观想象之间,其分寸着实难以拿捏。张晓林又是为民国书法人物作传,一些年高德劭的民国人物一直活跃在当下,为之作传更是难上加难。好在张晓林能够知难而进,翻阅大量文献史料,又不辞劳苦走访与传主有关的人物获取第一手资料,用自己的书法慧心去体悟先贤,在与前人的对话中成就了一篇篇饶有趣味的书法人物志。

既然是书法人物志,所写的人物不论职业如何,都在书法上有自己独特的造诣,用功颇深。张晓林一方面通过文字书写传主的生平经历、性情人格,另一方面则把传主的书迹采用影印的形式附在文字旁边,以图文互动的对照方式,完整形象地展现传主的书法墨迹。这样处理,使每一篇书法人物志既可以当作生动有趣的笔记阅读,也使读者在饱览文字之余也一睹书法家的书法风采。在写作体例上,每一个书法人物,在开篇都简要介绍人物生卒年,字号与斋名,并且用极简约的文字,评述书法人物的书法个性。如对民国书法家王用吉书法的简练介绍:"大篆熔石鼓、秦篆为一炉,古雅有致。"(张晓林:《书法菩提·民国河南书法人物志》,长江出版社,2017年。)这种文字概括只能让读者停留在理论的层面,要真正触摸到王用吉书法的精妙之处,还必须亲见其墨迹方可。张晓林在这方面用功颇勤,他广泛搜求民国时期河南书法人物的墨宝,与书中文字相互配合,可谓图文互动、互相阐发,相得益彰。再如对河南大学教授、书法家朱芳圃的介绍:"书法以甲骨文为主。"读者如果仅仅凭借这种叙述去感受朱芳圃的书法风格,则必定是语焉不详,如坠云雾之中。一般人对甲骨文有所了解,但那毕竟是刻在甲骨上的文字,即使略有了解,也只是通过影印及照片,借助图片而来的初步印象。以甲骨文作书法,在民国以来的书法界还是凤毛麟角,甚为罕见。因为朱芳圃是甲骨文研究专家,其书法以甲骨文写成,张晓林特意在书中附了两幅朱芳圃的甲骨文书法墨迹以飨读者,朱芳圃的甲骨文峭拔刚劲,朴拙厚重,字里行间弥漫着迷人的历史信息及别样的文化魅力。这就是图文结合带来的叙事效果,倘若没有一幅幅精美绝伦的书法墨迹,我们也只能凭借张晓林的叙述文字去想象与把握书法家的书法神采。借助生动形象的一幅幅墨迹,民国书法人物及其书法个性活泼地呈现在我们面前,我们凝视墨迹,也是在与先贤对话,通过这一幅幅或典雅庄重,或任情放达,或古朴苍茫,或大气磅礴的墨迹,我们得以见识民国书法家元气淋漓、万马奔腾的宏大气象与人格风范。读者既是在欣赏众声喧哗、风格多元的民国书法史,也是回到历史、回到民国、回到前贤那里去感受风云激荡的岁月,体悟卓尔不群的道德人格,汲取能够支持我们当下人不断前行的历史能量与文化资源。

  我们称道张晓林的"书法菩提"系列是别具一格的书法史写作,意在强调其写作的史学品格以及搜罗文献的严谨求实的个性。就"民国河南书法人物志"而言,近六十位书法家的生平履历、字号斋号及书法作品,几乎一网打尽,尽量竭泽而渔地搜寻资料,有的是通过爬梳文献,有的要靠田野调查,可谓是"动手动脚"找材料,张晓林在这方面花费了大量心力。尽管这样精勤谨严,有时也难免出错。比如《张乐天》刊发后,立刻就有专业的读者指出"错将吴昌硕的卒年(1927年)写成了1937年"。《武慕姚》发表之后,有专业人士打来电话,告知张晓林文中的一处常识性错误,指出"养鹌鹑不是用笼子,而是用布袋,俗称鹌鹑布袋"。这些历史细节的失误,有的关乎历史事实,有的则涉及专门的生活常识。尽管张晓林在写作中查阅了大量的民国方志与笔记,但方方面面的读者,则各自从不同的知识与视野出发考量文本,以严谨求实的态度裁定文本,给张晓林的写作提出了挑战、增加了难度。

的确,既然是人物传记,其写实性不可回避。因而,但凡涉及民国时期的人物字号、著述文章、人物履历、历史事实、人物交游等,张晓林均谨守史实,一丝不苟。他的书法人物志写作,真可谓吻合了姚鼐主张的考据、义理、辞章三者融为一体的方法。所谓考据就是严谨求实的史学品格,张晓林所写的民国人物,有的生在晚清,文化交游活动主要在民国,也有的生在民国初年,文化活动延续到新中国成立后。如冯友兰、于安澜诸先生,他们生在民国,文化活动一直持续到当代。就于安澜先生而论,张晓林对其著述与人格摹画,如数家珍,如见其人。如对于先生《汉魏六朝韵谱》的介绍,印刷记录、印数都了如指掌,照实叙录,庶几近史。写当代人与写古人不同,写古人可以大胆发挥想象,而写今人则必须谨守史实。因为稍有不慎,就有可能被人指出写作中的瑕疵与漏洞。在这方面,张晓林的确用过苦功,通过博览文献与走访调查还原历史,使笔下的传主栩栩如生,让读者感受到民国人物的人格魅力与书法风采!

当然,强调考据并不意味着张晓林亦步亦趋地谨守史实,写作过程中也有浪漫的想象与诗意的发挥,毕竟是"人物志"写作。中国传统笔记小说,就有"志人"与"志怪"两种类型,"书法人物志"延续了笔记小说的"志人"一脉,在平实的历史叙述中加以合理的想象与发挥,让历史人物呈现出耀眼的光芒,庸常的历史事实经过诗意的点染,变得神秘莫测、幽深朦胧起来。这种写作笔法,可谓与"辞章"之学不谋而合。所谓"辞章"之学,在张晓林的"书法人物志"写作中,充分利用文学家的艺术技巧与想象力,赋予作品艺术美与灵动性,使"人物志"书写超越单调枯燥的历史,而富有充沛的生命与活力。让作品平中见奇、跌宕有致,悬念重重而又妙趣横生。比如写书法家卜亨斋对半丸古墨的珍藏与喜爱,隶书名家程子风想占为己有,竟动用津门名妓"一捧雪"前来智取,"一捧雪"使出浑身解数,多年来一路追寻从津门来到开封,在风雨交加的黄昏,"一捧雪"徘徊在卜亨斋楼下,无奈的呼喊击垮了卜亨斋——我知道你左腋下的玄机!这超乎想象的神来之笔也仿佛击垮了读者的心理承受能力,原来爱墨成癖的卜亨斋竟出人意料地把半丸古墨隐藏在自己腋下的皮囊里,卜亨斋腋窝下仿佛隐藏着一只瞪大的眼睛。这种大胆的写作笔法使"人物志"描写充溢着志怪小说的神韵,令读者禁不住毛骨悚然,想丢下书落荒而逃。书法家卜亨斋腋下是否有一个隐藏古墨丸的皮囊,我们现在无法考究也不得而知。但卜亨斋对古墨丸的偏爱可见一斑,也写出了书法家对书法用品的普遍珍视之情。

故而，张晓林的"书法人物志"亦史也诗，有时严谨如历史，有时叙事如传奇，在我看来，有些情节是有意味的文学修辞，读者大可不必完全当真，"姑妄言之姑听之"作小说家言罢了。如《侯云升》一篇，可谓是施展了烘云托月之法的文学想象之作。"我"回到围镇准备拜会乡贤文沛公，突然进来了自称是侯云升侄子的年近花甲的侯朝晖，"我"与侯朝晖把酒夜话，借助侯朝晖之口——叙说侯云升的书法之道，隐居围镇的侯云升教育侄子学书法要从临古帖开始，尤其是对侯云升书法落笔之前甩发、落笔时跺脚的细节描写，让读者记忆深刻又忍俊不禁，一个匿迹尘世、隐忍求生的超拔形象顿时展现在读者面前。侯云升是否有一个侄子练习书法似乎无关紧要，但借助其侄子之口却塑造了一个洁身自好、热爱书法的隐者形象。

"书法人物志"系列中，有不少溢出历史叙述的文学细节，均可视为"小说家言"。如武慕姚一生始终未能完成《北碑南帖论》的著述，尤其是后半生潮水一般不断涌来的政治运动更让他无心著书，他只好在养鸟种花中打发百无聊赖的日子。文章中一个小小的细节透露出政治对人性的异化："一个如花少女看见了那个盛有施蛰存信札的小乌木匣子，打开看了一眼，撇了撇嘴，顺手扔进了抄家用的旧麻袋。这些东西被运到开封鼓楼广场，一把火焚烧掉了。"（张晓林：《书法菩提·民国河南书法人物志》，长江出版社，2017年。）文章于富有文学意味的平静克制的叙述中夹杂着作者的愤懑与隐痛。

二、书道、佛道与人性、人道

张晓林把他的"书法人物志"系列命名为"书法菩提",其中大有深意。"菩提"一词来自梵文 Bodhi 的音译,与佛法相关,意为觉悟与智慧,用来表达人忽然睡醒,豁然开悟,突入彻悟途径,达到超凡脱俗的境界。"书法菩提"显然有参透书法精义、彻悟书法妙道之义。

书法作为一门艺术,常人若真要抵达一定的境界非要下一番精研苦练的功夫不可。即便是先贤书圣王羲之,也要搦管临池,苦修琢磨,甚至因洗笔把一池塘水都染黑了,何况一般的练习者。因而,书法之道似乎暗含了佛教的个人修为之道。佛教教义博大精深,传入中土后又分为多种门派,与中国本土文化和合而成为禅宗之后又分为南北二宗。但民间化的佛教,不过是让俗世的人们摒弃各种非分的欲望,在纷纷扰扰的尘世间保有一颗悲天悯人的仁厚之心。这种悲悯情怀与中国传统儒家的"仁者爱人"同声相应、同气相求,又与道家的出世观念与看破名利一拍即合,于是中国的传统文化人多多少少总是浸润了儒释道的文化因子,在书法人物身上更鲜明地体现了这一点。

张晓林笔下的书法人物大多与云游僧人、出家道士或禅师居士产生不解之缘。朱芳圃九岁时随母亲到寺庙上香,偶遇一鹑衣百结、手摇破扇的僧人,僧人看朱芳圃慧根不浅,就告诫他一生谨记避武趋文,并赐送"耘僧"别名。张乐天得净尘大法师指点艺术迷津,终于如醍醐灌顶,转变艺术风格。释反白俗名李培基,早年宦海生活,落魄开封之后,万念俱灰的他徘徊在铁塔寺门口,在印光大师经声佛号的招引中皈依了佛门,印光大师将"皈"字拆开,就成了李培基的佛名"释反白"。秦乖庵的人生曾经在书法与仕途之间摇摆,隐居上海时得到游方道人的忠告——不能到夷门,一个叫开封的地方,乖庵最终忍不住来到开封从而闹出了一出惊天动地的绯闻。张铁樵痴迷上书法,最初的因缘也与一个清瘦的道士挥动如椽巨笔,在宣纸上写大大的"药"字有关。张景芳性急易怒的缺点也得到了铁塔寺白尘道人的点化,早年留恋青楼瓦舍、博爱用情的姜佛情竟一病不起,幸得大相国寺静严禅师为其指引了一条遁入空门的自救之路,在念经打坐中又研习书法,既得书法妙道又高寿无疾而终。

总之,张晓林笔下民国时期的书法人物或多或少总有一些超凡脱俗的峭拔之气,其心性修养与人格气质有异于常人,隐忍出世的佛道人格与旷达超群的不羁行为构成了富有意味的对照。这是一种逾越功利的艺术气质,敢爱敢骂且特立独行,克己自守又怜贫惜弱。萧亮飞一身孤傲,遗世独立,面对开封无赖牛大扁担的巧取豪夺,萧亮飞通过画一枝梅花倒开隐喻"倒霉"痛斥这一无耻行径。张铁樵宅心仁厚,主动为开封街头卖扇子的穷苦人题写扇面,救济了穷人自己却分文不收。这些书法家所秉有的超凡脱俗的人格气质往往与其悲天悯人的护生观念合二为一。王德懋生性以慈悲为怀,看到被网粘住的画眉鸟费尽周折也要将其放飞,只因字画店老板蒋三卞药死了几只麻雀便与之断绝了来往。卜亨斋也爱惜生灵,外表看上去不怒而威,内心深处却充满仁爱之心,即便见到落入泥淖中挣扎的小虫子,也会小心翼翼地救下来放生。徐乐三也是这样,春天里看到黄蜂跌落泥水中,便细心将其从泥淖中救起。张晓林笔下的民国书法人物身遭乱世,心怀仁心。他们把书法作为自己乱世飘零中的人生寄托与心灵皈依,将佛道、书道与人情、人道融为一体。张晓林有意要透过历史的层层烟尘,探查出被历史风云吹散或掩埋的历史真相,尤其是要发觉被行将消亡的历史层层掩盖的美丽而倔强的灵魂。民国时期,风云激荡,偌大的中国遭受着千年未有之变局,内忧外患,战乱频仍。一般民众流离失所,文化士子漂泊无依。许多文化人如李叔同、丰子恺等都皈依佛法,在晨钟暮鼓的佛号声中安顿自我的灵魂。我不知道,张晓林笔下的主人公是否真如他所写的具有如此浓厚的佛道情怀与慈悲人心,还是张晓林以自己的"佛法之眼"发现了民国书法人物身上所具有的仁厚宅心,抑或是张晓林为了突出人物志的"传奇性"有意加入的文学性叙述?

但不管怎样,如果承认一切历史都是一种叙事,一旦开启了重述历史的书写机制,我们就不能苛求作者做出真实与否的回答。更何况,这是名为"书法人物志"系列呢?既然是"志",其传奇性与神秘性自然兼具。《高道天》一篇就充斥着怪异与神秘的气氛,当高道天的艺术生涯陷入迷惘之际,他偶遇山中高人讨求破解之法,老者的一席话透出玄机:"你得小心一个高个子留长髯的人,他会像蛇精一样吸干你艺术的脑髓!"更让人毛骨悚然的是,灰衣老者无意伸了一下腿,竟悄然露出了一双粉红色的绣花鞋!张晓林或许有意要在单调沉闷的历史叙事中引入神秘玄怪的传奇元素,从文学渊源而言,这一方面得益于他沉淀深厚、广泛涉猎的古典笔记小说资源,另一方面也与张晓林本人的心性修养紧密相连。张晓林在《〈书法菩提·民国河南书法人物志〉诞生记》中谈及一件奇怪的事,他把自身偶尔的牙疼与神鬼之事相连。张晓林本人交游甚广,阅历丰富,对于生命中不能解释的现象抱有诚敬戒惧的人生态度,这极类似于孔夫子"敬鬼神而远之"的敬畏情怀。张晓林乐天知命、旷达随缘的日常生活哲学也赋予他对于不可说的事物保持一份虔敬的神秘感。故而,张晓林在"书法人物志"中所渲染的神秘,与其说是一种文学的叙事策略,不如说是一种生活智慧与生命哲学的自然表达。照此说来,张晓林的书法人物传记在讲求考据般的谨严史实、重视辞章般的文学叙述的同时,也积极探求义理般的哲学思考。其实,书道、佛道与人性、人道并行不悖,相互融通。书法是书者道德人格与人情人性的率真表达,张晓林为民国河南书法人物作传,既是还原一段可能流散的元气淋漓的书法历史,也是在追慕诸位书法先贤的伟岸人格。

近些年来,"回到民国"成为一股持续不断的怀旧潮流不断受人追捧,也一度成为消费主义时代的文化时尚。然而,阅读这部《书法菩提·民国河南书法人物志》,萦绕在我们眼前的是那些卓拔独立、大仁大爱的傲岸身影,激荡着我们心灵的是那些风雨飘零不改其志的家国情怀与文化担当。那一个个传奇般的人物在历史的书写与回眸中逐渐站立成一尊尊不朽的雕像,那一幅幅灵动的墨迹积淀与延续着中华民族绵延不绝的文化血脉,他们必将穿越时空,发出悠远的生命之光。就此而言,那些廉价的文化怀旧之作与博人眼球的消费噱头岂能望其项背。

野王老人

杨望尼(1899—1981),名宗彦,字望尼,号大块子、野王老人。擅魏碑。曾任河南画社评审委员会主席。

一个时期,大块子杨望尼的书画作品几乎与张大千、齐白石、于右任等跻身同一个台级。因为在2000年前后的一次重要的拍卖会上,他们同一尺幅作品的起拍价不相上下。后来有人分析其中的原因,发现一个十分有趣的现象:杨望尼的这些作品,诗书画达到了完美的结合。譬如他画了一幅《初夏枇杷图》,画幅的左边画枇杷,画得很有趣。碧绿而繁茂的叶子后边(叶子呈"琵琶"状),黄黄的果实如少女般"犹抱琵琶半遮面",把枇杷果都当成美人去画了。右半边靠上一点,用魏碑小草书写了一首诗:风味何殊十八娘,初夏时节色微黄。一丸金弹凭伊取,百斛珠玑尽我量。诗也把枇杷当作美人去写了。

杨望尼身上有诗人的气质!或者说,他就是一个诗人。

他在开封河南地政筹备处任职期间，中原地区遭受旱灾，赤地千里，路有饿殍。家乡沁阳一带竟有十万之众流离失所，拉棍到山西逃荒要饭。杨望尼在某个黄昏听到这一音讯时，脸色显得十分阴郁。很快，他通过同窗王世博在山西永济购买了二百担杂粮，运抵沁阳。

购买这批粮食的款项，是他拿出了家藏的明清古画38幅，送到新乡文福堂画店寄卖得来的。这批古画寄卖期间，还发生了一件事。当地国民党驻军第四十军参谋长云华锋对这些画颇感兴趣，想裹入囊中，但他只愿出画价的三分之一，而且态度很强硬。杨望尼连夜赶回新乡，在文福堂与云华锋会面。云华锋带了两个护兵，荷枪实弹站在他身后。云华锋冷冷地说："我喜欢这批字画，但我掏钱买！"

杨望尼站起身，面色冷峻。他说："如此低价，等于豪夺，无异于强盗行径！"

杨望尼又说："夺此字画，等于夺灾民性命，虽禽兽不忍！"这句话击中了云华锋，他意味深长地看杨望尼一眼，朝两个护兵摆摆手，走出门去。

回到开封，杨望尼总觉得什么地方出了问题。出了什么问题呢？他说不上来。有一天深夜，杨望尼走在回家的小巷子里，忽然，哒哒哒，一梭子弹从他的头顶射过去，打在旁边的砖墙上，冒起一溜火花。

杨望尼从开封来到了西安，先是在于右任手下做科长，后又到杨虎城将军麾下，当专职秘书。他对于右任很是崇拜，认为若以书法创新论,民国书坛无人能出其右者。在北京大学及开封期间,杨望尼对"二王"的行草书是下过一番功夫的,但越到后来越感到笔力纤弱,线条显得飘浮,缺乏厚度。他很是苦恼过一阵子。他就这个问题向于右任请教,于右任笑笑,好像还捋了一下他那美丽的长胡须,说:"你临一下魏碑看看。"杨望尼当天就跑到书店,把能见到的字帖都买了过来,譬如《张黑女墓志铭》《张猛龙碑》《龙门二十品》《中岳灵庙碑》《石门铭》等。

这以后,对于魏碑,杨望尼开始了长达十多年的临写。他还将于右任的一首诗——内容如下:朝临石门铭,暮写二十品。辛苦集诗联,夜夜泪湿枕。用魏碑抄写了,悬挂在床头,每晚看着它入睡。

杨望尼在杨虎城将军麾下做专职秘书时,摊上了那场举世闻名的大事:西安事变。他亲自参与了把蒋介石囚禁起来的军事行动。事后,特务们自然不会放过他,把他投进了监狱。他的妻子陈励修(擅楷书,取法二爨,)找到于右任哭诉,于右任打通关节,亲自出面作保救杨望尼出了监狱,并在自己掌管的西北审计部安排他做了审计处处长。西安解放时,作为国民党政府里的旧官员,差一点被遣返沁阳老家,是一个知情的人说他曾参加过"西安事变"被蒋介石关过监狱,事情发生了逆转,他很快被人民政府接收,编进西北财经局做一般工作人员。

隔两年,杨望尼从旧友嘴里得到一个消息,与他一同在杨虎城将军处共过事的南汉宸（1926年加入中国共产党，杨望尼曾冒风险掩护过他的地下党身份，二人遂结成至交），经周恩来总理特别推荐，已经做了中国人民银行首任行长。周恩来在西安期间，杨望尼也与他有过短暂接触。杨望尼掭起笔，再三斟酌给南汉宸写了一封信。详细谈了自己眼下在西安的处境，字里行间透出感伤情绪。

很快，南汉宸的回信就送达他手上，叮嘱他尽早进京。南汉宸将他的情况向总理汇报，总理已作书面批复，着进京面谈后擢用。杨望尼当天就向西北财经局请了假，晚上十点坐上开往北京的火车。他因激动而难以入眠，几年大学下来使他对北京并不陌生，开始勾画去北京后的生活情景。黎明时他模模糊糊进入梦乡，竟非常清晰地梦见了老家村口的财神庙，醒来眼角挂满泪痕。

杨望尼在洛阳下了火车，然后改乘汽车，一路颠簸，夜幕降临前回到故土沁阳崇义村。原说第二天中午赶回洛阳的，可是大清早他就被村里的民兵堵在了杨家老宅。民兵队长告诉他："你不能离开村子，我们要对你进行审查！"原来沁阳已开始镇反运动，因他在国民党军队干过事，自然在审查之列。

突如其来的变故让杨望尼束手无措，他再次给南汉宸写信，却如泥牛入海。审查的结果是杨望尼成了"管制对象"，被派进生产队牲口院喂牛。隔三岔五拉去游斗一番，头顶扣上纸糊的高帽子，脸上涂满锅灰或墨水。从五十余岁走进崇义村，到八十一岁去世，近三十年的漫长岁月，杨望尼再也没有走出这个村庄一步。人生的后十年,他自号野王老人。

他在村里悄悄教孩子们学起了书法,他去世以后,这个村子先后走出了20余位省级或国家级书协会员。

文脉的探寻
——读张晓林"书法菩提"系列

魏华莹

2018年春,和张晓林在一次会议上重聚,因在郊区,晚间无事,闲庭信步。难得那晚正值月圆,月亮之大仿佛映在面前,夜色温暖而明亮。张晓林给我讲他关于宋人笔记的阅读,"书法菩提"系列的写作,讲宋人的风骨、才学、故事,讲得激情澎湃,将人带入久远的历史记忆中去。我意识到他是发自内心对宋文化的热爱与传承,写字、著文,皆围绕于此。我也吐槽自己的一些问题,张晓林很严肃,绝不就事论事,只会用宏大故事瓦解人生琐碎,用宋人品格荡涤你的心灵。渐渐地,会跟随他沉入那个阔远的世界,感到历史和现实从未如此接近。不知不觉谈了很久,知晓了他对于书法的热爱,习字、著文的辛劳,以及玉树救灾时的险境……张晓林说,能够在这么美的月光下散步,也是难得的人生经历,多年后也会记忆犹新吧!后来,我还总会想起那晚的月亮以及张晓林滔滔不绝讲述的书法故事。直到读到他的"书法菩提"系列,发现他把如此多的人物、趣事连缀一起,才大约明白他追求的是什么。

《书法菩提：金明池洗砚》(长江出版社 2015 年出版)，是作者为大宋文人描摹的风骨图。既有朝堂之上的铮铮、旷达之士的仁心，也有山间隐士的暗香疏影。在作者看来，字如其人，书法亦是一种人生境界。范仲淹书法方正清劲，通脱儒雅，一如其人。面对富弼"参政是想修炼成佛"的不敬之语，坦言臣子对于仁君的作用。蔡襄拒绝仁宗要其写温成皇后碑的请求，却主动费心费力为韩琦书《昼锦堂记》。八百余言，写了八百张宣纸，数万字，直至精挑细选裁出满意之字。有人问起为何对皇上与韩琦持不同态度，他很认真地回答："书法只是自我娱乐消闲的一种方式而已，想写了就写，不想写了就不写，这是再自然不过的事情了。"钱穆父对于米芾、黄庭坚的点拨，才使他们走向书法艺术的巅峰。而对真宗的封禅闹剧及朝堂的谄媚献谀寒心之后，林逋离开了东京，隐居孤山，伴随他的是书法和诗、种梅和养鹤。他的字和诗，清瘦孤峭中，讲求的是袅袅如缕的韵致。而这种清雅静逸之气，是宋四大书家苏、黄、米、蔡所没有的，——也算是一道风景了。

士大夫将生活情趣、精神境界、人格理想寓于书法，成为纯粹的清娱雅好，以及假于物外的修身形式。茶道中清雅澄明的意象，是士人雅好于此的精神动因，与书道中的"游娱""诗意"的旨趣相契合。书中写到许多对书法、茶事的痴迷。蔡襄爱茶，为皇帝研制御茶——小团茶。欧阳修记载这种茶每饼价值金二两。富弼写来札子，说"这是仆妾向主人邀宠才做的事",蔡襄感到很委屈,他太专心茶道了,当初还真没有想那么多,更说不上有意去向仁宗邀宠了。

宋代是中国文化的繁盛时期,学界有"宋型文化"之称。史学家陈寅恪更是推崇宋代文化,认为"华夏民族之文化,历数千载之演进,造极于赵宋之世",黄仁宇称宋代"文化已达到最光辉的阶段"。宋代政治氛围相对宽松,文化管理较为开放,有益于形成多元并存的兼容精神。范仲淹"先天下之忧而忧,后天下之乐而乐"、张载"为天地立心,为生民立命,为往圣继绝学,为万世开太平",集中体现了宋文化的淑世情怀和"以天下为己任"的理想人格。面对如此众多星光熠熠的历史人物,张晓林从书法着力,探寻人物性格和时代品格。如苏轼、米芾为代表的书法不求形似而注重意气,也体现了北宋士大夫的独立意识与自由精神。

《书法菩提:民国河南书法人物志》(长江出版社2017年出版),则写出了书法文人在20世纪的坎坷命运与气节犹在。丁豫麟是民国夷门书法八大家之一,以楷书名世。徐世昌做了民国大总统之后,1918年秋到开封检查黄河防务,顺便看看开封双龙巷故居。河南官员知道大总统痴迷书法,求到丁豫麟府上,想让他写几幅字送上去。丁豫麟只写了一个四尺斗方,上款落上徐世昌名号,就收笔停手了。来人再三恳请,并将润格加了一倍。丁豫麟不高兴地说:"我写这个斗方,不看他是什么总统,只念他是从开封双龙巷走出去的,算是有同里的名分!不是钱的事!"再也不理睬来人。

随着战乱、自然灾害以及省会的迁移,20世纪,开封的政治和经济地位一再沦落,夷门人物的命运也随着大历史不断浮沉。乱世中,有的被迫离开,有的人生坎坷,直至湮没、封尘在城市的档案中。张乐天曾与夷门名士关百益、许钧、大相国寺净尘大法师等结艺林雅集社,后为养家糊口退出集社,"凭借一支笔,挣下了9处院落、上百亩的良田!"但"他的院落和良田后来都被分给了翻身得解放的劳苦贫民,为此他还被戴上了资本家的帽子,让他在以后漫长的岁月里吃尽苦头"。叶桐轩曾为潘天寿最得意的学生,他的艺术之舟"借助潘天寿这一股强劲东风,正要驶入大海的时候,日寇的铁骑踏碎了黄浦江畔的宁静"。不得已,他回到故里淮阳,又辗转河南各地,担任美术教员,但其教学方法多被认为"过于夸夸其谈,不实用",始终郁郁不得志。直到1950年夏,突然接到北京的信函:人民大会堂河南厅需要张挂一批字画,时任中国美术家协会副主席的潘天寿点了他的名。他寄去的《春风锦绣图》《牡丹》等6幅作品全部入选。河南文艺界震动了。后又因历史的动荡被下放农场劳动,直到病逝。

新时期之后,伴随着城市化浪潮的推进,城市更新的速度日益加快,如何记录和保存不断逝去的城市历史,是人们面对的现实问题。于是,出现了形形色色的城市景观,如古建筑的复建、民俗的移植、仪式的回归等。清明上河园的创建,其间的酒楼、茶肆、食店,各种民俗表演,甚至可以复原"东京梦华"。景观可以重建,那些历史上曾有的文人风骨、城市品格如何接续呢?在张晓林笔下,通过娓娓道来的人物故事,那些遥远又辉煌的历史人物在他的笔下鲜活起来,仿佛他们从未远去。

陈平原说:"当我们努力用文字、图像、文化记忆来表现或阐释这座城市的前世与今生时,这座城市的精灵,便得以生生不息地延续下去。"我们谈论城市,往往有两种不同的接触方式,一种是现实空间的物理接触,一种是隔着物理空间的心理投射。而心理投射更多指向城市的古风与遗韵,更能彰显城市品格。张晓林尝试以书法人物写出古都文化的精魂,通过一个个人物、故事,来发现夷门精神,即独立自由的宗旨,以及崇尚志节的品格。文脉是城市记忆的延续,从更深的意义上,这才是真正的"汴都遗风",才是值得追忆和景仰之所在。在戏说、宫斗盛行的当下,在历史人物成为各种戏仿对象的环境中,有张晓林这样的人在,试着去发现、打捞城市文化,以及寻找、扩散古都的光晕,才使得那些遥远的古音得以重弹,才使人们能够重温那些久远的精神岁月。

高道天

高道天（1900—1959），书法以《石门颂》为宗，参以于右任笔意，大气磅礴。

高道天是陕西城固人氏，为陕南高姓大族。他三十一岁来到夷门，那时他是一个狂热的诗歌爱好者，成为诗人是那时他最大的理想，书法仅仅是饭后的余事。他向河南大学教授邵次公讨教写诗秘诀。邵次公告诉他，写诗就像练书法，得临帖。对于作诗来说，读书就是临帖，而读书的多寡，决定了你在诗歌道路上到底能走多远！

邵次公的一番言语让高道天茅塞顿开，从而动了定居夷门的念头。他在铁塔寺里租了一间僧舍，在昏黄的豆油灯下阅读各类诗歌书刊。他还成了邵次公"金梁吟社"的常客。这个时候，他浓密的头发开始一根根脱落，短短月余，头顶上已是寸毛不存。

这种好学的态度让邵次公大为动容，尤其是高道天在书画方面又有着极高的天赋和良好的家学渊源，邵认为这是个可造之才，于是1933年初春，写了一封长达十余页的信函，推荐高道天到北京张恨水创办的北华美术学校深造，进修书法和绘画。在北华求艺这段时间里，他结识了诗词大家吴心谷——忍庵先生。吴心谷先后做过袁世凯、徐世昌两任大总统的秘书官，专意给他们讲解古今诗词。他精通古音韵六法。吴心谷还与齐白石交往颇深，著《历代画史汇传补编》。

吴心谷曾为武学大师孙禄堂的《形意拳学》作跋，是孙家的座上客。孙氏太极拳传人孙剑云那时才十余岁，经吴心谷介绍，拜在高道天门下学习书法。若干年后，因为著作归属一事，孙禄堂与吴心谷之间起了一点波澜，在坊间有了一些误传。孙剑云曾让高道天出面著文澄清了事情的原委。

一年后，高道天在北华学业期满，重新回到了夷门。这个时候，在河南执政的，是冯玉祥将军。吴心谷托人出面，把高道天介绍给了冯玉祥。冯玉祥这个时期非常喜爱书法，尤其对魏碑情有独钟，他早听说过高道天的书名，就把他留在了身边，和他一起探讨书法技艺。有很多次，冯玉祥对外人介绍高道天说："这是我的书法老师！"

高道天很快在夷门书法界站稳了脚跟。

1934年，河南省书画展在开封大相国寺开幕。夷门书画界名流诸如许钧、关幼调、关百益、张乐天等悉数参加了这次展览。高道天在这次展览中大获丰收，他的行书"赏心""欲辩"四尺对联、仿文徵明《积雨连村图》、仕女画《文姬归汉图》

入展,赢得夷门书画界好评。

这次展览过后,在一段相当长的时间里,高道天的艺术生涯陷入了迷惘徘徊期,他感到很苦恼。恰在这个时候,吴心谷写信来让他去北京一趟,帮他校勘《历代画史汇传补编》一书。书稿校毕,正要返回夷门,于右任忽来拜会吴心谷。于右任身材高大魁伟,长髯飘拂,颇具仙风道骨。喝茶闲谈间,得知高道天是陕西同乡,又善书法,且与自己书法风格相仿,感到很是亲近。次日,书法大家王世镗、文伯子来聚,几人商定同游石门山。谒先贤,访石刻。

石门山传说是孔子撰写《易经·系辞》处,此地自是卜卦算命者云集。来到山脚下,但见卜卦的幌子一个紧挨一个,幌子下大都是一张年老的脸孔,见几个人走过来,纷纷仰起花白的脑袋,朝他们喊:"客官,卜一卦!"几个人避开这些算卦者,往山深处走。

山半腰有一片柏树林,如墨一般黑,荫翳蔽日。高道天内急,喊声:"先走!"钻入柏树林。头顶上有一只大鸟飞过,高道天不禁打了一个寒战。走出林子,已看不见于右任几人,高道天忽然感到迷失了方向,看太阳,太阳蛋黄一样挂在中天,东西南北依然无可辨识。他定定神,向四周看了看,就见一山坳避风处有一个卖茶水的摊子。

高道天觉得口渴得厉害,到茶水摊前坐下,要碗茶喝着,想问问那几个人的去向。

卖茶人是个老者,一袭灰色长衫,衣袂落落,竟遮掩住了他的双脚。很高的个子,鬓发斑白,留着及腰的胡须,额头突兀,眼睛却深深地凹陷进去,内蕴精光。他将茶碗递给高道天,突然说话了,声音喑哑。他说:"客官是翰墨场上人物!"高道天吃惊地去看灰衣老者,问:"你怎么知道的?"老者不答,诡异地笑了。又说:"最近遇到难迈的坎了!"高道天愈加吃惊,不由喊道:"奇了!"便将茶碗放下,问老者这道坎有多长。老者告诉他:"短者三五年,长者就不可预测了!"高道天再次注视着相貌奇古的卖茶人,心想,遇到高人了,何不讨个破解之法?

于是,高道天摸出两枚铜圆放在茶桌上,小声问道:"可有破解之法?"

老者迟疑,眼角的余光扫一下桌上的那两枚铜圆。高道天会意,又掏出两枚铜圆放在桌上。灰衣老者咳嗽一声,喑哑着说:"你得小心一个高个子留长髯的人,他会像蛇精一样吸干你艺术的脑髓!"说着,灰衣老者不由得伸了一下腿,双脚从衣摆下露了出来。高道天霎时感到毛骨悚然,他紧紧盯住了老者的双脚。茶桌下的那双脚,穿着一双粉红色的绣花鞋!

高道天落荒而逃。

1939年,高道天在开封大相国寺搞了一次个人书法展。于右任为他题写了展标,并发来了贺信。贺信中说他的书法已得《石门颂》真髓!

许钧

许钧(1878—1959),字平石,号散一居士等。书法碑骨帖魂,有"魏碑圣手"之誉。

散一居士许钧祖籍是祥符县杏花营,他们举家迁居开封,与清道光年间的那场大水有关。那年,黄河在杏花营张村决堤,滔天的浊浪瞬间吞噬了田野、村庄和树木,平地变成了河流,石磙在激流中打着漩儿。许钧的父亲看着妻子业已凸起的肚子,套好平头车子,说:"进城逃荒!"

1878年12月19日,许钧在开封塘坊口街出生。他呱呱坠地的那天黄昏,许家院子的上空飞满了灰色的鸟雀,接着,大雪漫天而下。开封有让孩童抓周的习俗,抓周那天,许父把三样东西摆在了许钧面前,秤杆、木头短枪和一支秃头毛笔。许钧在地上爬着,胖嘟嘟的小手毫不犹豫地抓起了那支秃头毛笔,而且还狠狠地在棉花被上画了一下。许父饱经风霜的脸上露出了微笑。16岁的时候,许钧投到河南名儒李星若门下研修"四书五经"。那年，1894年，李星若和好友王筱汀同赴汴梁试优贡，许钧前往拜访他们。谈吐之间，李星若大为惊异，眼前这个清瘦的少年有着异于常人的禀赋。只是许钧读书太杂，他内心隐隐有一丝不安。在稍后的一次会晤中，李星若郑重地告诉他："你这个年龄，当读圣贤之书，否则，易误入歧途！"许钧的脸红了一红，因为他正偷偷地读一本春宫小说。

数年后，许钧参加了清朝的最后一次科举考试，考取乡试开封府第一名，旋"纳优贡生"。又三年，补廪生，到陈州府中学堂任国文教员。不久，回开封任河南师范学监。他正准备在教育上大显身手的时候，河南省临时议会成立，议长杨勉斋欣赏他的才华，把他聘为贴身秘书，从此许钧步入政界。

许钧注定不是从政的那块料，在秘书的位子上干了三四个月，他就满腹厌倦，当河南省博物馆四处物色书法部主任时，他软磨硬泡说服了杨勉斋，毫不犹豫地去应聘了。书法部主任肩负着培养书法人才的任务，这些年里，许钧临池是日课，他把自己学习书法摸索出来的经验运用到教学当中，认为书法要以碑刻打基础。他将学碑过程分成四步，先学方笔造像，譬如《杨大眼》《孙秋生》《始平公》诸碑，强劲书法骨骼；次学圆笔，以郑道昭的《郑文公》《云峰山刻石》为主，以丰润肌肤增加神采；再学方圆并用之笔，如《张猛龙》《崔敬邕》等，来达到书法的形神相融；等完成以上三步，第四步就是学《爨宝子》《爨龙颜》二碑和《嵩高灵庙碑》，知巧而后守拙，回归本真，回到婴儿状态，与大自然对话。

1923年3月，康有为应河南督军张福来、省长张鸣岐的"平原十日之约"来到开封。某日黄昏，作为河南金石修纂处主任的许钧拜访了他。在不足四十分钟的交谈里，许钧的书法理念发生了变化，正如康有为所说，书法得走碑帖融合的道路，许钧认为，这无疑是学书法者的宝典。许钧晚年创作的书法，以魏碑风骨写米芾、王铎神韵，一洗河南文人书风的酸腐和孱弱。

许钧有七个儿子，除了最小的儿子外，其他的几个儿子在书法上都有较深的造诣。1934年河南省举办第一届书画展览，参与的90名书画家中，许钧一家占了三个。长子许敬参入展书法作品2件，五子许敬武入展4件。稍后，开封金石书画研究社成立，同时举办了一次书画展览，除许钧、许敬参依然有书画作品参展外，许钧的另外两个儿子许公岩、许知非也有作品入展。一时间，许家"一门七书家"的佳话在夷门传扬开去。

整个民国时期，在河南书坛，许钧与靳志、关百益、张贞素有"四驾马车"之称。许钧和关百益交往频繁，二人曾同时供职于河南通志局。张钫任河南省建设厅厅长时，在吹台立石碑两通，一通名为《河南农林试验总场纪略》，碑文书丹者是关百益；另一通名为《河南农林试验总场纪念碑》，该碑的书丹者就是许钧。这两通碑嵌存于吹台禹王殿西壁，虽经多年风雨侵蚀，字迹依然清晰可辨。

许钧修撰《河南金石志》，查阅大量先贤金石文献，对文献中涉及的碑碣石刻，凡有疑惑的，碑刻和拓本即使在偏远的山村，他也要跋山涉水跑过去核实，找乡村知情人座谈，直到无误后才返回开封。许钧为学严谨的名声不胫而走，1936年6月，祥符县成立修志馆，县长李雅仙高薪聘请许钧出任修志馆馆长，重修《祥符县志》。有整整两年时间，许钧把全部精力用于《祥符县志》的撰写上，采访资料、手稿、各类图片等，装满了八大麻袋。1938年6月，开封在日寇的铁骑之下沦陷，许钧离开夷门避难，《祥符县志》中途搁浅。

抗战胜利前夕，许钧迁居北京，住在史家胡同131号。许钧晚年喜欢看一些杂书，有在书眉上随意记些感悟之类的习惯。有一天，他躺在床上翻阅一本从开封带来的旧书，《黄山谷题跋集》，忽然有了感想，他用六儿子给他买的钢笔把感想记在了书页的空白处。当他写完最后一个字，一个字条从书里飘落下来，许钧很奇怪，捡起来看看，字条已经发黄，是二十几年前所写，内容与今天所感所记竟然一字不差！

邵次公

邵瑞彭(1887—1937),字次公,书法得褚遂良三昧。

黄昏,邵瑞彭喜欢去鱼市口街拐角处的"恍惚"茶馆去喝茶。这家茶馆养了一只肥硕的猫,通体黑色,两眼黄得像金子一样令人心醉。每次见邵次公进来,它都要跑过去卧在他的脚下,然后,用金黄色的眼睛盯着他看。次公就有了抚摸它的欲望,黑色的皮毛犹如绸缎一般光滑,抚摸着它,次公心底就有战栗飘过。

要上一壶茶,斟满茶瓯,刚送到嘴边,就听背后有人在咬着耳朵嘀咕:

"听说了吗?河大一个邵姓教授,不仅是杆烟枪,还是个色鬼!"

"是啊!还和他的女学生搞在了一起!"

邵瑞彭坐不住了。他没有回过头去看那两个人的面孔,只轻轻站起身,走出了"恍惚"茶馆。

深秋的开封街头,风竟然凉得刺骨。邵瑞彭裹了裹单薄的衣衫,朝火神庙街的公寓走去。来开封的这些年里,他觉得自己精神的囊橐,正一点一点地干瘪下去。

他怀想起一个人来。

早些年,次公是天下闻名的斗士,那时候,他还在京城,头上顶着一顶众议院参议员的桂冠,1923年深秋,曹锟贿选总统,他第一个站出来揭发了这场丑闻。曹锟的部下威胁他说:"花钱买选票,总比拿枪顶着你的脑袋让你投票强吧!"次公愤怒了,把曹锟贿赂给他的五千银圆支票拍照后寄给京沪各大报纸,把贿选事件搅了个满城风雨。

京城待不下去了。为躲避追杀,他先后到过上海和淳安。淳安是他的家乡,在这里,他受到热烈欢迎。石硖师范的学生高举"揭发五千贿选,先生万里归来"的巨大横幅,集体到车站欢迎他。曹锟倒台后,1925年的夏天,邵瑞彭又回到了北京。北洋政府任命他做教育总长,他坚辞不就,从内心深处不愿再涉足政界。在京期间,先是与友人组建聊园词社,相互唱和。后入几所京师大学任教。之所以屡屡变换学校,是因为曹锟的旧属不想放过他,对他实施了多次暗杀。

这个时候,河南大学校长许心武替他解了暗杀之围。1931年暮春,许校长聘邵瑞彭出任河南大学中国文学系主任。许校长对他很厚爱,每月给他的薪酬是300大洋,是河南大学所有教授中薪水最高的。邵瑞彭有吸大烟的癖好,住在学校不方便,许校长就在火神庙街给他租下一处宅院。这处宅院有九间房子，三间作为客厅，三间作为书房和卧室，此外的三间是厨房和厨师住的地方。来开封时，次公想带家眷一同前往，他老婆不愿意。她说："我不去那个遍地牛二的地方！"

来开封不长时间，许心武就调离了河南大学。尽管相处的时日不多，但每到情绪有了波动的时候，邵瑞彭都会奇怪地想起他来。

为排遣长夜的孤独，次公与卢前、武福鼐、朱守一等人组织了金梁吟社，有一批酷爱诗词的河大学生和社会才俊参加了进来。他还自筹资金，帮学生出了诗词合集《夷门乐府》，几乎是同时，他的词集《山禽余响》问世，好评如潮。施蛰存给他写来了一封信，称他的词："宗《花间》、北宋，出入清真、白石，甚或过之。"

河南省政府主席刘峙很喜爱次公的词，把他称为"小柳永"，《山禽余响》里的词，刘峙闲来还能背出几首。一个时期，次公成了刘主席的座上宾。

河南省图书馆想刊印一套本省先贤的著作，临下印馆了，才发现经费差了一大截。馆长井俊起找到次公，想让他去刘峙那里疏通疏通。次公笑着说："分内之事，当尽力！"隔一天，次公拜访刘峙，说起出书的事，刘峙当场就安排属下给办妥了。

刘峙政务之余，也时不时作几首小诗，时间一长，也有100多首了，他想刊印成册，找人作序，就找到了邵次公。序成,竟终篇不提刘诗一字,云里雾里,让人看得糊涂。武福鼐一次问起这件事,次公说:"刘某之诗,真不知道该怎么去说。"一个时期,河南颁布戒鸦片令,大街小巷都贴满了告示。次公不予理睬。他吸食鸦片,却不会烧烟泡,常烧伤鼻子,因此他的鼻头总是黑黑的。他黑着鼻头去见刘峙,有人看不过去,提醒刘峙说:"攸关政令!"刘峙就慢慢疏远了次公。

1935年初,靳志回开封定居。次公与靳志在北京时同为寒山社成员,属于旧时相识。两人重聚开封,自是来往密切,一有闲暇,便相邀小酌。他们二人还有个共同的兴趣,就是书法。次公的书法原来走的是欧阳询一路,这时忽然对宋徽宗的瘦金体入了魔,每日临《赵佶千字文》数十纸。靳志看着老友的背影,暗自叹道:"次公恐怕将有桃花之劫!"

竟果然被靳志言中。

金梁吟社里,有个叫李澄波的女诗人,在尚志女校教国文。本来已经结婚了,她不顾丈夫的反对,硬加入到了社里来。她喜欢读次公的词,读《山禽余响》都读出相思来了。每次雅聚,她的目光只追随着邵次公一个人游走。那目光柔得像三月的桃花,满坡粉红色的诱惑。次公读懂了这目光,可他选择了沉默。

冬天的一个夜晚,李澄波只身一人到次公寓所,请教诗词创作上的问题。坐下不久,窗外就下起了漫天大雪,继而狂风大作,狂风搅着鹅毛般的雪片,把窗纸敲打得"噗噗"直响。这一夜,李澄波没有走。第二天,李澄波羞涩地说:"这是天作之合。"

很快,他们的事情东窗事发,李澄波的丈夫一路破口大骂,旋风似的闯进河大校园。那时候,次公刚刚下课走出教室,一群学生簇拥着他,他说了句什么风趣的话,学生们便爽朗地笑起来。李澄波的丈夫就是这个时候走向前去的,他一把扭住了次公的衣领,当着众人的面狠狠扇了他两耳光!

耳光事件后,次公的烟瘾更大,鼻头更黑了。一些旧友同事,都用异样的眼光看他,对他冷淡了许多,交往也日渐稀少。尤其让他伤心的是,他的得意门生武福鼐也不再登他的家门。金梁吟社也风吹雨打散了。有一天,他路过武福鼐家门口,这天他阴郁的心情稍稍透出一丝阳光,他走进院去。武福鼐的妻子正在院里喂鸡,见他进来,掂起扫帚疙瘩对着一个老公鸡骂起来:"你个好打野食的东西!"

次公默默地退出院门。先前,这个贤惠的女人每次听说他来,都是早早熬好了燕窝粥等着他。武福鼐知道,在北京中国学院教书时,次公最喜欢喝的就是燕窝粥。

李澄波和丈夫离了婚,和次公住在了一起,说等选个好日子,把结婚仪式给办了。次公木然地点点头。日子一天一天过去,次公的心情也一天一天地坏下去。

又是一个漫天大雪的冬夜,李澄波外出参加一个诗会,这天夜里,邵次公吞鸦片自杀了。

李澄波彻夜未归。

文人精神的继承与弘扬
——读《书法菩提·民国河南书法人物志》有感

刘 静

《书法菩提·民国河南书法人物志》是张晓林的笔记体小说集。早在2016年,作者就集结出版了《书法菩提》,这本书以宋朝为历史背景,以书法为纬,以书法名人为经,用现代的角度解读宋朝那些有名的书法大家。而《书法菩提·民国河南书法人物志》继续以书法作为贯穿全书的线索,以书体的演变过程为序,以真实为基础,旨在表现民国时期文人的"志"与"趣"。

身为中国书法家协会会员的张晓林,在写得一手好字的同时,也是一名优秀的书法理论家。凭借着书法方面的专业修养,张晓林以作家角度创作的《书法菩提·民国河南书法人物志》具有浓郁的文化气息。张晓林说:"作家写作应该拓展视野,要在艺术和历史的广度上去探索,并运用独特的个性语言。只有这样,创作出来的作品才能有历史感和文化感。"这部作品,就以小说的形式将历史事实和书法艺术联系起来。尊重历史的真实性、严肃性,事件有籍可查、有据可考,充分运用数量不多的资料塑造人物,借助生动形象的叙述将人物的特点展现得淋漓尽致,在尊重史实的前提下对人物进行最大可能的开拓与挖掘。与其说作者在写一部小说,不如说他是用小说的形式写了一部独具特色的民国书法史,可以说填补了民国时期河南书法历史的空白,达到了学术与艺术的完美结合。因此,这部作品既可以当作小说来阅读,也可以当作书法艺术鉴赏、民国书法史来阅读。

既然是"人物志",自然以描写人物为主。书中每一个人物虽然所占篇幅不长,但是都极为传神。自古以来,中国的绘画、文学、书法都重在传神,讲究用极简的线条、文字描摹人物内在的精神和特点。所以这部书中记录的人物,有的重在形貌描写,有的重在才学描写,有的重在心理描写,但是集中表现出了人物的特点,通过独特的言谈举止写出了独特人物的独特性格,使之气韵生动,活灵活现,跃然纸上。例如《卜亨斋》中有一段文字描写他腋下的皮囊:"她站起身,去抽那胳膊。突然,黄蔷薇尖叫一声,两手软软地垂落下来。她看到,卜亨斋腋窝里有一只眼睛正一眨不眨地盯着她。她魂飞魄散。"这段文字可以引发读者的无限想象,四下无人的夜里,腋下的皮囊像眼睛一样注视着你,想想就觉得头皮发麻,这一段描写真实得可怕,却将卜亨斋的"怪"刻画得淋漓尽致。但就是这样一个身体十分奇怪的人,见到小虫困于泥沼中,竟会小心翼翼地救它们出来,再放生。这种一粗一细的反差,让卜亨斋这个人物丰满生动。《王德懋》中,写了两个与鸟有关的趣事：一个是王德懋帮老妪救助被网困住的画眉鸟，另一个是得知好友蒋三下毒杀麻雀后与他绝交。以鸟为线索，表现出了王德懋正直善良的禀性。丁豫麟，"每临一次《祭侄文稿》，他都会泪流满面，夜里就开始做梦，梦见颜真卿在荒野里狂奔。"这一细节足以体现丁豫麟对待学问的认真投入，因此才会取得成绩。还有喜欢收集女人穿过的绣花鞋的汪绶承，一生与水结缘的李子铮，喜欢养花喝酒、对弟子要求严格的郦禾农，等等。作者并没有写他们书法上的成就多高，而是从一些普通小事入手，写他们的性格、他们的生活、他们的爱恨悲喜，好像在讲述邻居、老友的故事一般。作者将故事情节写得淋漓尽致、耐人寻味，用一种轻松随意的碎片化的记述方式娓娓道来，人物形象丰满，性格鲜明，同时也十分真实有趣。

作为笔记体志人类小说，不仅仅要体现人物的特点，更重要的是要表现出人物内在的精神。书名为《书法菩提》，何为"菩提"？菩提是佛教用语，意思是觉悟、智慧，用以指人像忽然睡醒了一样，豁然开悟，顿悟真理，达到超凡脱俗的境界。菩提是大彻大悟、明心见性，书法被称为国粹，它是中国传统艺术的结晶，是中国文人精神面貌的象征。中国历代文人爱好书法、崇尚书法，是因为它能陶冶情操、净化精神。书法也凝聚了书法家个人的生活感受、学识、修养和个性，自古以来有"字如其人""书为心画"的说法。所以作者在这里以"书法菩提"为名，我们可以将其解读为"书法的境界""书法的智慧"。因此,作者虽然是从生活入手,专写逸闻趣事,但是随处可见这些文人的精神和智慧。民国时期,天下动乱,军阀混战,政局动荡,而生活在夷门的书法家们依然坚守着文人的精神,继承士大夫的传统:有冒着严寒酷暑、冷风凄雨依然坚持发掘甲骨文的朱芳圃,有认真严谨、不容一丝差错的张修斋,有医者仁心的陈松坪,有不向流俗、权力低头的周贯一,还有教书育人的杨望尼。这些文人或儒雅或不羁,但是身上都折射出中国传统文人特有的认真严谨、勤奋好学、真诚善良、不畏强权的特点。这些风骨、精神之所以持续千年,生生不息,成为中华民族特有的品质,靠的就是一代又一代文人的传承。在作者的描写中,这些书法家并不是只习书法,而是博学多才。他们的作品体现的也不仅仅是书法艺术,更是整体的学识涵养和文人风骨。而作者创作的意图也很明显,他想用民国这些书法文人的逸闻趣事强调良好的学识修养、高尚的人格情操对文人的重要意义;通过描写民国书法家这一特殊群体的生存状态和人生价值取向,让现在的我们更了解书法乃至文人的精神所在。

这部作品中,我们可以深刻感受到作为作家的张晓林身上具有的强烈的社会责任感。他说,作家创作的作品就是要净化人的心灵,通过读作品能让人的心灵纯粹起来。从《书法菩提》到《书法菩提·民国河南书法人物志》,作者都自觉承担起继承中国传统文化、发扬传统书法艺术的重任。而这些传统的精神和艺术是我们的宝藏,是真正的"菩提"。

张乐天

张受祜(1882—1974),字乐天,号乐道人,别署云烟山馆主、听香馆馆主。书法擅甲骨、金文、石鼓、小篆、隶书。精于篆刻。

张乐天是土生土长的开封人。在夷门,他也算得上是书香世家了。他的爷爷是清朝的举人,父亲张梦公是清朝的贡生。张梦公在大相国寺旁边设馆课徒,教出了晚清末科亚魁李秋川等一干才俊。

贫寒的家境,让张乐天自幼饱受生活艰辛的熬煎。他兄妹八人,油盐酱醋、吃喝穿戴,全靠父亲那张嘴巴不停地吧嗒吧嗒着支撑。科举废除,学馆关门,16岁的张乐天辍学了。不久,入开封石印馆做了学徒。干了两年,升为石印馆缮写,这个时候,父亲的一个学生拉了他一把,把他保送进了河南简易师范学堂读书。毕业后,直接进了河南省政府做了职员。

命运刚有转机,他就和父亲的那个学生闹翻了。事情的起因其实很简单,那个学生听说张乐天的爷爷有一本诗词手稿《藏剑集》,要他拿来一看。看后,提了一个小小的建议:以那个学生的名义刊印发行,发行所得全归张乐天,他分文不取。张乐天听了这个建议后满脸涨得通红,一把抓起那本手稿头也不回地走了。父亲的学生愣在那里,半天没有回过神来。

这一时期,张乐天练习书法达到痴迷程度,坐在办公桌前常常用指头蘸水背临篆书《石鼓文》。那个学生站在阴暗处,看着张乐天冷冷地笑。1934年的春天姗姗来迟,河南省政府在开封举办"河南现代书画展览会"的消息早早地发布了出来。张乐天异常兴奋,他的整个心思,几乎都用在了备战展览作品的创作上了。这次展览,张乐天入选山水画4件、花鸟画3件,书法有大篆1件、行书2件入展。展览刚一结束,父亲的那个学生就把他叫了过去,摇晃着手里的几页纸说:"检举你的!"便以耽于书法影响公务为由解雇了他。看着张乐天离去的背影,父亲的学生淡淡地说:"我可以给你个饭碗,同样也可以给你砸碎!"

迈出省政府的大门,张乐天只有一条路可走了:卖画!他是艺术领域的通才,于书法,真草隶篆行,都有很深的造诣;于绘画,山水、花鸟皆精,人物也能来几笔。这次全省的书画大展说明了这一点。早些时候,张乐天在篆刻上也下过苦功夫。他的篆刻,上溯秦玺汉印,下涉明清诸家。尤其对吴让之用功犹勤,颇有心得。若干年后,我在京古斋见到他用青田紫檀石刻的朱文"焦氏应庚之印",与吴的朱文印几可乱真。1937年西泠篆刻名家方介堪陪同老师丁辅之游历到开封,对张乐天的篆刻一见钟情,便请张乐天治名章"方岩"。方介堪原名方文渠,后改名方岩,字介堪,以字行,其名倒几乎被人忘却。印刻好,丁、方二人大为赞誉,由方介堪出面在开封又一新饭店宴请张乐天作为答谢。丁辅之出席了这次宴会。

丁辅之给张乐天留下一封信函,让他持函去海上拜访书坛泰斗吴昌硕,或许对他的篆书和篆刻都不无裨益。秋风乍起的季节,张乐天拎着两只寺门老白家的桶子鸡坐上了东去的列车。到了上海,由于秋老虎肆虐,那两只桶子鸡已经有了异味。在一家小客栈里,张乐天就着白开水吃完了那两只鸡,连夜坐火车又回到了开封。这一次,虽说没见到吴昌硕,他却用身上剩余的钱买了一本新刊印的《吴昌硕临石鼓文》法帖回来。坐在大坑沿自己的家中,开始揣摩起这本从上海买回来的法帖。一天深夜,他对着这本法帖忽然狂笑不止,黎明的时候才趴在书案的一角睡去。《河南近代书法概览》一书对张乐天的篆书评价说:"大字石鼓左右参差取势,简穆高运,苍润不俗,酷似枯树春深著花。"也有评论家站出来,拿他的石鼓篆书和吴昌硕做了比较:吴书拙中有巧,而张书巧中带拙。于吴昌硕之外,可谓另辟蹊径。

张乐天写过一篇《自叙》文章,透露了他从艺的大致途径。他说:"吾诗、书为先父家传,画学乃生性所近。"诗歌一技,是那个时期文人的童子功,自小必须修炼的。张乐天的诗歌,不见结集传世,今天已很难窥其全貌了。他曾与夷门名士关百益、许钧、大相国寺净尘大法师等结艺林雅集社,但也没有发现他们之间有什么诗词唱和之作。张乐天的诗歌,今天能见到的,只有寥寥几首题画诗了。譬如《题秋林读书》:"秋高红树老,日冷青松秀。"《题深山古寺》:"巍巍千古寺,数里入云峰。"……有唐人风韵,深得王摩诘精髓。

一年后,张乐天退出艺林雅集社。因为他切肤地认识到,诗歌不能当饭吃,他得靠卖画养家糊口。起初,他的画风走的是黄子久一路,作画时用笔很大胆,把浓墨用到了极致,这些画画出了他对自然物象的认知和感受。然而,画挂到京古斋等字画店里,过一阵子去看,还依然纹丝不动地挂在那儿,他很是困惑。净尘大法师对他说:"要为艺术,你为自己画;要为生计,得为世俗画。"张乐天如醍醐灌顶,改学王蒙、王石谷诸人,画风为之一变。

此后的十年间,张乐天的画风靡汴上。他画室的门口,常有数家字画店的伙计等候。为争到他的画,字画店之间常常哄抬画价。博雅轩和古天阁的伙计为争夺他的画曾大打出手,为此瘦弱的博雅轩伙计被对方一拳打落了两颗焦黄的门牙。新中国成立后,开封市政协工作人员和他闲聊时,他无限怀恋地说:"当年我凭着一支笔,挣下了9处院落、上百亩的良田!"但是,他避而不谈的是,他的院落和良田后来都被分给了翻身得解放的劳苦贫民,为此他还戴上了资本家的帽子,让他在以后漫长的岁月里吃尽苦头。

晚年,张乐天在开封书店街景古山房门前摆了一个小摊儿,清瘦的身躯穿着一件满是补丁的长衫,已看不清是什么颜色了。小摊上胡乱摆放一些廉价的青田石和他自己画的书签、折子之类。画的内容很单一,淡墨画个山头,在远处勾几只飞鸟,然后题上"望断南飞雁"字样。这些物什都很便宜,大都是几分钱一个。然而,却极少有顾客来到他的摊前。

除非下雨,他每天清早出摊,黄昏收摊,颤抖着花白的胡子,孤苦伶仃的,在摊前一坐就是一天。

传薪有斯人

——读张晓林先生的《书法菩提·民国河南书法人物志》

吕东亮

张晓林先生的《书法菩提·民国河南书法人物志》是其近年著述中的一部。他在书的后记中说写此书是"偶然冒出的念头",此书是"被逼出来的一部书"。现在看来,这种机缘却成就了一部别开生面的著作。之所以说别开生面,是因为这部书有力地呈现了民国中原士人之风骨、中州书法之传承乃至中州社会之现代嬗变的轨迹,而这种呈现在此前的文学书写中是较为少见的。

《书法菩提·民国河南书法人物志》有志书的格调,也有小小说的风味,我们不妨当作志人笔记来读。关于志人笔记小说,鲁迅先生在《中国小说史略》中说:"世之所尚,因有撰集,或者掇拾旧闻,或者记述近事,虽不过丛残小语,而俱为人间言动,遂脱志怪之牢笼也。"摆脱志怪小说的猎奇逐异、故弄玄虚,从寻常人事中彰显令人感动的精神品格,是这类文字的追求。《书法菩提·民国河南书法人物志》也是如此。作者说,书中的几十个人物,不仅确有其人,而且时间、地点和重要事件都与历史吻合,具有很强的真实性。这是"志"的严肃性所在,也是志人笔记之韵味的基础所在。如果基础就是逞意妄说,那就是另一种文字、另一种味道了。自然,真实性不是志人笔记的全部品格,它是基础,基础之上是所写人物的风雅逸事以及其间焕发的人物风貌。提起志人笔记,人们常常想起南朝刘义庆撰写的《世说新语》,又进而联想到魏晋风度。读《书法菩提·民国河南书法人物志》,我也想起了《世说新语》,感受到了类似魏晋风度的民国中原书家的士人风骨。书中的人物,无疑都是书艺精湛之人,中原书法艺术的现代传承者,却并不以书家自限,而是在大时代的波澜之中活出了卓然不俗的人生境界。《蒋恢吾》《王友梅》《郦禾农》《靳志》等写书家们的傲视公卿、自重自尊,写出了他们身上的浩然之气,至于书家们在抗战时期表现出的民族大义,书中多有书写,彰显出他们书艺内外的家国担当;《冯友兰》《董作宾》《朱芳圃》《于安澜》等篇写学者书家,以平静的记述论证了他们渊深学养对于书法的滋润;《邵次公》《姜佛情》《卜亨斋》《张云》《顾渔溪》等篇则写了书家们的风流韵事以及内蕴其中的哀伤与怅惘,令人感慨不已。《书法菩提·民国河南书法人物志》中的人物,很多没有好的命运,不仅历经丧乱,而且自身的才名也为时代所掩,不仅得不到应有的尊重,而且常常遭到闾巷小人欺辱。《武慕姚》《石臣》《张铁樵》《李子培》等篇中的书家就是如此。他们在纷乱时世中的日常生活,不仅异常困窘,而且从事创作和著述的心志也受到邪恶之徒的摧残。他们看似有些乖张的行为和矫矫不群的书法完全可以视为对社会的一种反抗。从中可见，书家要留下一点有价值的东西是多么艰难，一个地方要涵养一种艺术氛围是多么艰难。正因为如此，我们不能不赞扬《书法菩提·民国河南书法人物志》打捞这些大历史中的失踪者的可贵。作者不甘心这些书法道统之传薪者的生命华彩被埋没，所以由书读人，在如实表现书家主要人生过程的前提下，对人物的生命片段进行了传神虚构。这是志人笔记应有之义，也不妨害人们对历史、对社会、对人情的认知。其实即便是正统的历史书写，也不可避免如"骊姬夜泣"那样的虚构细节。总体上说，《书法菩提·民国河南书法人物志》既有史笔，又有小说家言，二者关系的处理是比较好的。我比较赞同书后所附小说家石舒清先生的意见，觉得该书脱离了为奇而奇的窠臼，如果对一些篇目中的传奇性再有所抑制，会呈现出更好的品质。

《书法菩提·民国河南书法人物志》对民国河南的书写，是我格外看重的。这不仅仅是由于有了这本书，河南书法的谱系更完整了，人们也可以更分明地确认今日中原书法之辉煌是渊源有自的。更重要的是，这本书对于民国河南社会文化的书写，十分精彩，对于当下的河南文学创作，具有重要的启示。在我的阅读视野中，新世纪以来书写近现代河南历史的文学作品，比较值得注意的是张一弓的长篇小说《远去的驿站》、南飞雁的长篇小说《省府前街》，前者记述的历史来源于作者的父辈，自有一种切身性在，因而小说对于开封及杞县革命人物的书写,风神毕现,令人拍案叫绝,相信身为杞县人的晓林先生不会陌生;后者以一个银行家千金的情爱传奇串联起近现代开封的风云际会,虽然因为没有人物原型支撑而有几分虚弱,但作者的案头功夫是扎扎实实的,小说对于开封风土的叙述颇多可观之处。《书法菩提·民国河南书法人物志》因为书写的是书家,自然牵系着张晓林先生的情怀,也有一种切身性在。该书的案头功夫也是异常扎实,作者不仅大量翻阅地方史志,而且还频繁访寻相关的书家故旧,对材料的搜求近乎竭泽而渔,对材料的分析也表现出做学问的意识。于是,我们在作者笔下,看到了民国河南的官绅学商、五行八作,看到了民国河南的风花雪月、饮食男女,其中故事真的是颇资赏鉴,也很耐考究。当然,作者集中笔墨书写的,还是文人雅事、艺林佳话。民国河南省会开封的几代文人群体跃然纸上,邵次公、姜佛情、高道天、申桐生等人成立金梁吟社,亦诗亦书,名震宇内;后起之叶鼎洛、刘景隐、陈禹臣等人成立雷鸣诗社,倡导新诗,开风气之先;武慕姚、李白凤、郝世襄、陈雨门等人诗酒唱和、时相切磋,这些诗人的书艺在诗情滋养下精进不息;靳志、萧劳、张伯驹等人成立夷门书画社,饮誉一时;邹少和、祝鸿元、郑剑西等书家则对豫剧情有独钟,协力造就了陈素真等豫剧名家。这些书家群体或任教于河南大学等学府,或供职于《河南民报》、河南省图书馆、河南省博物馆等现代文化机构,对于传承以书法为代表的传统文化、完成书法艺术之现代化(比如举办具有现代性意义的书法展览)、促进河南现代文教事业之进步功莫大焉。他们的出处行藏、创作著述完全应该引起文艺史家的注意。作为一名现代文学研究者,我读《书法菩提·民国河南书法人物志》,不时有受教之感。近年来,随着全球化的高歌猛进,文化同质化的问题加剧。很多有抱负的作家为了保卫文化的多样性,选择了地方史作为书写对象,尝试着进行风土志、民族志式的文学创作。一时间,佳作迭出,引起人们重视。但是,目之所及,当代文学中关于河南近现代历史的书写还是太少了,引起关注的则更少。李準的《黄河东流去》已不大为人提及,刘震云的小说《温故一九四二》及电影《一九四二》让很多人记住了灾难,却忘却了河南。应该说,在风土志的创作潮流中,关于河南近现代历史的书写是严重不足的,这是与近现代河南历史的丰富性不相称的。在这种状况中,内容充实、意趣充沛的《书法菩提·民国河南书法人物志》的出现真的是令人欣慰。

张晓林先生在《书法菩提·民国河南书法人物志》中书写了几十位民国年间中原书法文化的传薪者,他自己也是一位传薪者,一位不可多得的传薪者。他是一位书家,书法刚健遒劲、磊落不俗;他亦是一位书法评论家,遍阅碑帖、博览群书,作文一向自出机杼;他又是一位作家,创作经年,尤擅笔记小说。他作此书,源于开封市书协王宝贵先生的一声叹息,于叹息声中他担起传薪者的使命,孜孜矻矻行此"出力不讨好"之事,诚可谓"传薪有斯人"也。传薪者书写传薪者,自有会心。

张晓林从相关史料的阅读中解读这些书家的生命意识和书法精神，增进了自己对于书法的认知，又将这种宏通深切的认知注入到书家形象的塑造中，使得该书整体显示出浑然之感。"丹青难写是精神"，这些书家留下的作品我们从书中可以领略，这些书家的生命精神借助作者的妙笔我们也可以充分感知。这些书家的生命精神也强化着张晓林的书法观，那就是技进乎道，书法的高格来源于书家的生命风韵，这生命风韵包含了书家的修为、学养、才情，也包含了书家在大时代中的人生抉择，是不可以等闲视之的。

姜佛情

姜佛情（1896—2001），字无情。擅小楷。晚岁书法作品传世不多。

第四巷云集着开封上等的窑子铺，每到黄昏，满巷子的窑子铺门口都会挂盏粉红色的灯笼。随着夜色的浓重，时而有灯笼被摘下。这时，就有微风偷偷钻进灯笼里去，蜡烛感到了羞愧和耻辱，有泪垂落。

下雨天气，成群的乌鸦打第四巷的上空飞过。妓女们难得遇见这样的日子，到中午的时候，她们才睡眼惺忪地从床上起来，坐在窗前梳妆，青丝如乌云般飞舞。脂粉掺杂肉欲的气味飘满了整个巷子，墙头的一只黑猫颤抖着胡须打了两个喷嚏，然后迅速消失在爬墙虎后面。

与第四巷遥遥相望的会馆胡同，虽说也是窑子铺，却完全是另一番景象了。胡同里的空气中散发着恶臭，低矮的房屋无论是顶檐或是墙壁，都长满了霉菌一样的苔藓。如果是雨天,房前屋后,院子里,到处都是泥泞,猪屎、狗屎和溏鸡屎搅在其中,有说不出的肮脏。间或有妓女打开柴门出来倒秽物,也都是黄黄的脸孔,头发鸡窝一般杂芜。有的甚至上衣都不穿,乳房松垮地垂在胸前,一副邋里邋遢的模样。

这是下等的窑子铺。

第四巷的妓女们在挥霍凝脂般肉体的时候,会馆胡同已开始向她们招手微笑;进了会馆胡同,再过些年,汴梁门外衰草萋萋的荒野就是她们的归宿了。

来这两个地方的人很杂。去第四巷的,多是官吏、商贾、军阀之流;而进会馆胡同的,自是脚夫、挑担货郎和落荒的土匪之类。但对窑子铺来说,只要腰间有银子,来的都是客。来客挥洒银两,图的是红尘一笑。黑猫白猫,妓女们无权选择,她们忍受卑鄙和脚趾间的污浊,靠银子获得心理上的平衡。这样倒也算尘世间的一种规则。

然而,第四巷里不乏多情的窑姐儿,当春天万物萌发的时候,她们开始抛出注定只会开谎花的绣球。这个绣球,燃烧着危险的火焰,一般都会抛向多才艺而又风流的公子哥。

第四巷的红妓金缕,就把自己的绣球抛给了夷门才子姜佛情。

姜佛情曾跟邵次公学习诗词,颇得几分次公的神韵。书法学钟绍京的《灵飞经》,又参以钟繇《宣示表》笔意,灵动而又厚重,在夷门书法圈被认为能将"二钟"两种迥异书风融会得了无痕迹的书坛怪才。在一次文人雅聚的时候,金缕对姜佛情一见钟情。

二人很快陷入情网。芙蓉帐里,金缕梨花带雨,颤抖若娇羞的海棠。姜佛情豪气勃发,拔下金缕鬓头的银钗,刺破中指,挤出一滴血在金缕的罗帕上,让金缕收好,说:"我要赎你出去。娶你!"金缕杏子一般的眼里便做了一梦,梦是金黄色的,有铜锈一样的花边,且有洁白的鸟儿依偎在垂杨柳柔软的枝头。

以后的日子,金缕再不愿意接客。夜阑人静之时,她燃上蜡烛,用清水一遍又一遍地擦拭自己的身体。擦拭过的身体在蜡烛的映照下,宛如阳春三月盛开的桃花。

老鸨开始恶毒地辱骂金缕。金缕用棉絮塞满耳朵,骂声变得若有若无,只看见老鸨的嘴在那儿滑稽地一张一合。金缕无邪地笑了,如玉般的小碎牙把老鸨暗绿色的长脸映衬得更加丑陋。老鸨收了客人的钱,夜半让客人硬闯进金缕的绣楼。金缕刚刚睡下,临睡,她把盛满洗澡水的木盆放在了绣楼门口。客人拨开房门,一脚踏进去,踩翻了木盆,"扑通",摔了一跤,后脑勺磕在门槛上,钻心地疼。客人感到无趣,落荒而逃。

姜佛情赎金缕的念头让父母残酷地捻灭了。他一急,就患上了一种古怪的病。睡到半夜,他常常因喘不过气而被憋醒,醒来之后浑身大汗淋漓,他感到了深深的恐惧,恐惧慢慢地侵占了金缕在他心目中的位置。请遍了开封所有的名医,吃了无数剂药,这种古怪的病丝毫不见起色。

家人请来了大相国寺静严禅师。号过脉后,静严禅师说:"只有遁入空门,其他无路可走。"

肃杀的秋风吹落了枝头最后一片树叶,憔悴的金缕叹了一口气。老鸨把她的小包裹扔出了窗外,会馆胡同的人在楼下等她多时了。金缕落下两行眼泪。她从贴身的亵衣中取出那枚银钗,用银钗刺破了自己的咽喉。

瞅着败絮一般的尸体,老鸨伏身上去号啕大哭。然后站起来擤了一把鼻涕,让人抬到西城门外,裹一顶苇席,埋在了乱草丛中。

河大诗人叶鼎洛,与姜佛情有过一段交往,在姜佛情的寓所见过金缕几面,并暗恋上了金缕。听说金缕葬身荒野,他灌进肚子半瓶汴州醉,扛起一把铁锹,深夜独自一人摸到金缕的葬所,将土掘开,用铁锹砍下金缕的头颅,携到自己的住处,剔除腐肉,用清水洗涤干净,再用红漆漆了,日夜对着鲜红的头颅吟哦,得了佳句,就刻在头颅上,刻满再漆,漆好再刻,时而痛哭,时而大笑。

几个月后,诗人叶鼎洛被学校赶出了校门。他的几个校友把他捆绑起来,送进了疯人院。

叶鼎洛被赶出校门的当天夜里,金缕的头颅被两三条野狗你争我夺地衔去了。河大老校工瘸腿老高以为那是个宝物,跟在野狗后面一颠一颠地撵有三里地开外。

姜佛情做了大相国寺的居士,他大部分时间都用来焚香诵经,用佛家心法修炼自己,已修得满面红光,身健体轻。念经之余,每天习练书法,他把明朝大才子文徵明的小楷笔意融进自己的书法中去,书法大有长进。

姜佛情活到一百多岁,忽然去世。去世之日,有一盏粉红色的灯笼在空中闪现。

张铁樵

张贞(1883—1967),字铁樵。民国开封榜书大家。

张铁樵的家住在铁塔附近。他的祖上是开包子铺儿的,打出的幌子却是"雷婆婆包子店"。雷婆婆包子是开封著名小吃,它的渊源可追溯到北宋宣和年间,孟元老著的《东京梦华录》"饮食"一节中曾经提及。

明明姓张却打人家雷姓的旗号,这里面有着怎样的逸事,到了张铁樵父亲这一辈,已经是无可考据了。

若按"老鼠生来会打洞"的老婆儿言去思考,张铁樵应该子承父业,继续卖包子,说得好听些,也就是继续做他的包子铺掌柜的。然而,就像端枪打兔子,准星突然跑偏了,于是,结果出现了意外。

张铁樵痴迷上了书法。事情来得很蹊跷,没有半点儿的可解释性。那天,一个清瘦的道士在雷婆婆包子店门口摆下桌子,铺了宣纸在上面写书法。道士手握如椽巨笔,灰色的道袍在秋风中哗啦作响。巨笔从洁白的宣纸上飘过,一个大大的"药"字醒目地展现出来。

站在自家的包子店门口,几屉肉包子正待出笼,袅袅白烟在张铁樵的眼前缭绕。他感到奇怪,他没有闻到诱人的肉香,却闻到了缕缕的药香。

那个秋天的下午,道士的跌打膏药卖得非常快,几乎让围拢过来的人群给疯抢去了。

道士收拾摊子的时候,一抬眼看到了魔怔了一般的张铁樵。他招招手,张铁樵走了过去。道士站起身,在他的头顶轻轻拍了两下,暧昧地笑笑,然后把褡裢搭在驴背上,飘然而去。

张铁樵的学书经历充满坎坷。父亲对他说:"练什么书法,顶吃还是顶喝,我不练书法,只卖包子不照样过得很好?"张铁樵是个沉默寡言的孩子,他不说话,只拿眼睛默默地看着鬓发斑白的父亲。

父亲立即暴跳如雷,将张铁樵狠狠揍了一顿。挨打后他一言不语,连着三天坐在家门口的池塘边发愣,看着两只黑蜻蜓围着一朵粉红色的荷花调情,然后压着摞摞停在了花蕊上。花蕊立即颤悠悠兴奋起来。

母亲害怕了,和父亲狠狠哭闹一顿。父亲再不管他练书法一事。张铁樵在心底一叹,自己对自己说:"我坐在池塘边,是在想怎么像王羲之那样把池水给练黑了。"

张铁樵在书法上有着超人的天赋。他的书法端庄而浑厚,颇有颜真卿的遗风。短短几年里,开封街头的匾额大都换成了他的墨宝。之所以他的书法会迅速风靡古城,除了书法本身以外,再就是他这个人不拿架子,不要大腕,好说话。他也没有什么润格之类,你只要求到了他的门下,他都会尽最大努力让你满意。

有一个阿九婆,在开封街头卖扇子。她是从扇庄批来,然后扪着篮子大街小巷去卖,生意不好。她的儿子被抓了壮丁,儿媳妇跟着一个小银匠私奔了,撇下两个小孙子。一家三口人,就靠她卖扇子来糊口。

哪天扇子卖不出去了,她和两个孙子就一起饿肚子。阿九婆脸上的皱纹,很少有舒展的日子。张铁樵找到她门上,把写好字的二十把扇子递到她手上,说:"去卖吧,卖完了就来找我。"等下次阿九婆来找张铁樵的时候,她脸上的皱纹一纹一纹地都舒展开了。

汴古阁的马老板让人送来请柬,请张铁樵去第一楼喝茶。汴古阁是开封做书画生意的大商铺,店主马老板曾跟大军阀孙殿英挖过东陵,后来解甲归田,就来开封城开了这样一个店铺。马老板虽说人生得粗糙些,但见人三分的笑颜,然而,那笑却让人感到浑身不自在。

第一楼喝茶回来,张铁樵几天都很少说话,他的脸色很难看。

日子依旧如往常那样,一天一天过去,张铁樵书法的名头在开封城越来越响亮,省里的要员已开始把他的书法往京城里送了。据说,京城四大公子之一的袁寒云私下曾打探过张铁樵的名字。

　　秋天到来了。一个阴雨连绵的黄昏,张铁樵结束了一个应酬往家走。眼看走到家门口时,从暗处蹿出两条大汉,对着他劈头盖脸一顿拳打脚踢。张铁樵还没有反应过来,嘴就被人堵上了,黑暗中听一个人说:"把右手的手指头拧折,中指剁掉!"张铁樵忽然感到一阵钻心般的疼痛,接着就昏了过去。

　　不久,开封街头就有了传言,说张铁樵的右手被人打残了,怕从此再也不能写字。有人甚至愤恨地骂道:"他会写字吗?傻大黑粗,一点笔法都没有!"阿九婆听到这个消息时,昏花的眼里落下两行浑浊的泪水。

　　那个时候,张铁樵正躺在医院里,他的右手打着绷带,左手和前来探望者一一握手。

性情落处有真意
——《书法菩提·民国河南书法人物志》简论

刘 军

作为一座老城,开封常常被人形容为没落的贵族。2003年,根据河南籍作家刘庆邦创作的小说《神木》改编而成,由李杨执导的影片《盲井》在香港上映,因其故事的惊悚性迅速在内地引起热议。关于这部电影,有一个人们所不知的细节,即它的取景地多来自开封老城。火车站、小街道、老城墙等地方,经过灰暗化的处理,将一种特有的衰朽气息呈现在观众面前。这部电影也因此遭受当时主政开封的官员的强烈批评,成为文化宣传部门不愿正面提及的一件事。李杨导演显然没有抹黑老城的意思,所谓的衰败与朽亡气息,不过是电影在场景设计上所做出的某种主观化处理。

在以经济为本位的时代背景之下,一座老城在新贵面前丧失掉话语权,也是一个可以接受的现实。毕竟,小到个人,大到城镇,绝不仅仅是只生活在当下,按照艾略特"没有过去和未来,现实就得不到拯救"的说法,当下不过是一个节点而已。记忆的丰富性和文化的绵延与积累,同样构成存在的重量。美国小说家福克纳甚至宣称,我现在不存在,我过去存在!作为曾经的皇城以及长时段的中原区域中心城市,开封所荟萃的文化精英非一时所盛,而是数代传承,其间产生的雅集、碰撞、交汇、继承等故事,恰恰构成了一座城市丰富的肌理所在。也正是因为拥有如此丰富的历史材料,后世才会有不同的人致力于钩沉、发掘、激活富于魅力的历史瞬间,重现一座城市文化记忆的同时,客观上也复活了这座城市的灵魂颜色。晚清民国时期,开封作为区域中心成为历史进程中最后一段余晖,当然,也是距离今天最近的一个时段。笔记小说名家张晓林作为蔡文姬故里之人,现今就生活在老城开封,写作之余,耕耘于书法、篆刻领域。因此,对书法史及人物掌故颇为熟稔,《书法菩提·民国河南书法人物志》之前,其笔力多运用于书法人物,有《宋朝故事》《书法菩提:金明池洗砚》《宋真宗的朝野》三部书法题材的笔记小说集子出版,进而构成了致敬书法前贤的系列写作。这一点,在全国的小小说名家中,可谓独特的山峰一座,也构成了小小说领域一处颇有意味的景观。

《书法菩提·民国书法人物志》在类别上可归入志人小说的范畴。图书的标题中不仅有人物志的信息提示,尤为关键的是,集子中的历史考据特性及由此特性延展而出的人物与故事的真实性,使得这部集子非虚构特色鲜明,再加上篇幅上的短小,艺术处理上的以形传神,足以说明其与古典志人小说的一脉相承的特性。提到志人小说,它是古典文言系统小说的重要组成部分,从内涵来看,志人小说这个名称的使用自鲁迅始。他在《中国小说的历史的变迁》一文中有"六朝时之志怪与志人"一讲,对志怪与志人小说做了区分。历史上最早对小说进行分类的,是唐代史学大师刘知几,他指出:"爰及近古,斯道渐烦,史氏流别,殊途并鹜,榷而为论,其流有十焉:一曰偏纪,二曰小录,三曰逸事,四曰琐语,五曰郡书,六曰家史,七曰别传,八曰杂记,九曰地理书,十曰都邑簿。"(刘知几《史通·杂述》)这十类中今人认为是小说的,只有"逸事""琐言""杂记"三类。其中"杂记"一类实际是今人所说的志怪小说。刘氏所说的逸事小说,即指《西京杂记》一类偏于记录野史故事的小说,而他所说的琐言,则指《世说新语》一类以只言片语或简略勾勒来刻画人物为主的小说。总体而言,琐言小说多模仿《世说新语》的体例,以记载文人事迹为主;逸事小说在形式上则追随《西京杂记》,不分门类,只分卷次。内容庞杂,以收录闾巷传闻、野史故事为主,因此,这一类别中夹杂着许多非小说成分的故事,需要针对具体文本加以分析认定。

越名教而任自然的独特思想背景下,《世说新语》作为志人小说源头,一开始就站到了审美的制高点上,内中所传达出的风神美学震古烁今。其后,志人小说致力于古风、古韵的开掘。张晓林的这部新集子也不例外,因为致力于民国河南书法人物的刻画,所以,开掘出的是独特的民国风韵。众所周知,民国时期是新旧文化交织的时期,在不同地域,新旧文化交锋的态势各有不同。河南地处中原,首先,这里有全国三所留学欧美预备学校中的一所(河南大学的前身),有民国时期国立大学之一的河南大学,新潮事物与新潮文化的获取几乎与沿海地区同步;其次,这里保守势力又非常强大,传统的道统与文人传统多有延续;最后,书法作为一种独特的文化体式,向古而不向新的特性,决定了书法家们士人特性、士人风骨的存留非常明显。就寓居当时省城开封的各界书法名流而言,很多人与市井文化之间多有缠绕之处。而兼顾士人风采与市井文化,恰恰也是这部书法题材的小小说集子的特色所在,从而与《宋朝故事》聚焦于文人精神区别开来。集子中,卜亨斋与韩吾经的逸事堪为典型。早年的卜亨斋对于仕途抱有很大期望,以至于游历期间专门携带信鸽一只,期待家乡传来补实缺机会的音讯。甚至每到一处,皆与书童玩起补空缺的游戏。在情感世界里,他与天津名妓以及一位女诗人多有瓜葛。而在寓居开封期间,终悟到书法之真谛,在隶书上有所成就。韩吾经的经历更为传奇,先入沙门,然后再入武林,又成为杏林高手,后归于书界,发生在他身上的故事可谓跌宕起伏,集民间侠士、医界高人、楷书行家的多重角色于一身。

  士林文化讲究风骨、气节,讲究立身之正与殉道精神。民国士林处于文化范式转型时期,尽管文人雅士有迂腐的一面,精神气质上也有杂色的进入,但是就书法人物而言,总体上有回光返照之势。这一点作为主脉,贯穿于张晓林笔下的系列人物身上。如大篆名家蒋恢吾在日寇攻陷开封期间对伪省长的拒绝,朱芳圃作为甲骨文专家对待学术的献身精神,以至于患上了严重的眼疾,然一份痴心不改,彰显出一代学人、书家格物致知的立身之道。还有吞鸦片自杀的汴梁名士邵次公,尽管小节有污,但也正是因为对名声的珍惜和爱护,最终走上了绝路。擅长楷书的丁豫麟遭遇恩师的冷淡之后,不废尊师之道,依然在年节看望对自己有提携之恩的杨子亭。另有1903年中进士的靳志,不仅长于书法,也长于语言,曾有欧洲多国的外交官生涯。袁世凯称帝时靳志曾联名发电报反对之,几遭暗杀。南京政府成立后,又因为他出访苏联并与斯大林一见如故的因由而被排斥。身在仕途而不贪恋权力,可谓清虚而自守。1938年底,兰封战役后,开封陷落,进入了长达七年的日据时段。气节之为大者,乃民族气节。考察这一阶段书林人物的踪迹,最能说明问题。除了少部分撤离开封之外,很多书法家或避世隐居,或改头换面,几无投靠外敌或者与伪政府沆瀣一气者,对于这个问题,这部《书法菩提·民国河南书法人物志》虽然没有面面俱到,但也有不少细节涉及,以之可观中原文人的立场和操守。

晚明散文家张岱有一句颇为自得的名言:"人无癖不可与交,以其无深情也;人无痴不可与交,以其无真气也。"这里的癖好并非指性格怪异、个人爱好生僻,而是指某种独特的精神个体性的表现,或者可以理解为一种执着、一种根深蒂固的信念、一种为人处世的原则。张晓林笔下的民国中原书界人物,在癖好上各有轩轾,自然有特立独行之一面。在两千字上下的篇幅内,作家在技术上往往不是依靠情节推进来设置戏剧性张力,而是挖掘那些特立独行的语言行动细节,以个别反映一般,以形传神,勾勒人物性格至真至纯的一面。以性格呈现来设置张力,这一点,既传承了古典志人小说写人物的传统,又在艺术处理上与当下的其他类型的小小说区别开来。王德懋篇中,因为蒋三下毒杀鸟类的行为,两人就此而绝交。李锡恩篇中,李锡恩请朋友们吃鱼,却又怜惜鱼儿的性命,竟放掉了它们,朋友们落座后,各送一幅鱼儿的拓片,结果,"吃鱼成了看鱼",就此成就了一段佳话。申桐生篇中,申娶了位大户人家的小姐,然而这小姐却迷恋功夫,对丈夫潜心书法颇不以为然,甚至摔破了砚台,但在其受到街头泼皮的挑衅时,又能够挺身而出。行草名家张仁甫则宣称,读懂《逍遥游》者,两个半人尔,一个是庄子,一个是刘文典,还有半个就是他自己了。狂放之处,甚为有趣!诸如此类,在这部志人小说集子里随处可见。中唐的皎然有"但见情性,不睹文字"之说,这八个字用在这些人自然风流的做派上,恰到好处。

除了写人如刀刻之外,这部志人小说在历史考证上也下了大功夫。作家在后记中谈到,不重传言和夸饰之词,书写内容尽可能地接近历史原貌。而众多书法人物的生平,单靠图书资料显然不够,需要做大量的寻访工作,让文字记录与言传间互证真伪。此外,每则人物志之后,皆附上他们存世作品的照片。辑录这些遗世之作,需要付出大量的时间去考证并加以甄别、比较。

本书在体例上以书体为别,计分八个小辑,涉及大篆、小篆、楷书、行书、草书、隶书、魏碑等体式。由此也说明中原书法在民国时期所取得的成就及全面发展的态势。追求意境之美,在作品中确立审美个性,这两点正是文学与书法共通的地方。再扩大一点,恐怕也是所有艺术门类共有的品质。

邹少和

邹廷銮(1872—1945),字少和。书法师承晋唐。

清光绪二十八年秋,邹少和在开封的河南贡院参加乡试,考中第389名举人。第二年,参加礼部会试的时候,运气却没有那么好,名落孙山。

他父亲托门子,掏了些银两,在京城巡警部给他捐了个"警正"的职位。邹少和对这个"警正"不感兴趣,很是苦闷。那些日子里,他痴迷上了戏曲。很快,他与杨月楼、汪桂芬、俞菊生等京剧名角都成了好朋友。

辛亥革命爆发,邹少和告别京城戏曲界的朋友,回到开封,在经教胡同定居下来。他与萧劳、张伯驹、靳志成立了夷门书画社,探讨绘画和书法。

邹少和的书法,四体皆工,尤以行草见长。他的行草独辟蹊径,以苏轼笔意写晋人风韵,潇散而蕴藉。他认为,书法得给人美感,如果书法执意追求丑的东西,那书法还有什么存在的价值?

然而,书法对邹少和来说,只能算是客串,闲来捻管罢了。

人们津津乐道的,是他的画。在开封,他画画的名气,要比他书法的名气大得多。

他是个花鸟画家。他的花鸟,走的是北宋徐熙一路,野逸潇散,山林之气浓郁,没有一点儿文人的造作。他并非不会画山水,在京师的时候,他的山水画照样技压群雄,田际云、程砚秋、尚小云等很多名伶都跟他学过画。京剧大家姜妙香跟他学画时间最长,后来又推荐弟子沈曼华也来跟着学。

回开封后,邹少和不再画山水画,完全是因为一个人,这个人就是祝鸿元。祝原在省政府任职,雅爱丹青,专注于山水画。晚年隐居夷门,以卖画为生。经人介绍,豫西大实业家耿某来开封京古斋买祝鸿元的山水画,一进店门,他却被另一幅山水画中堂吸引住了。那幅画画得烟雨空蒙,层峦叠嶂,气势壮阔。山深处勾一茅舍,有二高士煮茶论道,给画面平添了几许婉约。整幅画意境幽邃脱俗,耿某看得两手竟攥出汗来。耿某阅画极多,能让他一见心动的不多。

后来,耿某没有买祝鸿元的画,却把邹少和的那幅山水画买走了。邹少和听说了这件事,跌足长叹,以后就洗手不再画山水画。

邹少和生性耿介,偌大的开封城,他愿意交往的人不多。但他能与祝鸿元作彻夜长谈而不知疲倦,把祝引为知己。从北京回到开封,生活里少了京剧、梆子戏,邹少和觉得丢了魂一般。祝鸿元劝他去看看豫剧祥符调,并且对他说:"祥符调中有个叫陈素真的,唱《三上轿》,那才叫好!"

邹少和说:"不看!"

邹少和有个多年的怪毛病,从不看坤角的戏。他也说不出来什么原因,就是讨厌坤角戏。祝鸿元也没说什么,只是笑了笑。

隔几天,祝鸿元备了家宴,请邹少和来小酌两杯。去时,见祝家有一年轻女子,往日未曾谋过面。女子眉目清秀,看上去很瘦弱。正疑惑间,那女子向他开口打招呼:"您老来啦?"一霎间,邹少和愣住了。这声音宛若雏凤在梅林中鸣啼,他还从没有听到过这么美妙的声音。他开始对这个瘦弱的小女子充满好奇。

席间,经祝鸿元介绍,邹少和才知道,和自己打招呼的那个女子就是豫剧名伶陈素真。

接下来的日子,邹少和一口气看了陈素真主演的《凌云志》《齿痕记》《涤耻血》等剧目,越看越想看,只要是陈素真出场的戏,他像着了魔一般,场场都看。他完全被陈素真的戏给迷住了。

邹少和开始研究豫剧,不久,他写出《豫剧考略》一书,成为第一部研究豫剧的专著。这部著述,给了陈素真很高的评价,称她为豫剧中的梅兰芳。

1936年春,京剧名家尚小云来开封演出,闲暇时去经教胡同拜访他,他向尚小云推荐了陈素真的祥符调。尚小云提出看陈素真的《涤耻血》。唱这场戏的时候,陈素真的嗓子"倒"了,一时之间,竟无法登台唱戏了,她感到很痛苦。

邹少和常派人接陈素真到家里来,教她画花鸟,画草虫。过一阵子,夏天到了,有人拿了扇面让她画。画好了,看看,不成个样子。邹少和站在一旁,拿起画笔,左一涂,右一抹,再看,像一幅画了。

邹少和专门给陈素真写了一出戏,《蟠桃会》。看了本子,陈素真很喜欢,她在心里说:"我要演火它!"刚演了两场,卢沟桥事变爆发,陈素真开始演《伉俪箭》《克敌荣归》等御敌救国一类的武戏。

日本侵入开封,邹少和所在的汴京面粉公司倒闭,他失业了。有旧时好友王某拉他出来给日本人干事,被他大骂一通赶出家门。

日本投降的那年秋天,邹少和病逝。

宣纸上记忆的地域书家

刘 莉

初读张晓林的小说《书法菩提·民国河南书法人物志》（以下简称《人物志》），我有着奇特的阅读体验，那是一种熟悉的陌生。这种感觉让我兴奋。熟悉，因为它让我瞬间联想到了志人小说的巅峰之作《世说新语》；陌生，因为它显然又不同于《世说新语》，有着诸多的创新之举。这种继承中的发展，使《人物志》显示出了一些新的美学特质。

1

根据目前发现的史料，"志人"一词最早见于《文子·上义》："今志人之所短，忘人之所长，而欲求贤于天下，即难矣。"显然，这里的"志"与"忘"相对而言，应当解释为"记忆"，而非书史记录之意。到魏时的刘邵写《人物志》，"志人"一词方表示记录人物。正如王三省在《序人物志后》所言："是以知人之哲，古人难之，言貌而取人者，圣人弗是也，兹刘邵氏之有以志人物也。"

"志人小说"作为学术术语出现当归功于鲁迅。鲁迅分析说:"汉末士流,已重品目,声名成毁,决于片言,魏晋以来,乃弥以标格语言相尚,惟吐属则流于玄虚,举止则故为疏放,与汉之惟俊伟坚卓为重者,甚不侔矣。"释与道互融,其结果是清谈流行一时,于是"世之所尚,因有撰集,或者掇拾旧闻,或者记述近事,虽不过丛残小语,而俱为人间言动,遂脱志怪之牢笼也"(鲁迅:《中国小说史略》,上海古籍出版社2006年版,第280页)。1924年,鲁迅在古城西安做题为《中国小说的历史的变迁》的演讲,第一次用"六朝志人的小说"这一术语,区别于"六朝的志怪小说"。这样,从题材的角度,他将书写"俱为人间言动"的一类归为志人小说,将书写"鬼神志怪之书"的一类归为志怪小说。这种井然有序的划分,被后来的学术界广泛接受。例如,吴志达《中国文言小说史》、宁稼雨《中国志人小说史》都沿用了"志人小说"的称谓。当然,也有用"逸事小说"一词的,如陈文新《中国笔记小说史》、侯忠义《中国文言小说史稿》。还有用"清言小说"一词的,如郭箴一《中国小说史》。

鲁迅所论的志人小说,单指"世说新语与其前后",这成为《中国小说史略》第七章的标目,因此他并没有进行志人小说子类的划分。而在他之前,刘知几、胡应麟、纪昀等都对此类小说有过不同的概念和分类。如下表所示:

代表人物	分类	出处
刘知几	三曰"逸事",如《西京杂记》等;四曰"琐言",如《世说新语》等	《史通·杂述》
胡应麟	第三为"杂录",如《世说新语》等	《少室山房笔丛·九流绪论下》
纪昀	一为"杂事",如《世说新语》《西京杂记》	《四库全书总目提要》
鲁迅	"志人"如《世说新语》	《中国小说史略》《中国小说的历史的变迁》

由此可见,鲁迅的"志人小说"大抵对应于刘知几的"琐言"和胡应麟的"杂录"。鲁迅使用"志人小说"这一术语,首次厘清了与"志怪小说"的界限,这是多有益处的。但同时,我们也应认识到:"志人小说"不仅仅包括以《世说新语》为代表的通过简单勾勒或零碎话语雕琢人物的琐言小说,也包括以《西京杂记》为代表的记录野史故事的逸事小说。

张晓林的《人物志》就是这样一部集逸事和琐言于一体的志人小说。像《世说新语》一样,《人物志》不写凡夫俗子,而是聚焦风流名士。因这些名士或具有超出常人的社会贡献,或拥有极高的社会知名度,或居于较高的社会地位,或具备良好的社会美誉度,自然吸引了更多的关注。但是,《人物志》显然又不同于《世说新语》,其具体表现为:

其一,从时间上说,《世说新语》主要记载东汉末至东晋200多年间的士族阶层的逸闻琐事,而《人物志》则将目光投向民国时期。从清朝灭亡至中华人民共和国建立,民国存在的短短37年经历了破旧立新、改朝换代,在中国近代史上具有重要地位。此间出现的风云人物,与历史形成相互阐释的关系,真人实事分外引人注目。

其二,从地域上说,《世说新语》描绘的人物足迹遍布大江南北,而《人物志》只写长期生活在人物志的书法家。据《史记》卷77《魏公子列传》载,人物志是战国魏都城的东门,后成为大梁(即后来的开封)的别称。唐代诗人王维根据《史记》中信陵君窃符救赵的故事写出七言古诗《夷门歌》。有着2700多年历史的古城开封,承载着"汴京富丽天下无""琪树明霞五凤楼,夷门自古帝王州"的美誉,北宋时期东京开封更是名冠一时的世界第一大城市。昔日"东京梦华",今朝又是怎样的人杰地灵呢?此外,作家张晓林生于河南省杞县围镇,后长期工作在开封市,活跃于文学、艺术领域,他对这座历史古城自有多于常人的知晓、理解和亲近。在感同身受中书写曾经的人、曾经的事,讲出来的故事又当别有风味吧!

其三,从人物身份上说,《世说新语》以85000余字书写了650余个人物,其中名人政要占了大部分篇幅,并由此涉及当时上流社会的生活方式、重大历史事件、民风民俗及社会生活的各个方面,魏晋名士的精神风貌、思想性格得以鲜明体现。正如明代胡应麟所赞:"晋人面目气韵,恍忽生动。"(见胡应麟《少室山房笔丛·九流绪论》)。与之不同,《人物志》书写了民国时期的多位书法家,他们多生于清朝,成名于民国,卒于新中国时期,他们传奇般的经历、多舛的命运,与波澜起伏的时事、风雨飘摇中的国家民族紧密相连,更与自身书法艺术的精进不可分割。鲜明的性情和极高的才情,给这些书法家打上了区别性的符号,使他们成为有代表性的品牌书家。同为书法家,作家张晓林把自己对书法的知识、顿悟写进了小说,试图通过历史上开封城中这些鲜活的书法名家的故事诠释书法、绘画、文学与一个大写的"人"之间的关系。

张晓林的《人物志》继承了中国古代志人小说的传统,集《世说新语》的"琐言"和《西京杂记》的"逸事"于一体,多位品牌书家浮出历史地表。

2

我国自古就有人物品评的传统。远在先秦时期,孔子出于"仁政"思想和维护"礼"的需要,就提出一系列考查、评价人物的方法。例如,他将门人分为"德行""政事""言语""文学"四科;又如,因禀赋和气质的先天不同,他将人分为四种:"生而知之""学而知之""困而学之""困而不学"。由于儒家对中国文化的深远影响,孔子的这种做法——将人分级分类、分别品题人物,对后世产生了示范作用。其后,孟子认为人的道德修养有神、圣、大、美、信、善六个不同等级,并依此进行人的品评识鉴。到东汉时期,人物品评成为普遍的社会风气。因为人才仕进,无论是通过公府直接征辟,还是通过地方察举孝廉,都必须首先"因名立教",因此"名教"兴盛一时。到曹魏时期,九品中正制的推行促进了人物品评的长足发展。原本只限定于政治人物的品评,渐渐发展成对人的面貌、风范、才华及智慧的品评,从而上升到美学的高度。《世说新语》就是这样一部人物品评的审美之作。

张晓林的《人物志》是以人物品评为核心的志人小说,这从小说的叙事结构上可以一目了然。在《人物志》这一总标题下,作家直接用一个个真实的书家姓名作为小标题,然后在其名下标注生卒年、字号、擅长的书法门类等相关信息。按照结构主义的观点,叙事结构是叙述者思维方式的体现,这直接关涉作者对人物、事件的理解与把握。这种类似教科书的写法,以陌生化的效果时刻提醒读者:这是真人真事,不是野史戏说。张晓林对人物的品评,正是建立在这些真实史料的基础之上的。

张晓林在小说《人物志》里采取了短小、精警的叙事策略。《世说新语》是分类开放式结构,即以类相从,按照人物性格类型,将名士的逸事琐言分为"方正""雅量""任诞""简傲"等36个门类,其间同一个人可能出现在不同的门类中,这说明刘义庆已经认识到人物性格的复杂性和多重性。《人物志》中的人物品评不是对人物的总体评价,作者有意突出人物性格中的某一方面,或生活中的某一片段,而对其生平背景等并不一一交代。例如,《姜佛情》只写了姜佛情与红妓金缕之间的传奇故事,《邵次公》只写邵次公与女诗人李澄波之间的风流韵事,《邹少和》侧重描写邹少和对绘画、戏剧艺术的偏爱等。短小精悍的叙事既节俭了笔墨,又给读者留下了审美想象的空间。以《姜佛情》为例,姜佛情与红妓金缕轰轰烈烈的爱情终抵不过世俗的压力,最后只落得才子削发为僧、佳人香消玉殒。在读者不禁暗自神伤之时,文末陡然出现一个对比:一方面,河大诗人叶鼎洛对金缕头颅疯狂地爱恋与把玩;另一方面,姜佛情"用佛家心法修炼自己,已修得满面红光,身健体轻。……书法大有长进。"小说的结尾颇为神秘:"姜佛情活到一百多岁,忽然去世。去世之日,有一盏粉红色的灯笼在空中闪现。"小说戛然而止,却又余音绕梁,兴味无穷。

3

鲁迅在《中国小说史略》中说:"记人间事者已甚古,列御寇韩非皆有录载,惟其所以录载者,列在用以喻道,韩在储以论政。若为赏心而作,则实萌芽于魏而盛大于晋,虽不免追随俗尚,或供揣摩,然要为远实用而近娱乐矣。"鲁迅认为:有两种类型的"记人间事者",其一是以列子、韩非为代表者的喻道论政之作,其二是以志人小说为代表的"追随俗尚,或供揣摩"的娱乐之作。鲁迅认识并肯定了唐前志人小说的娱乐趣味。

然而,张晓林的《人物志》却不是以娱乐为目的的志人小说。《人物志》中每个书法家的故事,单独成为一个叙事单元,彼此独立,各不影响。姜佛情、陈雨门、许钧、邵次公、张乐天、邹少和的故事个个精彩。他们那成为小标题的名字,似乎昭示着一花一世界，一树一菩提。这恰似中国画所运用的散点透视法将多个看似无关联的点统一于一个画面之中，观赏者只有从整体把握才能洞悉作者的目的。整部《人物志》不追求书家形象的完整，看似是六个无因果关系的小小说，但综合起来则是民国时期书法家言行的记录，较有代表性地反映了那个时期艺术家的精神风貌。

张晓林的《人物志》读起来确实有一种闲适的滋味，但娱乐并不是它的主要目的，作家力图通过这些名人逸事、名人琐言来书写他对于书法与书家之间关系的思索。这延续了张晓林在长篇笔记体小说《书法菩提》中的思考。作为作家和书法家，张晓林成为第一个用小说的方式来塑造书家形象的尝试者。《书法菩提》摆脱了用书法史料来诠释书法技巧的桎梏，站在文化的、历史的、人性的高度去审视北宋的书法群体。他发现凡是大书法家无不兼具德、才、学、识，拥有大性情、大智慧、大境界，所谓"字如其人"是也。

在古代，作家和书法家被统称为文人，二者并无明显的界限。例如，苏轼、蔡文姬、黄庭坚等，文与字俱佳。在当代，社会分工的结果出现了专门的书法家，同时也制造出了一大批只会写字的匠人。张晓林的创作试图告诉人们：书法艺术只有与文学相结合，才可能有更广阔的前景。

《道林诗》帖

米芾六岁搦管临池,就风风雨雨再没有间断过。

他家的门口,原有一方池塘,池水清澈,米芾常到这儿洗砚,十几年过去了,池水都成了墨色。岸边有几棵梅树,开出的花也都成墨梅了。

临习书法,其实是件很苦的差使。早年间,每逢挥毫临帖,米芾头上都要顶一只大瓷碗,碗里注满水,手腕、肘随笔游动,而头不能动,这叫熬笔功。起初,老是觉得碗随时会从头上掉下来,慢慢地,这只碗就不存在了。

成名后,米芾日挥三百纸而不累,手底的功夫就是这时候练出来的。

米芾学习书法的绝招,叫"集古字"。

米芾喜欢颜真卿的行书。他书法里面的很多特殊笔法,譬如他常用的"蟹抓钩",就集自颜真卿的《争座位帖》。颜真卿偶尔用之的笔法,或者无意间流露出来的某一种写法,到米芾这儿就强化了,突出了。这是他的聪明过人处。

米芾临前人帖的功夫也极深。别人让他鉴别前人墨迹,他都要留下来临写数遍。等人来取,他把临写满意的一幅与真迹一并拿出来,让来人挑选,来人往往会把他的临作取走。

临古帖,米芾原来下笔很草率,一天能用去很多张纸。有一天,家里来了一个道士,他看了米芾的用笔后说:"这样不行。"

"那该怎样?"米芾问。

道士说:"你用五两银子买我一张纸,我再告诉你。"

纸买来,米芾对着纸凝视了三天,才敢下笔。他很快揣摸透了,书法得有提、按、使、转。书法,光书不行,还得有法。

只是,他再也没见过那个道士,这在他心底留下了一个谜。

米芾在淮阳做小官时,打听到湘西岳麓寺中有唐沈传师的《道林诗》法帖。沈传师是米芾佩服的为数不多的书家之一,而《道林诗》帖又是沈的得意之作,米芾决定去湘西一趟。

乘舟来到岳麓寺,寺里的方丈接待了他。

方丈很客气:"施主天下名士,来小寺有何见教?"

"想借《道林诗》帖一观。"

方丈笑笑,让小沙弥取来《道林诗》帖墨迹,交与米芾。

米芾携帖回到寺中下榻处,燃上蜡烛,连夜琢磨起来。猛一看,此帖很平淡,也只是有点俊逸可爱罢了。看久了,米芾就有些心惊,他渐渐看出了其中的奇妙。他慨叹道:"平淡中寓奇崛,有超世之真趣啊!"

米芾爱不释手了。

五更天,米芾把《道林诗》帖藏在行囊中,也不和方丈打招呼,偷偷地溜出寺去。

天明,小沙弥慌慌张张地告诉方丈:"米施主把《道林诗》帖偷走了!"

方丈捻须而笑:"《道林诗》帖与米施主有缘哪!"

但是,这件事后来被蔡京的小儿子作为丑闻给曝了出去。

米芾到雍丘做县令后,《道林诗》帖有一天莫名地丢失了。

米芾失魂落魄了好长一阵子。

有一天,雍丘狱吏拿了一卷法帖找到米芾,想请教一下它的价值。米芾一眼就看出来了,是《道林诗》帖。字幅展开,米芾的心骤然地刀剜一般疼了一下:《道林诗》帖只剩下了上半卷,下半卷已不知哪里去了。

米芾失态地问:"哪儿得来的"

狱吏说:"从一个大盗身上搜来的。"

"那下半卷呢?"

"搜出时就这些。"狱吏答。

米芾急忙提审那个大盗。大盗竟也书生模样。大盗说,这是一个徒弟送他的。他也曾问过下半卷的下落,徒弟告诉他在圉镇住客栈时,遗落到客栈里了。

米芾就去圉镇客栈里查寻。他一家客栈一家客栈地进,东瞅瞅，西看看，有些贼眉鼠目的样子。

终于，在一家客栈的柴房木板门上，米芾看见了《道林诗》帖的下半卷，只是已经被糊在门上当成糊褙纸了。

米芾呆呆地站在木板门前，泪花纷飞。

对着一扇破木板门落泪，围观的人们想，这多半是个疯子。

无己叟

张栐(1900—1975),号无己叟,书法理论家,擅小楷。

他是夷门为数不多的书法理论家,脾气怪异,喜饮烈酒,总是把自己灌得烂醉如泥,常无缘由地朝陌生人咆哮。最苦恼的事情是夷门的书法圈子把他排斥在外,认为书法理论和写字是两回事,你理论再好,字写得不好依旧是被嘲笑的对象!夷门人最讲究实际。

昏黄的灯光下,张栐常常坐在书斋里翻阅那部祖传的明末刊印本《宋笔记大观》,他有一个设想,要从这套书中将黄山谷有关对书法的论述摘录出来,然后加以注疏,刊行于世。在他看来,黄山谷零星的书论微言大义,对书法家不读书这种现象的鞭挞深入骨髓,尤其切中夷门书坛时弊。夷门书家重挥毫而轻读书的现象由来已久。

张栐常自比前贤蔡邕。蔡邕一生藏书三万余卷,这个数字让他深感汗颜。在他的书斋里,加上祖传的善本、孤本也不足万卷。张枨编写了三部书法理论方面的著作。第一部《蔡邕〈九势〉解读》,他另辟蹊径地阐述了自己的观点:与其说《九势》是一部书法理论著作,倒不如说是一部论述"道"与"自然"的道家真言。他甚至认为《九势》应该与《道德经》一起,被称为道家"真经"双璧。第二部是《大醉和微醺对书法的魔力》,在这本只有32页薄薄的小册子里,张枨列举了王羲之、张旭、石曼卿、苏东坡等大量实例,来证明酒在书法家挥毫时所产生的魔力,这种魔力具有神秘的力量,来无影去无踪,谁也无法说清楚它。从而得出了大醉适合写狂草,而微醺则适合写行书的结论。在他看来,如果一个书法家从不喝酒,永远处在清醒的状态,那么他的书法永远进入不了像《兰亭序》那样的最高境界。在这本书的最后一个章节,他提到了个案米芾,米芾不需喝酒,只要一捉毛笔,马上就能进入"微醺"状态。像米芾这样的奇才,简直就是为书法而降生到这个世上的!第三部就是前面已经提到的《黄山谷题跋书论注释》。

有段时间,他喜欢上了欧阳修的《新五代史》,并且在读第三遍时明白了欧阳修著这部史书的真实意图。这部书中,欧阳修每写到一个人的死亡,大都会用"以忧卒"三个字作为结尾,而想就那个时代发表一点什么议论的时候,又往往会以"呜呼"二字作为开端。这五个字让他心惊肉跳,夜半梦境里总是听到它们三两成群地在黑暗中凄厉地啼哭。他真想知道,近千年的时间里,有几人读懂了这五个字。

张枨的父亲去世的时候,托付给他一件事。他家原来藏有夷门名士常茂徕手抄本《续两汉金石记》一书,有一年他父亲游历洛阳时,身上的盘缠为盗贼所窃,就把这本书押在了龙门庞家,用它换取了返回开封的银两。赎书的日子,张楙只身一人来到了龙门。不巧的是,庞家老掌柜已经故去,现在是小庞掌柜执掌门户。

让人没有想到的是,当张楙拿着老庞掌柜立下的字据找到小庞掌柜的时候,对方却拒绝还书,其理由令张楙啼笑皆非。小庞掌柜说:"老掌柜已命赴黄泉,字据为他所立,那你只有到黄泉路上找他去了结了。"说过,小庞掌柜先自哈哈大笑。

张楙在龙门住了下来。他很快打探到,小庞掌柜并不是老庞掌柜的亲生儿子,而是他过继过来的别姓儿子。张楙替老庞掌柜唏嘘再三,找到他的坟茔,把赎书用的银圆埋在坟头旁边,深深地鞠三下躬,说:"庞老掌柜,钱我替父亲还你了!"

那是黄昏时分,荒野空无一人,夕阳把张楙的身影拉得很长。他想:赎书是一回事,还钱则是另一回事。

在随后的几年里,张楙数次游历河南境内的各大名胜古迹。在获嘉武王庙,他很恭敬地参拜了毕公。他闹不明白,民间为什么会把毕公塑造成一个主宰天下文运的神。走出毕公殿,张楙被眼前的景象惊呆了:当院那棵有着数百年树龄的老楸树下,一个七十余岁的老妪,个子低矮,满头银发,穿一身粉红色衣衫,手里紧紧握着一杆巨大的杏黄旗,站在一块方石砖上挥动如风,"唰唰"之声鼓动着张楸的耳膜,令他头疼欲裂。老妪越舞越快,最后竟舞成了一个红黄的球团!

1946年暮春,张楸把老妪恭恭敬敬请到了开封。在龙亭前开阔的广场上,张楸让人支起三口大铁锅,里面盛满猪牛羊肉,下面用榆木劈柴煮,噼噼啪啪,不时有火花迸出。离三口大锅不远,一字排开两个半人高的瓦缸,缸里全是酒。一口缸里装的是"刘伶醉",另一口缸里装的是"汴京高粱红"。广场的正中央,地上铺着十余张一丈八的巨幅宣纸,张楸手持萱麻缕子做的特制毛笔,赤脚站在其中的一张宣纸上。忽然,锣鼓家伙"咚嚓咚嚓"响起来,张楸仰头将一瓯酒喝净,把酒瓯摔碎在地。听到响声,老妪开始舞动杏黄旗。杏黄旗往东,张楸手里的笔就往东挥;杏黄旗往西,张楸手里的笔就往西挥,配合很是默契。

这天天气晴朗,一丝风都没有,观者如堵,欢声雷动,可谓是夷门书法界一件盛事!

当天晚上,张楸把自己反锁在书斋,一边饮酒一边大哭。从此,他戒酒了,也不再写大字。现今,开封市面上流传的,多为他的小楷书法作品。

在传统和现代之间
呈现历史与人物的艺术真实

刘 敏

南丁先生说,晓林的小说具有不可替代性。

的确,张晓林凭借自身独具特色的文化历史系列笔记小说,称得上是小小说领域中一座独特的山峰。张晓林的小小说以历史题材为主,将笔力投向历史人物,并融入书法艺术。当下,历史题材的文学作品众多,但由于作家创作能力和历史文化素养的不同,呈现出良莠不齐的局面,质量上乘的历史题材文学作品实则不多。能打通历史、文学和书法艺术,并将三者融为一体的作家更是少之又少,张晓林便是其一。张晓林在小小说创作上的成功,基于他作家、书法家和期刊人的多重身份和多种素质。身份的多重性仅是外在表现,更重要的是他内在具有传统文化的丰厚素养,并对历史、书法和文学有自己独特的见解,且兼具将三者融会贯通的综合能力。同时,作为期刊出版人,他具有强烈的文人情怀,始终坚守着文学,秉持人文主义关怀,致力于期刊的发展。因此,在小小说创作上形成独特的风格,并具有不可替代性。

张晓林的作品最值得探究的是"书法菩提"系列,即《金明池洗砚》《民国河南书法人物志》等。张晓林的小小说寥寥两千余字,择一人一事或一人几事,摹写人物栩栩如生,通过一件件小事将历史人物从遥远的历史拉到当下,生动而具体。其文笔自然敦厚、朴实沉稳,如同在与读者对话,这种对话像是促膝长谈,三言两语的搭话,自然流畅,无生硬之感。其语言简洁、质朴、古雅,讲求韵致,这种韵是古韵和雅韵。正如他笔下的林逋栽竹子,"不多栽,多栽就俗了",他的小说也不多言。小说的结尾也是只言片语戛然而止,给人余味悠长的审美感受。

"书法菩提"系列继承了以《世说新语》为代表的古典志人小说写人物的传统,塑造了一大批个性鲜明、生动具体的书法家形象,更可通过这些鲜活的人物窥探到特定时代下历史人物的精神风貌、立场操守和生存状态。作者描写历史人物,采取了艺术虚构的手段,但仍遵循历史真实和人物性格逻辑。同时,不仅观照了作为外宇宙的历史世界,而且也观照到作为内宇宙的历史人物的内心世界,呈现出更为真实生动的历史人物形象。张晓林的创作建立在传统和现代之间,明显受到传统文化的影响,也吸取借鉴现代手法和技巧。笔者结合具体文本考察张晓林小小说对历史人物的描写,对历史真实和艺术真实的呈现,以及对传统的继承和现代的借鉴。

一、书法人物群像与个体生命的表达

文学作品要写"人",更要写大写的"人",表现人的灵与

肉,这是最本质也是最费力气的事。除去对语言文字的驾驭,作者更需要倾注自己的情感去观察人、发现人。对人物群像的呈现和个体生命的关注,是张晓林小说世界充满丰富色彩和内蕴的关键所在,也是单独成篇的小小说汇聚成一体时力量感的主要来源。他凭借个人强大的创作力和知识储备,塑造了一大批真实可感的书法人物,表现了他们的个性、情感、命运、生存境遇以及人物关系等丰富且复杂的内蕴。

张晓林的"书法菩提"系列分别选取北宋和民国时期的书法人物,以朴实古雅的文字,写出一个个充满人间气味的故事,揭开一段段被尘封的历史与文化记忆,进而展现这些历史人物或无奈或悠然,或矛盾或洒脱,或心酸或感人,或偏执或释然的生存状态,以此来展现人世百相。在对历史个案的描写中,让读者走进历史人物的内心世界去感受他们的生命温度,唤起读者对历史的反思,对个体生命的思考。

在这里我们首先要对张晓林小说世界中的人物群像有一个基本的认知,打破时间和空间的限制,去感知特定时代及地域下一个个真实存在着的个体。

(一)个性化的人物言行

人物形象,贵在写出个性来。张晓林的"书法菩提"系列描写对象以书法家为主,虽然篇幅短小,却能在只言片语间捕捉到人物生动鲜明的个性特征。《世说新语·巧艺》说顾恺之画人物,认为"四体妍蚩,本无关于妙处;传神写照,正在阿堵中",张晓林同样善于抓住人物的个性言行,突出人物的神韵。"书法菩提"系列涉及人物众多,但每个人物形象都十分鲜明,有温和仁爱者,有率真潇洒者,有淡泊名利者,更有放诞任性者。凡此种种,各具特色。

温和仁爱者如卜亨斋、王德懋等人,作者在《卜亨斋》中写"卜亨斋是个外表看上去很粗糙的人,满脸的络腮胡须,眉毛又黑又浓,长有两寸有奇,豹眼不怒而威",但是每次看到泥淖中挣扎的虫子,他"都会小心翼翼地把它们救下来,然后放生"。通过对比手法,将卜亨斋内心的细腻和慈悲之心很好地表现出来。再如《王德懋》中的王德懋,如果说蒋三卞小气而王德懋还能继续与之交往表现的是他为人处世的包容心,而后蒋三卞毒死麻雀,王德懋与他绝交,对他说"你这个人心太毒了",则体现出了王德懋的悲悯之心。

率真潇洒者如王友梅、丁豫麟、石臣等人。在《王友梅》中,王友梅看清了国民党政府腐败的面目后,在一次会上,"他措辞严厉地抨击了政府部门的贪官污吏,说这些蠹虫最终会使国民政府的大厦轰然倒塌"。这种敢于直言的气魄,反映出王友梅的个性,同时展现了在那个飘摇的战争年代,有志之士对国家民族命运的关注和担当。再如《丁豫麟》中的丁豫麟,河南官员想向他讨几幅字,送给当时身为民国大总统的徐世昌,然而丁豫麟只写了一幅便收笔洗手了,"来人再三恳求他多写两幅,好送给总统的随从,套套近乎,今后进京城也好行个方便,并且润格往上加了一倍",丁豫麟却说:"我写这个斗方,不看他是什么总统,只念他是从开封双龙巷走出去的,算是有同里的名分!不是钱的事!"通过这件小事足以得见丁豫麟的文人风骨,对其个性化言行的描写,生动地展现了丁豫麟身为书法艺术家的率真和恬荡。再如《石臣》,对于药铺同仁堂的二掌柜胡三丰的书法习作,石臣直言他"不是那块料,不如专心做生药生意"。虽然言辞犀利,刺痛当事者,但这就是石臣率真个性的自然流露。

此外,"书法菩提"系列还成功塑造了一批淡泊名利者,如孤山种梅养鹤的隐士林逋,痴迷书法心无他物的米芾,晚境放下世俗纷扰的范仲淹,等等。以《于安澜》为例,于安澜对于官员贪污数百万公款被判死刑之事很是不解,"这个人要这么多钱干什么?我兜里装有几十块钱,一两个月都花不完";对于记者的采访他一口拒绝,"我不愿出名,一出名,要字的人就会多起来,我这么一大把年纪了,怕写不过来,觉得对不住人家",对名利的淡然与性情的坦率,可见一斑。

张晓林笔下的部分书法人物还具有放诞个性,如举止怪诞生性不羁的米芾,个性怪异喜欢烈酒的张林,癖好收藏女人绣花鞋的汪绶承,对作品有一丝不满意便撕碎烧掉的袁鼎,飘雪冬日仍穿江南服饰的徐铉,等等。这些奇特的嗜好、不羁的行为,赋予人物怪诞色彩。同时,他们个性化的行为方式也反映了人物内在的精神状态,充斥着痛苦、焦虑或偏执,总之是一个个孤独的灵魂在寻找新的人生依托。正如弗洛姆在谈到人的个性化发展时所言:"自由给人带来独立和理性,同时却使人变得孤立无依,导致了焦虑和无能为力的感受。这种孤独感是无法忍受的,个人被迫面临抉择:要么从自由的沉重负担中逃脱,进入一种新的依赖并屈从于它;要么前进到积极的自由,即那种建立在人的独特性和个性特征基础上的自由。"[1]

类似的例子还有很多,张晓林正是抓住人物特征,通过小事来刻画他们个性化的言行,进而传达出人物的神韵。每个人物虽个性迥异,但他们对书法艺术有着共同的热爱。如王永吉意外得到一块砚台,跪倒在地,感激上苍;张乐天用指头蘸水背临篆书《石鼓文》,得到喜爱的法帖时狂笑不止,喜悦得一宿不眠;郦禾农辞官赋闲,把全部精力投到书法上;张伯驹为艺术忍痛卖掉园子……他们对书法的痴迷,对艺术的尊重和坚守,令人动容。

(二)精彩的细节描写

张晓林对人物的艺术处理注重以形传神,除了善于刻画人物个性化的言行,还在于其精彩的细节描写。

"情动于中而行于外",人物内心世界的传达常常要通过外部行动来完成,细节描写往往能达到借一斑窥全豹的艺术效果,通过人物细微的神态动作和环境中的细小事物,来发掘更为深广的内蕴。因此,细节描写在追求以小见大的小小说创作中起到十分重要的作用。张晓林刻画人物,常有精彩的细节描写。

《郦禾农》中对郦禾农的生活细节有这样的描写:"每天晚饭后,郦禾农在书房看两个多小时的闲书,10点的钟声一响,他准时上床睡觉。晚上他很少外出,只有邹少和来喊他看戏时例外。早晨6时起床,走到院子里,做半个小时的八段锦,活动一下筋骨,接下来去井里汲水浇花。""早饭过后,他就踱到书房,坐到书案前,开始研墨。墨研好,铺上宣纸,先不急着捉笔,要读一阵子帖,读出一点感悟来,再下笔。练得累了,坐下来,把对书法的感悟记录在一本装订好的册页上。吃过午饭,小憩一会儿,睡醒起来,拎起他的核桃木拐杖,去御街附近逛古玩铺子,看有没有可收的字画碑帖。"作者对郦禾农生活习惯进行了具体描写,并不是琐碎、啰唆,巧妙地表现了郦禾农温和的性情、恬淡的生活态度,进而将立体的富有生活气息的历史人物呈现在读者面前。

再如武慕姚拒绝旧友让他当杞县县令后,文中有一处环境描写:"窗外,恰有一字北雁南归。"这处描写充满诗意,传达出武慕姚落寞而凄凉的心境。在前文,武慕姚在信中写下拒绝朋友任命的原因:"你我现在是朋友,平起平坐,一旦我做了县长,成了你的下属,交往起来心理上就有了障碍。""我不想因为一个县令而丢失一个朋友!"可见武慕姚对世事和人性有着透彻的领悟,同时也体现了他重义轻利的品质。由此我们可以感受到,此处环境描写深化了武慕姚的心境,推进了情绪的表达。

在《叶桐轩》中,老父亲听闻儿子叶桐轩病逝时的细节描写更为出色,原文写道:"1970年冬,叶桐轩被下放到开封师院农场进行劳动锻炼。第二年冬天,突发脑溢血住进淮河医院,不久病逝。消息传到老家淮阳,叶桐轩80多岁的老父亲正在院门口晒太阳,他长时间没有说话,后来用拐杖指了指天,老泪纵横。"对于儿子的死,老父亲没有说一句话,沉默良久,只做一个动作——"用拐杖指了指天"。仅仅这一个简单的动作便充分显示出老父亲的痛苦,紧接着内心无限的悲痛通过"老泪纵横"完全释放出来,充满力量。

可见,张晓林小小说中精彩的细节描写并不是随意选择的,而是根据情节和人物性格发展逻辑,有选择性地抓取典型细节。这些细节描写又能进一步表现人物性格,深入探索人物心灵奥秘,将人物的外部行动和心理活动有机结合在一起,达到了形神兼备的审美效果。除此之外,细节作为作品的有机组成部分,也会推动情节的发展,有些故事中的细节常会给人出乎意料之感,但仔细揣摩又在情理之中。总之,典型生动的细节描写恰到好处地增加了小说的厚度和艺术魅力。

张晓林塑造的历史人物,规模之大,形象之突出,可以说为文学史奉献了一大批具有鲜明个性和性格魅力的人物形象。张晓林的这种创作可谓只此一家,体现了他的独创精神和对小说创作开拓的勇气。也正是这种独创性,他的小小说内在充斥着诸多新的质素,值得我们思考和探析。正如墨白的评价:"我们有理由相信,当整部书稿完成之后,将是中国当代文学史在论及新笔记小说时一部无法避开的杰作。"

"书法菩提"系列的成书固然与张晓林的书法家身份有关,同时更与他追慕书法先贤和继承历史文化的诉求有关,引用《侯云升》中"我"的感慨,"像这样的先贤,有多少匿迹于尘世之间啊!""我想把他们发掘起来",笔者认为这便是作者的真实想法,也是他创作该系列小说的重要原因。因而着眼历史上的书法家,为人物立传,道出他们的人生追求和选择,展现出他们对书法艺术的热爱和坚守。择一人,单独成篇,纵观全书,可以得到北宋时期几代书法家以及民国时期开封书法家群像。通过这些历史人物,读者跨越时空的界限感知到具体且生动的历史,这是作者花大气力所呈现的另一种历史的真实。

二、历史真实和艺术真实

张晓林的小小说多以历史上的真人真事为描写对象,但并不是刻板地记录人间言动,也不是实录式地还原历史真相,其中掺杂着作者不少虚构和想象的成分。

(一)呈现艺术的真实

但凡涉及历史的作品,必然要考虑历史真实性问题。文学不同于历史,史学家要记录历史的真实,客观地记录实际发生过的事,讲求实事求是。史学家如实地记录历史,要求与实际丝毫不差是不太现实的,由于记载的有选择性和有限性,就意味着史学家必然会留有大量空白,不能以意为之,这些搁笔的地方则需要文学家依据合情合理的虚构来填补。

没有虚构就没有艺术。诚然,没有虚构也就没有历史文学,一切文学作品都离不开虚构。文学艺术不是对现实的临摹和纯粹模仿,歌德在《诗与真》中说:每一种艺术的最高任务即在于通过幻觉,产生一种更高更真实的假象。黑格尔也表示:靠单纯的模仿,艺术总不能和自然竞争,它和自然竞争,那就像一只小虫去追大象。高尔基在《我是怎样学习写作的》中认为:"艺术创作永远是一种虚构臆造。"因此,创作历史题材的文学作品,虚构是必然的。但这并不意味着可以随意虚构、凭空杜撰,而是需要"戴着镣铐跳舞",在不自由中寻找艺术创作的自由。张晓林的创作正是在"戴着镣铐"下进行的,并遵循着历史文学创作的基本原则:大事不虚,小事不拘。

所谓"大事不虚,小事不拘",即在历史框架、历史精神和历史走向不变的大前提下,结合历史发展逻辑和人物性格逻辑,在文学创作中合理虚构,增添非历史事实的细节、情节或人物等。张晓林的小小说塑造的主要人物和事件大都是历史上真实存在过的,根据有关史籍和旧文编辑、提炼而成,并非凭空杜撰出来的。不少篇目如《疏影》《鱼的虚惊》《山谷襟怀》《茅屋的记忆》《天噬》中的林逋、苏轼、黄庭坚、赵佶、蔡京等人的故事,都能在文献典籍中找到相应的记载。但同时他又能够从文献典籍和民间搜罗出丰富的材料,为己所用,并依据个人人生观、价值观以及艺术观,充分发挥自己的艺术创造力和想象力，呈现出更为鲜活的历史人物，创作出富于个人特色的作品。

狄德罗认为："历史家只是简单地、单纯地写下了所发生的事实，因此不一定尽他们的所能把人物突出；也没有尽可能去感动人，去提起人的兴趣。如果是诗人的话，他就会写出一切他以为最动人的东西，他会假想出一些事件。他可以杜撰些言辞，他会对历史添枝加叶。"[2]其中"假想""杜撰"及"添枝加叶"就是作家所采取的虚构手段，可见其必要性。单纯的历史事实本身往往是粗糙的，是铁板一块，张晓林通过"假想""杜撰""添枝加叶"等虚构手段，将其变为鲜花一丛。

"古人的心理，史书多缺而不传"，关于历史人物，史书多记事，很少触及人物的内心世界，但是进入文学领域，就必须对历史人物的内心世界给予一定的表现，由于史学家对历史人物心理不作刻画，或很少刻画，这就需要作家通过虚构的方式来加以揭示。

作为作家的张晓林在塑造人物上，不仅对外宇宙的历史世界有所观照，更能观照到内宇宙的历史人物的内心世界，通过合理的虚构填补历史人物心理空缺，丰满其形象。张晓林对苏轼、黄庭坚、蔡京、赵佶、沈括等人物的心理虚构建立在独特的艺术思维之上。同时，他又结合有限的历史资料和文献典籍，并走访民间，在被历史遮蔽的小巷中搜集创作素材，进而对人物深入地理解、分析，创作出合情合理的心理状态和符合逻辑的情节，不仅具有历史的真实，更具有观照人物内心世界的艺术的真实。

(二)对历史人物的内心世界的观照

历史人物的内心活动没有人能够知晓,无疑靠作家想象。对于历史人物内心活动的描写,张晓林结合具体的历史情境和人物心境,尽可能地靠近历史人物,虚构得合情合理。

如《论琴帖》中谈及钱穆父对米芾书风的引导作用,可以通过米芾前后心理变化来体现。最初米芾去拜访钱穆父时,谈到自己的书法,"不由面露自得之色",可见米芾对自己书法的满意和肯定,也体现了他一贯的狂傲性格。但钱穆父一语中的评价道:"你的书法里都是别人的东西,要有自己的东西才行!"此时再来看米芾的表现:"立即感到醍醐灌顶,额头有大粒的汗珠滴落。自此,米芾书风大变。"历史上的钱穆父确实批评过米芾临古人书"刻画太甚,当以势为主",对他书风的转变起到重要作用。但我们并不能确知米芾前后心态的变化,张晓林在历史事实上经由合理虚构为我们呈现了一个鲜活的米芾形象,虽有放荡、狂傲的性格,仍不乏谦虚受教、精益求精的求学态度。再如《知音的无奈》中作者通过章惇的心理活动来表现欧阳修的胸怀。在《遗落》中作者将蔡京奸邪心理的成长历程剖析得合情合理,经历了荣辱沉浮,蔡京的心理逐渐失衡甚至变态,从孩提时期向往成为王羲之一样的书法家流芳千古到发疯般地大兴土木建造皇家园林,作者将蔡京内心世界的变化刻画得入木三分。同样是写蔡京,作者在《石边悟道》中则采用内视角叙事,开篇一句"我就是蔡京",直接走进他的内心,叙述其体验的世界。张晓林没有被历史的定性所禁锢,而是描写了蔡京在被贬儋州路上的梦境和回忆,透露出他对书法的痴迷,对米芾复杂的情感。梦境和回忆固然是虚构的,但蔡京对书法的热爱却始终为真。除此之外,从"我"的视角也呈现了米芾的狂放自负、桀骜不驯,正符合世人称其为"米癫"的形象。

(三)对历史情节的合理虚构

张晓林对历史人物内心世界的虚构和想象,虽说非真,却让人物活了起来,历史也因此变得可感。除了对历史人物内心世界的观照,张晓林的小说还通过对情节的虚构,推动整个情节的发展,并具有特殊的审美意义和特定的叙述功能。对情节的虚构建立在张晓林独特且丰富的艺术思维之上,渗透着他对历史和现实的深切思考。他在《疏影》一文中虚构了林逋隐居时的生活细节,如"书法和诗""种梅和养鹤""挖野菜充饥""到山脚下的小溪里去捉几尾小虾和几只小蟹""种了六百六十五棵梅树""招待客人,一盏清茶,几碟果蔬""在坟前栽下七八棵竹子",通过这些生活细节呈现出一位清高闲逸、淡泊名利、多才多艺的隐士形象。历史上有"梅妻鹤子"之称的林逋,曾隐居杭州西湖,结庐孤山,但林逋具体的隐居生活状态鲜有人知。作者虚构的这些情节并非可有可无,它建立在整体情节有逻辑地向前发展的基础上。正是林逋的清高孤逸，使他离开官场成为可能，也使他的字和诗含有清雅静逸之气成为可能。可见，张晓林虚构的情节在文中并没有给人不真实感，正是这些恰到好处的情节虚构，使读者更真切地感受历史人物，引发我们对历史和现实的思考。

当然，前文已提及张晓林的创作是"戴着镣铐跳舞"，因为他的小小说多为历史题材，虚构受到一些条件的限制，这就需要作家具备处理历史真实和艺术真实的创作能力。而张晓林在创作之前已有自己的理论支撑：要尊重历史的真实，在人性上有所发现；要把历史人物真实展现在读者面前，放于历史角度给予参照；要还原生活真实、生活真相和人性真实。同时在《民国河南书法人物志》的后记中可知，作者在历史考证上做了大量工作，查阅了大量民间野史、方志和笔记，尽可能靠近历史原貌。

总之，张晓林在不自由中寻找艺术创作的自由，并完成了历史真实和艺术真实的融合。一方面他的小说符合历史真实，历史真实不同于历史真相，它有内在的可能性，艺术虚构无论如何都不能脱离历史内在的可能性。另一方面他描写的人物符合历史人物性格，即便是虚构的内心世界和情节，也遵循着历史人物的性格逻辑，反过来又强化其性格。

艺术虚构在受历史真实和历史人物性格的限制的同时，也具有特殊的审美意义。张晓林通过合理虚构进一步深化了历史内涵，丰富了历史人物形象，增强了艺术效果。他融入了个人丰富的想象力和艺术虚构,这些想象和虚构不仅提高了作品的艺术品格和内蕴,而且还承载着作家的审美理想,正如他自己说的:"一个作家写作的特长是有领域的,我刚好写这些题材的小说得心应手。但总归我要写的还是人性,题材只是一种标签。"的确,张晓林的小小说透露着普遍且复杂的人性,他试图在古与今中发现共通的东西,如出世和入世的两难选择,人的孤独和不被理解,对美好和善良的追求等。

在对历史人物的书写上,张晓林有意识地选择最能体现人物性格的典型事件和细节,或选择反映普遍人性的言行,然后融入个人思考,通过合理虚构获得更高级、更逼近的真实,进而实现艺术真实。

三、在传统和现代之间

张晓林的创作明显受到中国传统文化的影响,从他的小说可以窥见其既有古典文学的影响,也有道家及禅宗哲学思想的影响,更有传统散文、书法以及绘画艺术的影响。

(一)传统文化的影响

张晓林年轻时曾对老子的《道德经》作过注释,因此可见道家的哲学在早期便影响到他的文学创作。后来他又对禅宗思想感兴趣,自然也在作品中有所体现。本文主要考察古典文学对张晓林创作的影响,尤其是中国传统笔记小说对张晓林的文化历史笔记小说的影响。他本人也有意识地继承中国传统文化的丰厚遗产,汲取其中的营养为己所用。

关于笔记小说,按照鲁迅的观点可将笔记小说分为志人小说和志怪小说两种主要类型,这已是当下学界的共识。其中志怪小说记叙神异鬼怪故事传说,以虚幻神奇见长;志人小说描写人物,以传神写照取胜。显然,张晓林的"书法菩提"系列可划到志人小说的范畴,并且直接继承了志人小说的艺术传统,尤其是灵活借鉴了《世说新语》写人的艺术。张晓林的小说对传统的继承,并不局限于《世说新语》,还体现出对《西京杂记》一类小说以逸事为主的艺术特色的借鉴,以及对《聊斋志异》奇异色彩和奇幻风格的借鉴。

"志人小说"这个术语的使用源于鲁迅,他在《中国小说的历史的变迁》中将书写"俱为人间言动"的一类归为志人小说,将书写"鬼神志怪之书"的一类归为志怪小说,由此区别了"六朝志人小说"和"六朝志怪小说"。其实历史上最早对小说进行分类的是唐代刘知几,他在《史通·杂述》写道:"爰及近古,斯道渐烦。史氏流别,殊途并骛。榷而为论,其流有十焉:一曰偏纪,二曰小录,三曰逸事,四曰琐言,五曰郡书,六曰家史,七曰别传,八曰杂记,九曰地理书,十曰都邑簿。"其中在今人看来属于小说范畴的是"逸事""琐言"和"杂记",按照刘知几的解释"国史之任,记事记言,视听不该,必有遗逸。于是好奇之士,补其所亡,若和峤《汲冢纪年》、葛洪《西京杂记》、顾协《琐语》、谢绰《拾遗》。此之谓逸事者也。街谈巷议,时有可观,小说卮言,犹贤于已。故好事君子,无所弃诸,若刘义庆《世说》、裴荣期《语林》、孔思尚《语录》、阳玠松《谈薮》。此之谓琐言者也"。在刘知几看来,《西京杂记》一类为"逸事",以记录闾巷传闻、野史故事为主;而《世说新语》一类则为"琐言",以简略记载文人事迹、刻画人物为主。通过这种梳理,可以看出张晓林的"书法菩提"系列集《世说新语》的琐言和《西京杂记》的逸事于一体。

  首先来看张晓林的创作对《世说新语》的借鉴。通过对比分析,可以发现"书法菩提"系列在艺术特点上同《世说新语》有诸多相似之处,在这里总结为五个方面:一是描写对象皆为历史真实存在过的人物;二是篇幅简短;三是语言简练雅洁、言约义丰;四是注重细节描写;五是人物个性鲜明,具有时代特点。他深刻灵活地借鉴了《世说新语》写人的艺术,并形成自己独特的叙事风格,具有东方特色的审美效果,获得叙事个性魅力。此外,在《世说新语》中,一篇文章并不刻画完整的人物形象,而是抓其个性特征,当一个人的若干故事被分散于多个小说篇目之中,综合各小说篇目中的形象,便会得出此人较为完整的形象,学者宁稼雨称这种刻画人物的方法为"合成的方法"。张晓林的"书法菩提"系列同样运用了这种"合成的方法",如《天性》《鱼的虚惊》《对子传奇》《苏轼的敌人》《君本善良》《苏轼的房子》等小说都以苏轼为描写对象,每一篇小说仅抓住苏轼一两点个性特征,但将这些小说汇聚一起,便会看到一个较为完整的苏轼形象。因此,让读者不仅读到历史人物的故事,也能感受到更为具体的历史人物的性格和情感。

志人小说在鲁迅看来是"追随俗尚,或供揣摩"的作品,体现为"远实用而近娱乐矣"[3]。张晓林的"书法菩提"系列虽然继承了古典志人小说书写人物的传统,但并不以娱乐为目的,而传达了作家对艺术的思考,对人性的思索以及对生存的拷问。

此外,张晓林的创作还有记录闾巷传闻、野史故事的小小说,类似于《西京杂记》的逸事。例如《狐仙图》讲述了"我"梦幻状态中遇一玄衣老者讲述米芾和一只小狐狸的故事。文中写到作家刘恪对"我"创作处于停滞状态的建议:"写'宋朝故事'得多读读宋话本,最好再去民间走走,很多东西都隐藏在民间。"得到老者的故事后,"我"也感慨"历史上还有多少谜底隐藏在这狭窄的小巷之中啊"。张晓林在《民国河南书法人物志》的后记也提到自己查阅了大量民间野史,可见其小小说创作中融入了"逸事"。但记录闾巷传闻、野史故事并不是张晓林小说的主要目的,只是艺术创作的素材而已,其着重点仍在于写"人"。

最后,张晓林的部分小小说还有《聊斋志异》的神秘色彩和奇幻风格,主要体现在对奇异事件和人的梦幻的描写。

对奇异事件的描写,在《王用吉》《卜亨斋》《汪绶承》《高道天》《祝鸿元》《狐仙图》《罢灯》等多有体现。如王用吉在德令哈跳进巴音河自杀,被一个隐居德令哈钻研山水画多年的画家所救,带诡谲色彩;《卜亨斋》腋下的玄机,"腋窝里,天生了一个皮囊,恰巧能装下那半丸古墨",更让人感到怪诞诡奇;还有《祝鸿元》中陈素贞唱戏时嗓子突然哑掉的离奇事件;等等。这些事件神奇怪异,想象丰富奇特。此外,张晓林的小小说中还经常出现游方和尚、佛门大师等人物,如《袁鼎》中的游方和尚,看到袁鼎的墨迹,自语道"此物不宜久留人间";《朱芳圃》中手摇破扇的僧人,抚摸幼年朱芳圃的头说"此子慧根不浅,不如跟贫僧去,他日定能成为一代高僧";《陈鄂年》中的了尘禅师,对陈鄂年的提点,让其顿悟。这些人物在文中的出现,常常带来神秘的揭示吉凶的预言,增强了奇异色彩,同时也附着了一层宗教和哲学意味。其实,也可以看到张晓林蕴含在其中的宿命论色彩,用《李子铮》中的一句话来表述便是:"大自然或许常在无意之间给人类留下某种暗示。"

对人的梦幻的描写,颇得《聊斋志异》神韵。如金钟麟经常在梦境里寻找艰涩深奥的答案;陈禹臣梦境里经常出现一只白鹅;丁豫麟每临一次《祭侄文稿》,夜间便会做梦,梦见颜真卿在荒野里狂奔;《虚白堂与黄耳篝》中苏轼夜里做了一个梦,梦见同诗友喝酒、谈诗、挥毫。对人的梦幻的描写一方面增强了小说的神秘色彩,另一方面也流露出人物内心真正的情感。

(二)内在具有审美现代性特质

除了对中国传统文化的继承,张晓林在小说创作上亦吸收借鉴了现代手法和技巧,内在有新的美学特质。

张晓林的"书法菩提"系列看似独立成篇，各不影响，但通读下来会发现不论是《金明池洗砚》还是《民国河南书法人物志》，综合起来便成为一个大的叙事单元，聚焦于开封这座古城，所有的书法人物都在特定的时代背景下生活，或是北宋或是民国，他们有着共同的时代经验和历史经验。他不追求每个人物完整的形象，而是会聚人物群像，呈现整个北宋和民国时期书法家的整体风貌。他笔下每个小故事都蕴藏着深沉的思索，站在历史和文化的角度去反映时代特征，去审视北宋时期和民国时期的书法家群体，站在人性的高度去观照人的内心世界。

　　张晓林的小说读起来给人一种古典的感觉，但其内在并不缺乏现代性，这种现代性主要表现为一种审美的现代性。在文学功能上，他不刻意追求文学的政治作用，更多地追求文学的美学价值。对审美现代性的追求，主要通过对传统美德的弘扬和对历史与生活现象的审视表现出来。他坚持着传统知识分子的操守，将对当下社会现实的思考与历史人物的言行相结合，站在传统立场上对现实社会的道德失落和现代文明的不合理因素进行揭示和批判。以《山谷襟怀》中的黄庭坚为例，黄庭坚给某道尉抄了一通《汲黯传》，道尉给他寄来一笔丰厚的润资，黄庭坚很生气，在给道尉的帖子中写道："你的诚意我心领了，钱，不能收！眼下世风衰退，舍义而趋利，干啥都拿钱说事，正需要我们这样的人去重振古圣贤之道啊！"作者抓住这一点进行书写，一方面呈现了黄庭坚为人的高风亮节、不求苟进,另一方面是借古人之言揭露不同时代下同样存在的社会风气问题,因对社会现实的反思和批判而获得审美的现代性。正如沈从文所言:"我们得承认,一个好的文学作品,照例会使人觉得在真美感觉以外,还有一种引人'向善'的力量。我说的'向善',这个词的意思,并不属于社会道德一方面'做好人'的理想,我指的是这个:读者从作品中接触了另外一种人生,从这种人生景象中有所启示,对'人生'或'生命'能做更深的理解。"[4]读张晓林的作品,便能从他笔下的人物接触另一种人生,让读者从中有所感悟,对当下及历史的人生和生命有更深层的理解。

现代叙事理念的介入也体现了他对现代审美意识的追求。在张晓林的小说中,我们可以发现作者作为叙事主体随意介入文本或游离于文本之间。以《灯影下的篆书》和《释反白》为例,在《灯影下的篆书》中作者直接介入叙事,评议历史人物的书法:"先前,我很少涉猎篆书,对此说颇有疑惑,以为是故作深奥之谈。近来展阅徐铉《篆书千字文残卷》墨迹,刹那之间与这一说法产生了共鸣。《篆书千字文残卷》笔笔中锋,绝少偏锋、侧锋用笔。然其结体曲欹变幻莫测,天趣盎然,却又没有半分的姿媚之态,傲骨铮铮。徐铉的篆书妙参造化之理了。"在《释反白》中,作者开篇对释反白的俗名李培基有一个简单的介绍,"民国时期,夷门叫李培基的人,有两个,或者三个。一个是省政府主席李培基,另一个就是释反白。还有一种说法,说那时的省民政厅长也叫李培基,也擅长书法。但我怀疑这种说法的准确性。"作者根据民间传闻,提出自己的看法,与读者形成互动,让读者参与到叙事中,增强读者的参与感和能动性。作者可以把读者从历史的故事里拉回当下,构成过去和当下两个时空的转换。此外,作者还运用了现代意识流的叙事手法,如《石边悟道》对蔡京意识流的描写,以蔡京的口气书写了他在贬往儋州路上的种种人生幻想。刘恪还提出,张晓林的小说内部常常有一种悠闲荡漾的东西,往往不直奔所要写的主题,而先在外面跟你玩玩,玩几圈之后,当你忘了作者的意图时,他才领着你到他想让你去的地方来。他用"浮空闲影"来评价这种写作手法。

值得关注的是,借鉴学习中国古典文学的艺术经验和艺术素质,并不是复古,也不是退回到文学自觉时代以前,而是作者站在自觉创作的现代小说的基础上,发现传统艺术内在的生命力,丰富当代文学创作。

张晓林用自己独特的创作方式刻画历史人物,并由历史人物演说历史,引发人们对于历史和现实的思考。虽然描写对象以书法家为主,但他力图写出深刻复杂的人性和生动具体的生命感。张晓林小说的内在潜流着传统文人的精神气韵,在行文脉络和气势含吐中蕴藏着传统文人墨客的风骨。其文间的气韵不是魏晋贵族之气,也非盛唐浩然之气,而是融合了当下深思,带有张晓林特色的自然风流,既流动着古典气韵又渗透着审美现代性的追求。

参考文献：

[1]弗洛姆.弗洛姆文集[M].冯川,等译.北京:改革出版社,1997:5.

[2]狄德罗.西方文论选:上卷[M].上海:上海文艺出版社,1963:356.

[3]鲁迅.中国小说史略[M].上海:上海古籍出版社,2006:68.

[4]沈从文.沈从文全集:12卷[M].太原:北岳文艺出版社,2002:114.

枷锁

　　李遵勖在金明池畔闲走,迎面碰见了晏殊和晁迥,便上前扯住二人,说:"到舍下喝两杯去。"

　　晏殊和晁迥闻言,眼睛都放了光。笑笑,咽下一口口水。二人很高兴地想:又来口福了!

　　真宗时代,李遵勖也算是个人物了。他的父亲李继昌,爷爷李崇矩,都是北宋名将。他的老婆——这样称呼有点民间的味道了——是赵恒的九妹,太宗的九公主。嫁给李遵勖以后,就称李氏了。

　　李遵勖这个人很有意思,他喜欢结交一些名士、高僧、画家、诗人等。只要有名气,他都愿意结交。他还喜欢把这些人往家里领——设家宴招待他们。

　　李氏是个烹调高手。

　　宫内的菜不说——野史载,她能做108道名目不同的宫内菜——像州桥一带流行的梅家包子,魏婆婆蒸鹅等民间小吃,她也都能做得色味俱佳。

李遵勖的客人来了,李氏显得很高兴,她把厨子、乳娘、家仆都打发做别的活计,厨房里的这一套,她全包了。

她一趟一趟地往桌子上端菜、添茶,脸上红扑扑的,挂着一层细密的汗珠。

这些名士喝着、嚼着,看着忙忙活活的李氏,心里眼里都是满足。这可是金枝玉叶啊!

一些人喝醉了,开始吟诗。吟什么内容呢?凭李氏这么高贵的身份,来给咱们当厨师、端菜、添茶,这不就是很好的诗歌题材吗?这种崇高的妇德,是值得大歌特歌的呀!

磨墨。铺纸。挥毫。呼呼呼,一沓子宣纸写满了——都是讴歌李氏的。

最后,名士们东倒西歪地走了,剩下的只是满屋子的酒气。李氏吸了吸鼻子,微微皱了一下眉头。她看见了那沓子宣纸,眼里笑笑,这是干什么呀!我可不是图的几首颂歌,我是乐意这样做的啊!

李氏找来火镰,把这些诗歌全给烧掉了。第二天醒来,李遵勖满屋子找昨夜名士们留下的墨迹。李氏说:"你不用找了,我烧了。"李遵勖看李氏,神情之间慢慢地就溢出了一些对往事的回忆。

早些时候,九公主刚嫁进李府时,上下引起过一场不小的骚动。照当时的规矩,李遵勖娶了九公主,他就要升一个辈分,和他父亲李继昌平辈了,而且还要管李继昌叫弟弟。碰巧,嫁过去不到一个月,李继昌过生日,李氏却没有按规矩来,她还是以舅礼给李继昌做了寿。

每每想到这些,李遵勖心里都充满了感激。

李遵勖也是个很讲义气的人,他曾拜在杨亿门下学过诗文,后来杨亿死了,他以学生的身份给杨亿服孝不说,每年还要到许州杨亿墓前祭奠。这事给人们留下了很好的印象。

可是李遵勖也有个毛病,就是太爱喝酒了。

李遵勖又和那些名士去喝酒了。这一次,不知道在什么地方,他又喝醉了,醉得不成个样子。到了半夜,他醉醺醺地摸回李府,结果,就闯下了一件天大的祸事。

平常的日子,如果没人打搅,李遵勖都会在书房里读书——他读的书很杂。有时候,僧人楚园来拜访,他还会向楚园求教一些佛教上的问题。楚园是大相国寺的高僧,在佛学上有很深的造诣。晚年,李遵勖撰写了一部叫《天圣广灯录》的书,后被收入《五灯会元》,竟成了佛教经典。

一碰上那一班诗人名士,李遵勖就管不住自己了。那一班人喝起酒来一套一套的,你想不喝都不行。

这回,正是因为喝酒,叫李遵勖闯下了弥天大祸,差一点要了他的性命。

李遵勖回到李府,醉眼蒙眬的,不知怎么就迷迷糊糊摸到乳娘的房间里去了。他也没点灯,黑地里脱了衣裳,钻进了乳娘的被窝。他的一只手,像鱼一样,很不老实地在乳娘光滑的身子上游走起来。

乳娘正在做一个梦。

她梦见自己来到了一片瓜地,这片瓜地长满了各种形状的瓜。她走了很远的路,嘴里很渴,就摘了一根黄瓜吃。正吃着,看见从瓜地的茅草庵子里跑出来一个男人,一下子就把她搂紧了。

乳娘想喊,可她的身子软软的,喊不出来。

乳娘是被李遵勖肥硕的身子压醒的。一醒,她就喊出声来了。李遵勖被下人当贼堵在了乳娘的屋子里。

不久,赵恒不知道怎么听说了这件事,拍案大怒,叫人把李遵勖抓起来,丢进刑部大牢,准备过两天推出午门斩首。

天黑下来,赵恒还在生闷气。这狗东西真是吃了豹子胆,朕非杀他不可!李氏走进来,灯影里,李氏脸上挂满泪痕。

赵恒安慰她:"不要难过了,我给你出气!"

"你怎么给我出气?"

"砍了!砍了这狗东西!"

李氏坐下来。"如果这件事发生在别人家里,你也会这么处置吗?"李氏问。

那是他们的家务事,朕有很多国家大事还忙不过来呢,哪会操心别人家鸡毛蒜皮的家务事!况且大宋法上也没有这一项!

皇兄为什么单单要砍李遵勖的头呢?

赵恒拉长了脸。这还不简单,你是朕的皇妹,有人欺负你,我就要砍他的头,不然,皇家的面子往哪放!

李氏又哭了起来,说:"妹妹想求皇兄一件事。"

"你说吧,皇兄答应你!"赵恒对九公主充满了同情。

"你把李遵勖放了,交给妹妹来处理,这也是我们的家务事啊!"

赵恒脸阴了半天,最后才说:"你不要后悔!"

李遵勖被从大牢里放出来,深感内疚,再也不找名士们喝酒了。到了晚年,他更是很少走出院门,只是用一些闲书打发时光,显得有些郁郁寡欢。后来,李遵勖就死掉了。

李氏像民间妇女那样,一直为李遵勖穿满三个月的孝服。

闲云魏野

　　魏野是个生活很不讲究的诗人,他的长衫上总是粘有斑斑点点的墨痕,有时,肩头甚至还会飘浮着草屑和几粒鸟粪。他的胡须、头发也都很长,乱蓬蓬的,像一只刚从荒草棵子里跑出来的刺猬。他朝谁家的门口一站,猛地看上去,简直就是一个乞丐。

　　可魏野不是乞丐,他是真宗时代震动朝野的大诗人。

　　有关魏野吟诗的故事,在民间流传着很多不同的版本。这里不妨摘录一个和他吟诗有关的小故事,或许能让读者对魏野先有那么一点点的印象。

　　有一次(民间传说大多时间不详),天已经到了黄昏,魏野和几个诗友还在汾水畔游玩,忽然见天空中飞过来一群白鹤,一个诗友说:"魏贤弟,都说你才思敏捷,你就以白鹤为题,赋诗一首吧。"

　　魏野笑笑,脱口就来:"远望天空一鹤飞,朱砂为颈雪为衣。"

这时,另一个诗友忽然打断了他:"慢着,慢着,你看,白鹤都成黑鹤了,你怎么还吟成白鹤呢?"

魏野仍笑,一点都没停顿,又接着吟道:"只因觅食归来晚,误落羲之洗砚池。"

众诗友大为叹服。

魏野不仅是个诗人,还是个隐士。他在汾水的南岸边上,山脚的平坦处,盖了几间茅舍,筑了一道矮泥墙,院子里种了十几棵野葵,一丛山葡萄。山葡萄长得很茂盛,它的枝蔓都爬到茅舍的房顶上去了。

在这个小院子里,魏野还喂了两只仙鹤,一只鹦鹉,一个小金钱龟。

这只鹦鹉,魏野给取了一个很好听的名字,叫陇客。陇客很聪明,已经能背诵几首魏野的诗了。它还是魏野的传令兵,魏野每当要弹琴时,陇客就"扑棱"飞出去,去把那两只正在汾水里嬉戏的仙鹤给叫回来。

这两只仙鹤也有意思,魏野一弹琴,它们就随着琴声跳起舞来。跳得很美!

出门的日子,魏野把那个小金钱龟袖到袖筒里去。这个铜钱般的小龟很淘气,它总想往魏野的手掌心里爬。

魏野的日子过得有韵味——比神仙都强!

魏野的诗写得好,不知怎么有两首传到了赵恒手上。赵恒一读,大吃一惊:大诗人!又一个王摩诘啊!

赵恒忽然生起气来。他宣来寇准,问:"你知道魏野这个人吗？"

"知道！——他赠过臣几首诗……"

"唔？魏野的诗怎么样？"

"好！"

赵恒抓住理了。他说："你这个宰相是怎么当的，为什么不把魏野这样的人才选拔到朝廷里来？"

寇准一愣："我都选拔他好几回了，可——他不愿意来呀！"

赵恒不相信。

赵恒说："寇老西子，你不要糊弄朕，朕下月要去汾水祭祀，到时候我亲自去宣魏野。"

大中祥符二年八月，赵恒祭祀过汾水，就派人专程去召魏野。钦差捧着圣旨，离魏野的茅舍还有百十步远，就被陇客看见了。"有客人来！"陇客喊。

魏野正给两只仙鹤弹琴，听陇客一喊，就知道是怎么回事了。早几天，寇准就给他透信说，皇上要来，叫他有个思想准备，不要得罪了赵恒。

钦差一敲柴门，魏野就拿定了主意：不能和钦差见面，一见面就不好说了，抗旨的罪名他可担不起。于是，他抱起那张琴，跳过短墙，跑掉了。

后来，寇准问魏野："皇上召你，至少给你弄个大学士干干，你为什么要逃呢？"

魏野笑笑，说："寇大宰相也有糊涂的时候啊。你想想，皇上喜欢的是我的诗,至于我这个人——又邋遢、又懒散——他一定不会喜欢,我闲云野鹤惯了,最不愿受约束,这些毛病,如果天天待在皇上眼皮底下,不几天皇上就烦了,一发怒,把我贬到蛮荒之地去了,那时再想寻这份闲情自在,哪里还会有啊!"

寇准听了这番话,半天没有言语。

一年后,辽国的一位使者来朝拜赵恒,闲谈间,使者说自己非常喜欢魏野的诗,可他只有半部魏野的诗集,很希望能得到另外的半部。

赵恒唏嘘了一阵子,派寇准去办这件事。寇准临出门,赵恒又叫住了他,说:"不要忘了也给朕弄一部回来。"

诗集到手后,赵恒读得很认真。

他读到了一首题为《赠刘法掾》的诗。有两句这样写:谁似甘棠刘法掾,来时骑马去骑驴。

赵恒奇怪:这个刘法掾,怎么越做官越穷了。他问寇准,寇准说,刘法掾任陕州司法参军时,为官清廉,离任的时候连路费都没有,只得卖掉上任时骑的马,买回一头小毛驴,用差价作了盘缠。

赵恒听了,感叹道:"小官中有如此清廉之人,实在难得呀——要重用!"

刘后来做到了三司判官这样的高官,想不到竟是缘于魏野的一首诗!

天禧三年旧历十二月,魏野去世,赵恒听说了,给当地知府下了一道圣旨,叫照顾好魏野的家属,并蠲免了他家的差役。

寇准知道了这件事,暗暗佩服:魏野作诗是大家,做人也是大家啊!

历史的映像
——张晓林笔记小说创作简论

刘 恪

1

小说和历史的关系永远纠缠不清。巴扎尔克说自己是历史的书记员。中国自古至今都强调以历史为镜,"小说和历史"含有一个特别有意味的美学原则,而且是一个美学悖论。其一,历史小说家强调历史的真实性,还原历史面貌,表明小说有史的价值。其二,任何写历史的小说家都不会满足于历史的陈述,借古讽今,小说的落点最终还在现实生活中。这刚好构成了历史与现实的矛盾性。现实是当下的进行时,而历史早已结束,如果使二者都求其真,刚好是一个绝妙的悖论,唯有这种悖论,历史叙事才有了张力,有了特殊的美学意味,有了我们称之为历史与现实的修辞术。因而历史叙事中象征、隐喻、幽默、反讽等策略的运用必不可少。张晓林的历史小说便是在这个悖论中寻找自身前行的路径,十多年走来,他已贡献了不少优秀的小说,有些甚至是精品妙作。

张晓林写过圈镇系列,从明清跨越到民国,在这个漫长的历史时段内,他的笔触主要指向两个端点:一方面是文人雅士;另一方面是民间众生、三教九流,特别是那些被称为草民的人。这是一种在变化的时间中写不变的空间,用民俗手法勾画出了一幅幅众生相。其中《木钗》最具有震撼的力量。故事极简单,寡妇鹿娘人生仅有两样珍贵的东西:木钗与儿子。可是瘟疫要夺走她的儿子,她只好捐出了木钗。用最珍贵的东西去铸佛钟,却不被僧人重视,扔掉了,致使铸好的钟上留下了一个钗洞。儿子病愈后,鹿娘还愿时,木钗却从佛像的头顶掉了下来。这篇小说始终都在人类生存的深处寻找,这种寻找构成了生命与物、与情、与遗传,贵重的与低贱的,环境的与个人生存的矛盾,并在如此复杂的矛盾中提炼出最深浓的生命意义。一切矛盾都服从生命的再生。鹿娘一名别有意味,动物,哺乳深情。在写木匠情与儿子生命时,以情衬生命。小说还写了一种人生的执着。卑贱者最终得到了情的高贵。

2

《诗棺》的绝处在于,奇丑的于之渔热爱的却是两样绝美的东西:一梅花,二诗歌。其生存状态以哭死人之棺而换得苟活。这是极为隐深的,美产生不容易,艺术产生不容易,二者均以生命为代价。小说之眼落在最后,于之渔用诗做了一个奇特的棺材葬了自己。一切艺术之最高境界均由生命而换得。同时艺术是人生的最高规则,我们牺牲了人的日常性而创造了艺术的典范。这篇小说可和史蒂文斯的《坛子轶事》媲美。

《陈白丁》是一篇欧·亨利式的小说,这类小说的奇处在文的结尾,一般采用的方法是误会法,以其人之道还治其人之身,螳螂捕蝉,黄雀在后。这篇小说把抑扬手法两相颠倒而用,先扬陈白丁,抑土匪,后扬土匪而抑陈白丁,写古人的一种反省精神。题旨隐深地指向当下我们每个人应该注意的,我们是否真正对人类社会有所贡献呢?很可能自己引以为得意的英雄主义则正好是危害了人民。旧式文人的自我批判精神却正是当代文化中的自我认同问题。在张晓林的小说中还有一类特别手法的运用,那就是戏仿手法。《西游拾遗》《从良》,这两篇小说的原创出于我国古代经典名著《西游记》《卖油郎独占花魁》,戏仿的目的是把人物滑稽漫画化,消解传统的价值观,落点却在讽刺与今天相关的现实。前者说的是在今天的社会中,你无论是怎样的本领高强,若作法自毙则是无人可救的,他救均是表象,人只能自救,这便使小说的核心指向了人格的内在修为、人的自我完善,对于追名逐利的今人无疑极具现实意义。后者本是一个极可读的故事,作者并没有去艳俗化。原作的从良是美娘从欲望世界里摆脱出来,是含有一些纯情主义的写作。这里指向的是县令和屠夫,县令暗示权力,屠夫类如今天的暴发户,暗示为金钱。在权力和金钱中争取自由,对今天虽然近乎一种乌托邦,但仍然表示作者对人性美好的吁求。晓林为什么选择围镇作为一种历史叙事呢?作者一方面避开了浅白直接的意识形态批判而升华为一种文化反省,另一方面由于历史的距离感,写作时更加游刃有余,获得某种创作上的自由。更主要的,历史叙事明白地告诉我们,作为事典,昨天已经存在,这真正是一种史鉴,洞彻今天人的肺腑,是一种警世的文学,同时又含有作者的美学追求。

从 2005 年开始,张晓林雄心勃勃地开始打造"宋朝故事"系列,计划写一千篇。过去借明清时代背景写普通人的众生相,有时让人感到只要把时空一换,仍是今天的现实故事。此后他索性实施一种严格的历史叙事。据作者自己表述,他要打造一种汴京味儿的小说,发扬地方文化。因此,他以二十五史为依据,参照各种野史、笔记,广泛收集与宋朝有关的一切史料与逸闻,同时还注意在今天的开封搜索一些民间逸闻。这样做,可尽量还历史一些真实的面貌,同时又可以看到古老都城的遗韵。

"最重要的是,在一位伟大的小说家手上,完美的虚构可能创造出真正的历史。"(彼得·盖伊语)那么我们现在要追问,我们所谓的真正的历史,到底是怎样的历史?而小说在怎样的维度上才算真正的历史?首先我们看到的是作家强调的史实,他选择的是北宋时期的历史,特别是近期的小说锁定在赵恒做皇帝的那一段，主要写王公大臣，如吕蒙正、寇准、李遵勖、丁谓、吕端、李沆、张齐贤、杨砺、邢昺、陈尧咨等人。这些人的故事仅是大体遵循了历史事件相连的真实，如赵恒亲征、变革，包括臣僚职务的升降等。每个小故事则仅为当时之事的佐料，并无正史佐证。因而我们从时间上看，这一定是历史的。

其次，作品反映出了北宋时期的社会状态，特别是人物命运的状态，基本依据其所作所为及政治业绩。这种个人的社会命运是已经发生过了的，有不可更改性，例如吕蒙正和赵普三次任相。上述两个方面是我们传统思维中所谓人证如山的历史真实。

再次，历史人物可能有的心理动机，决定了当时朝政与人物命运的变迁。丁谓和寇准的矛盾，在历史上可能有多种说法，这个怨结儿到底在什么地方，阴谋又是怎样制造成的，在正史上是冠冕堂皇的一些事，在"宋朝故事"中却发生了变化。如《佞臣》中是通过陈恕与丁谓两人的处世方式不一样，又补出了七条玉带逸事，揭示了丁谓心里的阴暗多于谋算。那么乾祐天书仅提点了一下，巧说寇准命运，推及其死。宋史对寇准之死或许另有权威的说法，但《佞臣》中丁谓的故事可能更接近历史真实。这些心理动机虽属推测，但根据当事人做事的方式法则，丁谓害寇准可能更顺理成章，因此在心理维度上说，《佞臣》更具有历史真实感。

最后，历史是独裁者专制的话语。从中国漫长的封建社会性质来看,最能显示历史本质的,便是独裁者的专制,如果历史小说忽略或歪曲了这点,所谓历史的真实就会荡然无存。无论多么开明的封建帝王,他最终还是把国家视为自己的家天下。晓林笔下的赵恒大体还是位开明君主,很能用人纳言,对贪腐也有所警惕,但本质上他仍然是独裁者,喜欢阿谀逢迎,他知道丁谓口蜜腹剑、喜搞阴谋,仍然重用他;王钦若是个吹牛拍马高手,人品极坏,最后却做了执政大臣。独裁者喜欢这些人,潜意识中排斥才华卓越的能臣,贬寇准,把陈尧咨视为玩物等。历史评述说帝王也有为人民大众的,落脚点却在"水能载舟,亦能覆舟"的古训上,因此历史叙事的真实性,其本质是非常残酷的反人性。赵恒是封建君主,晓林在《九经刑昺》《射箭》《颤栗》等小说中都对他作了历史真实的反映。

  晓林在"宋朝故事"系列中基本采用了历史叙事和现实主义原则,是一种历史的纪实,我以为这是一种镜像写法。司汤达说小说是沿着公路移动的一面镜子,"宋朝故事"便是用这面镜子映照开封在近千年前发生的历史故事。但他没有把宋代前三朝写成宫廷生活演义,或者宋代政治事件的纲鉴,而是采取网络结构,把庞大的历史分割成一个个的空间框,展示每个框内的奥秘,使每个框之间发生互文性联系,有如一面棱形的镜子从不同角度映射,《脆弱》中的事件与人物分别延续到《佞臣》《闲云魏野》中,晏殊和吕端分别在几个小说里关联出现。采用不同的环扣把历史人物与事件串联一起,缀成一串价值连城的项链。

3

晓林的笔记体小说接续了唐宋传奇、《聊斋志异》的艺术特征,写得精紧简约是其首要特点。从篇幅上看,少则一千余字,多则五千字,人物不多,故事紧缩。往往把故事结构在一个核心事件上,或者人物的某个行为方式上,晓林的结体为什么会如此紧凑呢?原因在他采取了删省与集中两种方法,也即对立辩证的方法。例如寇准作为贤相可以写上一本厚厚的传记,而在小说《脆弱》中,却把他登相拜将前的故事删省掉了,只写了他在权力顶峰时的故事,从选帝、治贪、廉政、亲征等事件上突出寇准的智,还有人格力量。但从《脆弱》的命题看寇准仍有性格上的毛病,大到澶渊之盟,小到退避朝野。细节很多,但非常集中地突出了寇准性格的两个侧面。

精紧简约还来自作者语言别出心裁的提炼上。一方面他继承了宋元话本中的精白,多用短句,把看似闲散的句子纳入到故事中,透出人物的智慧。魏野作诗以白鹤为题,前两句是闲笔,后两句便成了一种智慧,晓林爱用这种貌似闲笔的东西,笔锋一转另出新意。《枷锁》先写九公主之贤,入厨为丈夫的朋友烧菜,焚掉颂扬她的诗歌,初看觉得入厨、焚诗着墨较多,应简写,但文到最后赵恒要杀李遵勖的头,九公主以家事反驳哥哥,救了丈夫,再回头看,要渲染出九公主之贤,前面这些文字便不多了。

文字太精紧简白便会显得质木无文,这在晓林的小说中不存在,他的小说均显得丰润、柔和,《汴门三柳》写得文采沛然、趣味悠扬。《柳白藤》文人情怀,韵味十足。《柳诗寒》写命运起伏跌宕,几动衷肠。《枷锁》并没用文字描绘九公主,小说着力写行为,重细节,把九公主写得淋漓尽致。当然我们也可以质疑一个封建贵妇人,是否太村妇性情了呢?姑且不作价值评判,文字塑造人物的力度却是跃然纸上的。

当代小说写作中,聂鑫森、谈歌、阿成、孙方友均有不少笔记小说,他们似乎承接了汪曾祺、林斤澜的味儿。张晓林是如何把自己和他们区别开来的呢?这方面晓林作了努力,例如他选择宋朝故事使材料与当代笔记小说作家都区别开了。他侧重写文人墨客的故事,露出了汴京作为古都的文化味。但从目前看到的小说而言,大多还是集中在意识形态的思考上,这又和当代笔记小说家混合起来了。文化的独特性在小说中不够,文化不是写几个文人墨客或民俗生活,而是特定的宋朝大都市滋养起来的宋代市民的生活方式、心理矛盾与思维方式。这一点是晓林要特别注意的,不然,汴京味在哪儿、特点何在?"宋朝故事"要重现的是960年到1279年间人们的生活方式,特别是大都会兴起的市民生活的风俗民情,要找到那种文化的精神实质所在。除此,晓林似乎还应加强语言的个性化训练,要吸收一些宋代城市中的市民语言。

晓林的小说创作已经取得了很好的成绩,被很多人所注意,至少在河南省内有了自己的创作特色。我想,他在书法上浸润已十多年了,把书法的文化意味融入小说,会使其小说的文化味更浓。等到他的一千篇宋朝故事全部完成,我们将会完整地看到一部汴京味的优秀小说。